U0109431

中國語言文字研究輯刊

十五編

許錟輝 主編

第7冊

方以智音學研究（上）

洪明玄 著

花木蘭文化事業有限公司

國家圖書館出版品預行編目資料

方以智音學研究（上）／洪明玄 著 -- 初版 -- 新北市：花木
蘭文化事業有限公司，2018〔民 107〕
目 8+164 面；21×29.7 公分
（中國語言文字研究輯刊 十五編；第 7 冊）
ISBN 978-986-485-454-7（精裝）
1. 聲韻學 2. 古音
802.08   107011327

ISBN-978-986-485-454-7

9 789864 854547

中國語言文字研究輯刊
十五編　　第 七 冊　　　　ISBN：978-986-485-454-7

方以智音學研究（上）

作　　者　洪明玄
主　　編　許錟輝
總 編 輯　杜潔祥
副總編輯　楊嘉樂
編　　輯　許郁翎、王　筑　美術編輯　陳逸婷
出　　版　花木蘭文化事業有限公司
發 行 人　高小娟
聯絡地址　235 新北市中和區中安街七二號十三樓
　　　　　電話：02-2923-1455／傳真：02-2923-1452
網　　址　http://www.huamulan.tw 信箱 hml810518@gmail.com
印　　刷　普羅文化出版廣告事業
初　　版　2018 年 9 月
全書字數　289999 字
定　　價　十五編 11 冊（精裝）台幣 28,000 元　　　版權所有‧請勿翻印

方以智音學研究（上）

洪明玄 著

作者簡介

洪明玄，1984 年生於萬華，祖籍通霄白沙屯，碩士畢業於輔仁大學，後更力於研究，終以論文《方以智音學研究》得博士學位。性好音律，故師長命字樂道，受業金周生門下，依此雅興，是以碩博士論文取小學、聲韻爲研究主題，兼及經學。

提　要

　　明末清初，動盪的社會與複雜的學術環境，激發方以智從辨當名物的方式匯集當代智慧而作《通雅》，其中考古識事、辨字解義的關鍵正在聲音的承繼與演變。他有系統地使用「因聲求義」以考察古音古義，並結合各地方言用以審定文字音、義，因而建立古韻分期的說法，並發現古聲母混用和創立古韻分部的學說，直接、間接地影響了清代訓詁學家的學術理論。

　　站在考古以決今的立場，方以智遍考典籍以解釋現象界的事物；處於崇實黜虛的角度，方氏的學問務爲今用，所以他藏通幾於質測，並據此結合音《易》，而作〈切韻聲原·旋韻圖〉、〈旋韻圖說〉，企圖自音學通《易》學、從《易》學通天地的運行之理。崇古的思維，使方氏的聲韻設計，仍守《中原》、《洪武》之舊，但務爲今用的觀點，讓他所作的〈新譜〉，有著濃厚的時音韻味，因此其〈切韻聲原〉乃崇古尊今，折衷古今而無偏廢。面對西哲的東渡來華，以及固有的音學資料，方以智更融貫中西之特出，成爲明末清初音學研究的奠基者，並開後代古、今聲韻研究之先河。

　　方以智〈旋韻圖〉以循環的思想，應宇宙萬物的交輪幾運作，〈旋韻圖〉不僅是方氏對今音的整理，又是他徵考古音的道具，而可以達到通古今，考古而不泥古的功效。他從質測之審音，以求語音的內容，其成果爲他博取了卓然獨立的名聲；訂定古聲韻學說，奠定新的語言研究之方向。雖然未能早一步提出正確的古音見解、時音的紀錄又礙於知識與時空的限制，而不能得到牢不可破的結論，造成〈新譜〉音系有著體例與字例的矛盾。但進步的研究領域、觀念與方法，塑造其音韻研究與貢獻，並成爲音韻研究史上不可抹滅的一顆明星。

表目次

第一章　緒　論

第一節　研究動機及問題

　　明清之際，不論是國內工藝技術的發展，或是國際間科技學術的交流，都達到中國歷史上的高峰。由於西方傳教士的進入，引發政治上不小的騷動，並帶動了知識的進步，尤其利瑪竇（Matteo Ricci，1552～1610 年）等學者的東渡傳教，讓一批朝廷士大夫服膺於西方宗教之下，最知名莫過於徐光啓、李之藻的受洗，這些官員在政治上的影響力，爲傳教士們在中國的學術活動奠定良好的基礎。這群身兼知識份子的西洋傳教士們，不僅導入了西方宗教，也將西方的科學新知一併帶進傳統中國，如利瑪竇即率先引進天文、地理、數學等知識，並且和徐光啓等人翻譯古希臘數學家歐幾里得創作的《幾何原本》。此後又有一批西方傳教士持續東來，最富盛名者當屬湯若望（Johann Adam Schall von Bell，1591～1666 年）、南懷仁（Ferdinand Verbiest，1623～1688 年）。湯若望的數學研究讓他晉身明朝宮廷的御用天文數學家，並協助徐光啓編修《崇禎曆書》；入清之後持續擔任欽天監，並頒行《時憲曆》。南懷仁本來是湯若望的助手，在湯若望死後接替爲欽天監監副，因而在政治和學術上展現他們的成就。這些西方傳教士所引進的科學新知，無不影響著中國士大夫。而明末清初的政治和學術之發展，也在方以智的生命中產生了不小的作用。

　　方以智家族累世書香，桐城方家自方孝孺起，名震天下，陸續有家族中人身居朝廷要職，如此官宦的家族背景，何以於方氏始汲汲鑽研於小學，著《通雅》以名世？家族因素如此，而學術環境如何成就方氏研究古今音韻？明代學術主流在陽明心學，縱使自早期的朱陸異同之辯，而後陽明發陸象山心學之說，成一家之言，及至晚明學術風尚轉往經世致用，仍是更革自陽明心學，但方以智的音韻研究，似乎難以在此學術環境下，連成脈絡。且方氏家族的《易》學傳承，其中亦難見與音學之關係，則方氏之小學成就，似是憑空而得？浮山之家族學風，與明代的學術環境，如何促使他著《通雅》、習聲韻、研小學？茲就方以智的家學背景、明代的學術環境，以及音韻學研究的發展，說明研究方以智音韻學說之動機與目的，和研究方氏音學之問題意識。

壹　方以智背景釋疑

　　方以智家族世居桐城，其父祖輩皆善《易》學，兼及數算。方氏自著《通雅》有〈數學〉一卷，蒐羅並解析古今數學的內容，又有〈天文〉、〈地理〉等篇，二者相互啟發。當時知名的數學研究者，有西人穆尼閣（Jan Mikołaj Smogulecki，1610～1656 年）與益都薛鳳祚，前者編寫《天步真原》，而後者譯作中文，兩人皆精通數學，所著內容將數學和天文學理論相互連結。尤其西方傳教士所引入的科學新知中，穆尼閣的《天步真原》是中國地區首倡哥白尼（Nicolas Copernicus，1473～1543 年）日心地動說的主要倡導者及著作。方以智與此二人友好，在《通雅》中，即見引用自《天步真原》的內容，而且方氏更為之寫序，並令其子方中通向穆尼閣學習數學，顯見三人關係之親近。方以智向西方學者求教科學新知的喜好，並不只在天文數學，當時有金尼閣（Nicolas Trigault，1577～1629 年）根據在中國的見聞而著有《西儒耳目資》，亦為方氏引述的對象，尤其「發送收」之說即起源於金氏書中的「甚次中」，縱使是有因誤讀而造成見解上的差異，但仍不可撼動方以智與西學的關係。

　　從方氏的交友中，可以知道他的學習不分中外，他曾親自訪問畢方濟（Francesco Sambiasi，1582～1649 年）學習曆算奇器，又與湯若望研討西方醫學和天文知識。據研究指出，方以智在質測著作《物理小識》中引用西方學者的資料佔了百分之五〔註1〕，可見他的學習充滿了開明的態度，而非嚴守夷夏之

〔註1〕按：據裴德生（Willard J. Peterson）教授統計，方以智《物理小識》中，引自艾儒

防的排外思想〔註2〕。於是呈現在他的創作裡，不僅考證之《通雅》明顯地融合中外學術，《物理小識》亦可見東西知識的會通。因此這兩部書融合了方氏早年訓詁研究與當時代國內外學術之精華。

除了與西洋傳教士相交而承襲西方學術之外，方以智還在那劇烈變動的政治時局裡，結交了一群志同道合的伙伴，與顧炎武、黃宗羲、王夫之四人合稱「明末四大家」。他們同屬明末復社成員，並與方氏有過書信往來，各有私交，其中方以智和王夫之交情最好，作品內容亦相互影響。黃宗羲晚年生病，方氏更為之探脈、遞藥，顯見有一定的情誼。此外，方密之在文學上的成就斐然，所著《浮山文集》既有傳統思想的呈現，又能見到政局變動下的漂泊。從各類著作之中足見方氏的學習經過，不只在一人一家之學，而是呈現出大家氣度，融貫古今、兼及中外，於四方學問皆有涉獵。

方以智的求學歷程與生長之經過，都成為他研究上的養料。在《通雅》與《物理小識》的創作過程裡，他特別重視破除古今傳承的錯誤，企圖建立正確的研究成果。因此他遍搜古今典籍，考證各家著作的偽誤，冀望可以在考據過程與結論中，輔助後人讀書學習。為求最真實的解答，方氏不僅尋求書面證據，還大量地參考實測資料，是以遊歷各地的經驗，大幅幫助他蒐集素材。而這二重證據的資料來源，正是他著書立說的基礎，「質測」以實證為目的，是《物理小識》編纂之根本，而「通幾」融貫古今，乃《通雅》之基石，「通幾」、「質測」二者有著不可偏廢的地位。

於是可知家世背景塑造方以智成為一位能融貫古今中外的學者，其崇實黜

略《職方外紀》者，約有 50 多處。另外，全書近 5%的篇幅是從傳教士著作中摘錄的。相關論述詳見見張永堂：〈方以智與西學〉，《中國哲學思想論集（4）》（臺北：水牛出版社，1976 年），頁 179～205；林慶彰：《明代考據學研究》（臺北：臺灣學生書局，1983 年），第九章。

〔註2〕按：自西方傳教士東渡來華，當時學術環境對此情形分作三大陣營，於科學技術上有全然接受者，如徐光啓、李之藻等人，矻矻於翻譯，以使西學入中國。舊派則反抗激烈，為首者有邢雲路、冷守忠、魏文魁，而楊光先著〈辟邪論〉、《不得已書》以鬥西方學者，然終不成氣候。兩派之外尚有如方以智等折衷中西之人，他們能夠吸取中西學術精華，並振二者之蔽，啓以衰朽，如王錫闡、梅文鼎等數學研究者，正可以會通中西之最純粹，而不落入兩者之困境。（此中論述詳見梁啓超：《中國近三百年學術史》，臺北：中華書局，1936 年。）

虛的研究態度乃家族遺風，而中西學術的交流，是明末開放的社會風氣所導致。
他著《通雅》與《物理小識》等考據古訓的作品，即是傳承自父親「通幾」、「質
測」概念，更發揮其說，以成一貫脈絡。因此在他的認知裡，經世致用之學必
始於訓詁，此乃讀書爲人之根基，即如方氏自道：

> 考究之門雖卑，然非比性命可自悟，常理可守經而已也，必博學積
> 久，待徵乃決。故事至難而易漏，若待全而後錄，則前者復忘之矣，
> 此藏智于物之道也。〔註3〕

事事物物皆有至理，欲究竟天下萬物，則必須從質測考究開始，而後可以博通，
故方以智即物發智，則其訓詁研究，正是貫通其通幾與質測的起點。

方以智的人生經歷豐富，他成長於官宦世家，又作爲明代遺民，且一生忠
貞，是以政權轉換之際，棄儒家之救世，逃禪遁空，以避改朝易代之難。因此
他晚期著作一改前期之詁訓，擺脫字句的考究，而轉向思想的鑽研，不只在《東
西均》可以發現方氏完整的哲學思維，其《藥地炮莊》寄莊子之事，託方氏抱
負，訴密之心志。然而早期訓詁創作之廣博，非後期可以比擬，其考古決今之
志、古學今用之願，完整呈現在前期的兩部作品之中。是以他豐富的閱歷，以
及過人的見解，在現代看來仍有不可抹滅的價值，而待後人持續掏洗、再現光
明。

貳　近三百年學術史之脈絡

明清之際考據學的興起，自梁啓超「反動說」以來，談論甚是豐碩，蔚然
成家者有錢穆「每轉益進說」，以及余英時「內在理路說」。梁啓超之說見於《清
代學術概論》和《中國近三百年學術史》二書。他在《清代學術概論》中認爲
考據學的興起是「以復古爲目的」，其中說道：

> 「清代思潮」果何物耶？簡單言之，則對於宋明理學之一大反動，
> 而以「復古」爲其職志者也。其動機及其內容，皆與歐洲之「文藝
> 復興」絕相類。〔註4〕

〔註3〕明・方以智著，侯外廬主編：《方以智全書・通雅》（上海：上海古籍出版社，1988
年），頁6。

〔註4〕梁啓超：《清代學術概論》（臺北：中華書局，1936年），頁3。

梁啟超認爲學者考證的用意在復古，並摧毀一切傳注的權威性，以恢復先秦諸子的百家學說爲目的。梁氏在此論點下，將考據學的發展分成四個階段：「啟蒙期」、「全盛期」、「蛻分期」及「衰落期」〔註5〕。其中明末清初之際，即爲「啟蒙期」，其內容則是反王學的主觀冥想之空談，而轉以客觀考察之實踐，並結合西方學術的傳入所開展出的中西融合。

　　梁啟超的兩部作品分別成於西元 1920 年與 1924 年，錢穆在十三年後（1937 年）完成同名新作《中國近三百年學術史》，其中隱含著繼承與發展的觀點。錢穆認爲「抑學術之事，每轉而益進，途窮而必變」〔註6〕，說明學術發展雖到末路，但是必定會經過轉換而重新出發，這當中的轉變並不只是更換形貌，而是肇基在已有的學術積累上，再創新局勢。因此他探索明清的學術發展，乃上述至宋明理學，以爲「有清三百年學術大流，論其精神，仍自延續宋明理學一派」〔註7〕，宋明理學之源流則再上推至兩漢隋唐經學，以及魏晉玄學與佛學的思想精華，這說法修正了梁啟超反動說的排他現象。由於梁啟超所認定的復古四個階段，是一步一步推翻既有的學術內涵，而上溯源頭，因此在反王學之後，就再反程朱，終於推翻一切經傳注疏，而得經典之止，此亦是「以復古爲解放」的概念〔註8〕。但是錢穆反對這種推翻的想法，改從繼承後翻新的觀點出發以論明清學術，因此明代陽明學的沒落，對經典的認識轉向考證，這考證並不是成爲傳統漢代訓詁，而是結合西學等新的知識，方能「益進而再得新生」〔註9〕。

〔註5〕《清代學術概論》，頁 2。按：梁啟超在《清代學術概論》中將明清之際考據學分作四期，此在四年後的新作《中國近三百年學術史》中有詳細的引述，認爲明代最末的二、三十年，反動機兆已然顯露，是以四期之外，他再提出五大反動指標：一、「王學自身的反動」；二、「自然界探索的反動」；三、「歐洲曆算學之輸入」；四、「藏書及刻書的風氣漸盛」；五、「佛學反禪宗歸淨土的反動」。（其內容詳參氏著：《中國近三百年學術史》，頁 7～10。）亦即表示梁啟超認爲這五個指標乃考據學之啟蒙因素。

〔註6〕錢穆：〈清儒學案序〉，《中國學術思想史論叢》第 8 冊（臺北：素書樓文教基金會，2000 年），頁 481。

〔註7〕〈清儒學案序〉，頁 480。

〔註8〕《清代學術概論》，頁 6。

〔註9〕〈清儒學案序〉，頁 480。

在錢穆說法之後，有余英時的「內在理路說」，此乃相對「外緣說」——侯外廬從經濟的發展解釋學術發展「市民階級說」，以及學術轉向的「反動說」——而生，由於「反動說」無法解釋考證學家與理學家身分並存的現象，而且同樣地「市民階級說」必須建立在民眾有著明確的階級認知，和當時的論者有著明確為「市民階級」爭取利益的想法，此乃難以證實的論點。於是余英時另闢蹊徑，要從思想史的角度找尋現象發展的必然關係，他著眼於儒學體系中的「尊德性」與「道問學」兩點，解釋宋代以後的學術發展。明代陽明學的尊德性持續擴張，同時期的羅欽順則嚴守著道問學的態度，因此兩派在爭執之下，逐要從經典中執持本意以得聖人之旨，於是興起了考證的研究。〔註10〕

方以智身處明末清初，於學術傳承上來自父祖輩的理學研究，明代桐城葉燦評方氏曾祖父方學漸之理學研究曰：

> 先生潛心學問，揭性善以明宗，究良知而歸實，掊擊一切空幻之說，
> 使近世說無碍禪而肆無忌憚者，無所開其口。信可謂紫陽之肖子，
> 新建之忠臣。〔註11〕

其「究良知而歸實」，即調和朱陸之爭，故稱之朱子、陽明後學。另外方以智自述祖父方大鎮的學術淵源有言：「以念庵礪，完新建致；陸燧朱炊，飲食萬世。」〔註12〕亦見調和心學與理學的內涵，自成一家之言。方氏以承襲先人智慧為宗旨，不落門戶之見，從梁啓超的說法來看，此間學術發展乃源於他對心學冥想的反動，當方以智以為中國質測之不足，須延引西方學術為客觀考察之根基，以作通幾之本，因而著《物理小識》與《通雅》，為體察世界的根本。

從錢穆的「每轉益進說」考察方以智學術，可以發現方氏在接收前人的學術成就之後，再融合中西所長，而成其著作。不論《物理小識》或《通雅》，都

〔註10〕按：相關議題詳參〈清代思想史的一個新解釋〉與〈從宋明儒學的發展論清代思想史〉，兩篇收錄在余英時：《歷史與思想》（臺北：聯經出版事業公司，1976年），頁87～120，以及頁121～156。

〔註11〕明‧葉燦：〈方明善先生行狀〉；見劉君燦：《方以智》（臺北：東大圖書公司，1988年），頁7引。

〔註12〕明‧方以智：《合山樂廬占‧慕述》；見明‧方以智著，侯外廬編：《方以智全書‧通雅》（上海：上海古籍出版社，1988年），頁6引。

可以見到他融貫中西、兼含古今的知識性論述，是以他的訓詁並非走漢代的老路，而是結合了各家著述的大成之作，雖然創作意念是承襲《爾雅》的雅學著作〔註13〕，但是內容上突破傳統的界線，於訓詁方法與考釋的面向，均遠遠超過往昔的雅學作品，明顯可見方以智知識的廣博，和學術發展傳承之地位。方氏主張「坐集千古之智，折中其間」〔註14〕的理念，亦與錢穆所述晚明諸遺老「或嚮朱，或嚮王，或調和折衷於斯二者」〔註15〕的認識，如出一轍，實可作明末清初之際士人的表率。縱使錢穆並未在《中國近三百年學術史》中單獨列出方氏之傳，但是他的學生余英時研究方以智之深入，成為從事明代學術史，以及方以智研究必備的參考著作。

余英時1972年創作《方以智晚節考》，把方以智視為明末遺民的代表人物，試圖藉此揭開遺民士人的精神世界，因此他研究方氏的晚年生活，以及方氏和士人之間的交遊，藉以瞭解他的思想與同期文人的心路歷程。方以智與王夫之特別友好，其晚年逃禪，自隱心跡，並鼓吹王夫之皈依，然王夫之自詡儒者，故不從此道，但可據以瞭解其人在政權轉換時的自處之道。由於余英時早年研究方以智，自道補錢穆《中國近三百年學術史》，一來錢書並未論及方氏之說，故以此拾遺補缺；另外，方以智的學術活動，亦足以用來闡發「內在理路」的說法。如方氏家族皆守理學，父祖輩必研讀《周易》，方以智亦然，故有《易餘》之作，然在主智的思想下，方氏學術轉往實證質測，而考證之功在「辨當名物，徵引以正其義」〔註16〕，亦即駁前人沿襲之誤，以就經史之正。不過「考究之門雖卑，然非比性命可自悟，常理可守經而已也」〔註17〕，亦即方氏學問的功夫在先守「道問學」之說，而後返「尊德性」之學。此乃方以智學術路徑演變之內在理路。

考察方氏通幾與質測的研究方法，即是從心學的「觀察」脫胎換骨而生，

〔註13〕按：此雅學之稱，取自竇秀艷《中國雅學史》。不過竇書的「雅學」乃包含義訓之《爾雅》、釋古今方國之《方言》、以及音訓之《釋名》三類，此處所論專指《爾雅》一系，以《通雅》承之之故，不列《方言》、《釋名》之說於其中。

〔註14〕《通雅》，頁2。

〔註15〕〈清儒學案序〉，頁479。

〔註16〕《通雅・凡例》，頁6。

〔註17〕《通雅・凡例》，頁6。

他重視透過質測的實際檢驗，於是創作以質測爲方法的《物理小識》。其「寓通幾於質測」之說，即是要提煉出萬事萬物發展的理則，因此才有以通幾爲主軸的《通雅》，而《通雅・切韻聲原》即是方氏音學上之通幾，其中的審音功夫正是質測的展現。〔註18〕

在《通雅》與《物理小識》裡，方以智灌輸了他對世界的看法，而後《東西均》、《藥地炮莊》等則進入純粹的哲學探討。可見方氏並非脫離哲學思索的學者，只是前後學術偏好不同，而考證是爲了求得更眞實的義理證明，這樣的精神也確實在明末清初影響了一批學者，故《四庫提要》評曰：「惟以智崛起崇禎中，考據精核，迥出其上。風氣既開，國初顧炎武、閻若璩、朱彝尊等沿波而起。」〔註19〕《四庫提要》所述即著眼於方氏考證上的貢獻，與所建立的學術地位，縱使乾嘉學者於論著中未見明顯的引證，但仍不掩其價值。

參　韻學研究在明末清初之發展

自沈約訂立四聲之後，音韻研究至明末將近有一千二百年的歷史。陸法言集前朝學說之大成，所著《切韻》乃「論南北是非，古今通塞」〔註20〕之作，意圖整合語音在時空中的差異，於是陸法言統合了八人討論後的語音成果，兼包眾人之說，不落一家之言。唐代以後《切韻》系韻書仍持續發展，宋代《廣韻》、《集韻》之問世，以迄明朝政府所編定的《洪武正韻》，都代表著一時的語音內容，亦顯示出韻書的作用不只在呈現歷史語音，又有正字定音的功能。至於民間的音韻學作品，如元代周德清之《中原音韻》、明代蘭茂的《韻略易通》

〔註18〕按：文中凡稱《通雅》者，當是今本五十二卷並含卷首三卷之全本《通雅》。稱〈切韻聲原〉則有《通雅・切韻聲原》、〈切韻聲原〉兩種作法，二者實質上可以通用，但論述中使用前者時，乃視爲《通雅》之一卷，用以標示出處。而後者則是代表可單獨析出之〈切韻聲原〉，文中論述音學理論時即單作〈切韻聲原〉，以及說明其中各個單元，亦不另標《通雅》於前，以此顯示〈切韻聲原〉之獨立性，和其音學理論的特殊性。不過第五、六章標題皆示以《通雅・切韻聲原》，乃不失根本出處也。

〔註19〕清・永瑢等著：《四庫全書總目提要・子部》（臺北：臺灣商務印書館，1983 年），頁 586。

〔註20〕隋・陸法言序：《廣韻・切韻序》（臺北：洪葉文化事業有限公司，2001 年），頁 13。

等著作，雖或摻雜作者方言語音，但必然有著記載「今音」的功效。方以智的語音研究，其設計實與這樣「遵時」的紀錄一致，因此在〈切韻聲原〉的〈新譜〉、〈旋韻圖〉、「十六攝三十六韻」、「十二統」中，所呈現的語音概況，也帶有描述今音的作用。

在時音的研究之外，方以智也已經進行古音聲韻調的考究。據今人對古音的研究，其源流多溯及宋代吳棫九部、鄭庠六部。中間經歷戴侗、焦竑等人，至陳第《毛詩古音考》、《屈宋古音考》才確定了古音的範圍並劃分了資料的界線，而不至如吳棫一般，上下跨越千百年；而且陳第理論又有語音的實證，為後來的古音研究開啓了一條坦途。陳第之後的學者於古音研究多推尊崑山顧寧人，所分古韻十部乃古韻分部之始，異於以韻緩為概念基礎的吳棫。然而考察方以智《通雅》與顧炎武《音學五書》的成書時間，可知方氏說法在顧亭林之先，因此推尊分部之始，得溯及方以智。〔註21〕其所訂或七部、或九部，雖然重複於吳棫之舊，而未能在古韻分部中取得極大的突破，但是他率先提出古音分期，與相對應的探求古音之資料，都是發前人所未明。

方以智除了古韻分部議題有所建樹之外，也提出對古聲母的看法。方氏從古籍中發現古代脣音、舌音有著輕重和類隔兩種不同的型態卻相互混用，因此他在《通雅》中多處舉證，以證明兩類相混的情形。而方氏所舉例證，在錢大昕〈古無輕脣音〉、〈舌音類隔之說不可信〉二文中都可以看見一脈相承的資料，顯見方氏確實已經觀察到古聲母混用的狀況。不過礙於古聲母研究的時代背景相對初期，因此未能準確提出古聲母的正確歸屬，但是方以智透過科學的方法驗證古代語音，而研究成果也為後人所採用，在古音議題的研究過程裡，確實存在著不可抹滅的地位。方氏也對古聲調提出看法，以為古代本存四聲，然而四聲可以相互通叶，因此在叶韻資料與諧聲偏旁中，存在著聲調不同的差異，

〔註21〕 按：方以智《通雅・切韻聲原》乃方氏音學理論的集合，據〈等切聲原序〉所述，其作當在 1634 年，而《通雅》完成約在 1652 年。顧炎武自稱《音學五書》乃纂集三十餘年，故當成於 1653 年後。大概二部著作成書或在同一時期，時間相去不遠，故未必有前後的影響關係。然而方以智於《四庫提要》中為「乾淨一明代人」（錢穆：〈余英時方以智晚節考序〉，《中國學術思想史論叢》第 8 冊，頁 60。）林慶彰《明代考據學研究》亦止於方以智，四庫館臣與林慶彰均未再論及「國朝」之顧炎武，可見二者咸以為方氏學術乃明代終結，亦是明代考據學之集大成也。

這樣的研究成果與顧炎武、江永，有著相同的看法，證明在古音學研究的初期，學者間對聲調的認知有著一貫的思維模式。

肆 研究問題

不論是方以智家族的背景、近三百年學術史的發展，以及韻學的歷時研究，皆啓發了方氏的學術生命，其中成就於他的音學研究中，則化作早期的《通雅・切韻聲原》與晚期的《四韻定本》，著作觀念而可以用通幾與質測貫通之，這也正是源自於所述三項。是欲探索方氏之音學，當釐清三者在他生命中所扮演的角色，亦是研究方氏音學之本證與旁證，更是輔助驗證方氏音說不可少之先備知識。

考究前人論方以智學術，因《四庫提要》嘗論方氏考據學的研究是其一生精華所在，生平思想及其他議題則不在主流研究中，於是生平思想亦多歸入考據學中一併探討。林慶彰在《明代考據學研究》中認爲「考據學之辨訂字義、離析字音，即爲通讀古書之用也。此外，連綿字之研究更爲前人所不及。此風由楊慎啓之，焦竑承其緒，至方以智集其大成」〔註22〕，林慶彰從方氏的事跡和學術成果，認爲明代考據學的發展最終收束在方以智上，因而論證方氏在考證學術的進程中，有著不容抹殺的成就。昔人研究方以智的學術成果，所著重者多在考據糾謬、訂正之作用，林慶彰藉方氏考證《說文》的成果，說明他在考據學上的重要性，因而有言：

> 至晚明更有《說文》之研究，此事肇端於趙宦光之《說文長箋》，至以智始以博洽之學識糾《說文》之訛誤數十則。其後顧炎武《日知錄》之匡《說文》，亦當時風氣所趨也。〔註23〕

林慶彰從大環境的角度說明方以智的《說文》研究，而顧炎武乃接續其後，是足見方以智的研究成果，具有承上啓下之功。除考據學以外，近年的議題亦延伸至其人的思想，然而在音學的研究中卻鮮少著墨方以智的成就，直至近五六年才有顯著的研究成果。然而探究《通雅》所富含的語音資料，首重者當在〈切韻聲原〉一卷，可視爲方以智的音學總論，內容遍及古音、等韻、方言諸理論，

〔註22〕林慶彰：《明代考據學研究》（臺北：臺灣學生出版社，1986 年），頁 31。

〔註23〕《明代考據學研究》，頁 31。

並將其音學與《易》學思想相互融合，可惜研究者多未能直接詮釋其中說法，或只著眼於一處，故重要性隨之隱沒。因此欲闡發前人所未解，陳方氏音說之古音學研究，以及面對當時語音環境所著之《通雅・切韻聲原》，探其學說之內蘊，而明其古音內容與時音性質，並闡發密之於音學裡的思想根源，以使方氏音韻學說再現光芒，正是研究的動機所在，並揭示方以智在音韻研究發展中的價值。

第二節　研究對象及範圍

本文的研究對象，乃明末學者方以智之音學，當中的議題概括其人之今古音研究。考察的文獻範圍，究方氏之音學主張集中於《通雅》，其他著作或有部分著錄，而方以智三子方中履之《古今釋疑》亦有針對《通雅》的補充，其十七卷〈切韻釋疑〉即專對《通雅・切韻聲原》所作的修補。考方氏音學淵源之作，承襲自家傳《易》學、明末學術風尚等，他家族世居桐城，專修宋明理學，其父方孔炤於學術上影響方以智極深，其潛老之名屢屢出現在《通雅》與《物理小識》之中，所倡「通幾」與「質測」，即由方氏發明之，且父子合編之《周易時論》，見浮山學術之源流，其中〈等切旋韻約表〉一章，內容即與〈切韻聲原〉相去無幾。以其累世家學之故，可見他的學術研究，含藏來自家族的豐富資源，故家族間的學術傳承，自是不可或缺的研究參考。

此外，當時的學術環境，有著各種不同的風尚。東渡來華的西方傳教士，引進了最新的科學新知，於天文曆算和自然科技，都帶給方氏不小的衝擊，而且方孔炤在朝任官，結識不少東西方學者，因此方以智得以向畢方濟、穆尼閣、湯若望等西人問學，這可以從其作品中證明交流的痕跡。西方學者影響方氏音學最深者，當屬金尼閣《西儒耳目資》，是以研究方氏音學的議題時，亦需兼及金尼閣之說，與歷史發展過程下，中國語音學接受西方學術的觀點所建立的語音系統，反映在方氏論著中，即為〈華嚴字母〉、悉曇學等，是古今中西的知識交流，皆顯現在方氏音學裡，故亦屬研究之資。

今論方以智所考究之音學，其理論之文獻主要見於《通雅・切韻聲原》之中，而證據則散佈於《通雅》各卷，因此為求方氏音學之真，當以《通雅》為研究主體，而〈切韻聲原〉則是理論的憑據。方氏將明末音系分為三種不同的形式，分別有「十六攝」、「三十六韻」、「十二統」，再以〈旋韻圖〉統合之，後

附以〈旋韻圖說〉，是其根本論述見於〈切韻聲原〉。故總論之，於研究對象上，方以智爲研究人物，其論著則聚焦在《通雅》，尤其方氏音學理論見於〈切韻聲原〉，論證則分散在《通雅》各卷之中。以通幾、質測言之，則〈切韻聲原〉的語音學理論代表著通幾，而其中審音之說與論證之《通雅》則爲質測，二者即一即二，不可分離。

然方以智學術根基深厚，論著甚多，《通雅》所述只在呈現其思維過程，卻未必能夠深入淺出地說明立論經過，故於文獻處尚須佐以其學術根源之家傳《易》學爲研究基礎，說明他在家族教育中所得到的啓發，另外還要從方以智生平與其家學淵源展開論述，而可以知悉其理論背景，這部分的文獻對象即取材自方氏之《浮山文集》。另外義理著作《周易時論合編圖象幾表》乃方氏象數《易》學的圖象總集，由於方以智精通象數之學，故《通雅》所採用的圖表多隱含他對《周易》的認識，是以研究過程當從其人的議論中導入其思想脈絡，再拓展至方氏對語音的認識和所建立的語音哲學，因此《易》學與晚年之《東西均》亦是研究觀察之對象。瞭解方氏生平事跡之後，而可以進入今日對方氏的研究成果，討論主軸以訓詁學的脈絡爲準。即從《通雅》與《物理小識》裡擷取文字音義之考證，以及方言古語的訓釋，建構方氏考據學方法，因而求取方以智的音學內涵。

《爾雅》之學的發展方面，可以發現方氏是有意識地以《爾雅》作爲著書的目標，因此他承繼《爾雅》以降的作品，不論是形式、內容和編排方式，都可以看見與《爾雅》的連結，是以聚焦在方氏《物理小識》與《通雅》的關係，並從中引出方以智對《爾雅》的承傳，與如何在通幾質測的運用下，展現出其古今音韻之學說，其中研究對象主以〈切韻聲原·韻考〉，範圍則根據時代編排爲序，先古音後今音，亦符方氏「崇古尊今」的觀念。然〈韻考〉雖有完整的內容呈現，但其釋義不足，故必須在第五十卷〈切韻聲原〉中覓其理論依據，並擴及整部《通雅》的各條考證，求取其中音學論述，以補足方以智的古音學說。考究範圍包含研究方法、音韻分期、韻部內容、古聲母、古聲調，皆可求取於《通雅》論據之中，並提取方氏展示其音學思想之案語。因爲方氏位於古音研究的先鋒，雖理論未備，然可以上比於吳棫，下推之顧炎武、江永，時代更晚之錢大昕、陳澧論著或有及於方氏者，並兼例舉之，以爲古音研究史的歷程。

　　古音之外的今音，研究範圍聚焦在《通雅‧切韻聲原》裡。其中內容既有等韻圖表〈新譜〉，又有音《易》綜合的〈旋韻圖〉，體系龐大，略可分成三大類型〔註24〕。且方氏之音學思想，與他淵博的學識相仿，既有《易》學的觀點，又有佛學的用語，他既自創術語，故需一一釐清其獨創處，而可以明其宗旨，是以援引、剖析〈切韻聲原〉用語為第一要件，並佐方中履釋《通雅》之《古今釋疑》，及《浮山文集》諸多討論音學的文章。〈切韻聲原〉是方以智理論之總和，故綜合方氏所有音學論述，而可以成其今音全貌。並融入方氏研究對後來音學研究者的啟發，如林本裕開承轉縱合之說、陳澧發送收之論，皆傳習自方氏，故並羅列入論述之中，以見方氏影響力。

　　既明方以智音學理論後，進一步探索方氏之音韻體系。察方氏音韻紀錄以〈切韻聲原‧新譜〉最為完備，所括韻攝總計十六，然十六攝中實含三十六韻，減省之又可得十二統，是知十六攝乃「折衷」所得，此「折衷」的內容即當是一種音系現象的反映，而三十六韻與十二統的音系又當為何？且方氏自道所主音系依於《洪武正韻》，而《洪武正韻》又是「《中原音韻》之增入聲」，但時代相隔既久，則影響愈小，相似性反不如金尼閣、陳藎謨的音韻內容。因此將探方氏音學之總成，則範圍擴及明末金、陳二家之說，以及方氏音學之所承繼，故研究範圍增入方氏音學傳承之源流，上紹邵雍與《四聲等子》諸宋元韻圖，分韻之說遠自《中原音韻》、《洪武正韻》，近則陳藎謨、金尼閣之學說與韻學著作。既知其前後音系，再相較與當時韻書，並結合現代語音研究，分析方氏音系究竟屬於安徽方言、或讀書音、或綜合音系，當範圍前後音韻學說並相較之，而能了然方氏音學歸屬。

　　針對方以智之音學成果，最重要的研究對象當為《通雅》一書，其中〈切韻聲原〉則是理論所在，於版本的選擇，首選侯外廬主編、上海古籍出版社出版之《方以智全書‧通雅》。此版本實根據姚文燮康熙五年（1666 年）的此藏軒刻本而來，之後的校點則依照方寶彝於光緒十一年（1885 年）的重刊本作修正，因此書中錄有乾隆朝張裕葉所著《通雅刊誤補遺》的說明。而《物理小識》則依據《四庫全書》所收，其他相關作品，一依《續修四庫全書》本所錄之方

〔註24〕按：〈切韻聲原〉的內容約可分成最先的音學總論、中間的〈新譜〉，以及最末的〈旋韻圖說〉，這三部份形成方以智的音學理論基礎，其他的音學論證則散見於《通雅》各篇的按語之中。

以智《浮山文集》，及其子方中履所著《古今釋疑》，此二作最可見方以智《通雅》之學術內容，亦可補述方氏考據學之說，其書影可參附錄二。

第三節　研究方法與面向

壹　研究方法

　　察前人著作多是擷取《通雅・切韻聲原》之說以研究方以智之音學，而鮮少溯及《通雅》各卷的內容。雖然〈切韻聲原〉乃方氏音學理論之總和，但詳細論據仍須從《通雅》按語而得，是以只觀察其中一個面向，則難以盡窺其音學旨趣，必得二作一齊觀之，方得浮山之說。由於《通雅》的性質是一本訓詁考證的辭典，因此不容易在文中說明標音的想法，雖然方以智在部分文字音義的考釋上闡發其發展與演變，但卻是分別零散、不成篇章，因而未能成就完整的體系，是以須透過不同的方式，以解析其音學的思考脈絡，並組織其說法。因此研究方氏音學，當有音韻學研究的基本途徑，故依耿振生《明清等韻學通論》的研究方法，以分析方以智音學。

一、內部分析法

　　明末清初之際，學者的生活環境產生重大變化，因此要瞭解一個人的學術思想，必須貫通他的各類作品，才能掌握其學術之全貌，此即耿振生所提出的「內部分析法」，其中說道：

> 內部分析法就是把一部等韻著作自身的全部材料聯繫起來，用以考
> 察他的音系。大部分的等韻著作不只是一部孤零零的韻圖，還有序、
> 跋、議論、歌訣一類的內容，這些內容多與韻圖有密切關係，從韻
> 圖本身看不透的一些問題，往往可以在這些地方找到解決的途徑。
> 〔註25〕

耿振生所述即研究的基本功夫，以作者的言論考察作者的思維模式與內容，雖然此乃專門作為等韻學的研究方法，但不論各項研究，均可應用此方法。就方以智的音學研究而言，其內部資料不僅在《通雅》中可以發現，用以解釋《通雅》的方中履《古今釋疑》也有著相當豐富的資源，甚至思想作品《周易時論

〔註25〕耿振生：《明清等韻學通論》（北京：語文出版社，1992年），頁135。

合編圖象幾表》都可以看見方以智音學的論述。是以「內部分析法」實屬基本卻重要的研究方法。

面對著作甚豐的方以智，不只是訓詁考據形式的《通雅》，又有抒發個人志向之《浮山文集》，還有哲學論著之《東西均》，皆成為考究方氏音韻思想與學說的參考資料，因此在論方氏之音學，首先要從其人說法求得直接證據，此稱內證法：

> 內證法即以本書證本書。具體方法是從本書、本文自身提供的各種記述資料發現矛盾之處來進行考據，然後擇善從之。即以本書同一部文獻中所記錄的同一資料的同異進行判斷。〔註26〕

方以智語音相關論述集中在《通雅》，其他零散的片段則分散在《浮山文集》等作品裡，因此要求得方氏音學之真面目，則《通雅》的音學論述，自是不可或缺之要件，而經過對《通雅》的研究，也才能完整方氏之音學。

二、歷史串聯法

明代是古音學研究的開創時期，宋代的吳棫、鄭庠雖已逐漸開啟古韻分部的觀念，但只是草創，未能留下深刻的內容。明朝萬曆年間陳第始作《毛詩古音考》、《屈宋古音考》，古音的研究開始蓬勃發展，及至顧炎武出，方有古韻十部的說法出現，於此正式進入興盛的古音研究之階段。而顧炎武前有方以智作古韻七部，亦是一家之言。然不論是顧炎武或方以智，在研究古韻的內容時，都必須參酌歷史中各個時期的語音情況，此即耿振生所謂「歷史串聯法」，他定義說明：

> 歷史串聯法是結合歷史上不同時期的材料來考察等韻音系，往上與中古時代韻書、韻圖相互對照比較，往下與現代漢語的語音（包括普通話與方言）互相對照比較。〔註27〕

考察方以智的音學體系中，他已經認識古代有不同階段的語音內容，因此他研究古音所使用的材料必須劃分時代的界限，而資料也有形式上的區分。方氏研究語音即已帶有如此觀點，研究其音學亦當辨別歷時、共時資料的同異。只是他的古韻分部尚屬早期，未能與後來顧炎武有相同的成就，但開創之功自是不

〔註26〕汪啟明：《考據學論稿》（成都：巴蜀書社，2010年），頁33。

〔註27〕《明清等韻學通論》，頁133。

可小覷；音韻分期的說法更可在後代見其價值，語音自上古至明代共五變六期，學說與後世論音韻分期者不謀而合，清楚可知他論點的原創性。

　　古音如此，其尊今態度下所作的音學理論〈切韻聲原〉，不論是「十六攝」、「三十六韻」或「十二統」，都可以看到方以智酌古參今的研究功夫。是以在研究方以智，綜觀語音的歷史發展，自是不可或缺的方法，而方氏亦以為今音之首當上推至《中原音韻》，則兩者之間語音的異同，是研究方以智音學之重點。

三、共時參證法

　　傳統學術持續發展，各項知識在明代發展至新的顛峰，不論是數理知識還是各種工藝，都到達前所未有的境界。而西方學術在明代由利瑪竇引入中國，提攜了傳統學術的進步。顯見各項學問與技術的發展除了歷時智慧的聚集，還有共時知識的影響。方以智承明代末期學術之頂峰，自嘆道：「古今以智相積，而我生其後。……得以坐集千古之智，折中其間，豈不幸乎。」〔註28〕因此方氏對於當時的各種知識，勢必多加關注，其中也包含了音韻之學。當時除了中國韻書的紀錄以外，西方傳教士金尼閣所著《西儒耳目資》，也在他的研究範圍之中，並且從同時異地的語音學著作，更可以提供研究方氏音學的資料，此即耿振生所述關於語音研究中的共時性，他說道：

　　　所謂共時參證，是把一個等韻音系與另外一些時代相同或相近的音
　　　韻資料（如韻圖、韻書及其他）互相比較，從其相關程度來考察那
　　　個音系的性質。……相差一百年以內的也都可以看做共時。〔註29〕

因為方以智制訂今音學說有共時性的參考，故在研究方氏之音學時，亦必參酌其共時的相關音學著作，尤其他的創作時代據金尼閣僅有二、三十年，另與陳藎謨相為師友，如以一百年為共時的範圍，則金尼閣與方以智的時期相去不遠〔註30〕，而且其中亦有傳承性的說法，更可見其間之關係，是可作為共時影響的對象。此外，不只金尼閣、陳藎謨，方以智書中提到音韻學家也有呂坤（呂獨抱）、

〔註28〕《通雅》，頁1～2。

〔註29〕《明清等韻學通論》，頁134。

〔註30〕金尼閣生卒在1577～1628年間；陳藎謨約在1595～1685年裡；方以智生於1611年，卒於1671年，是三人有重疊處，時代相去不遠，亦符合耿振生所謂的一百年以內屬於「共時」的說法。

李登（李如眞）等，其人之語音學研究亦與方以智相去百年之內，皆可作爲共時的代表人物，是以同時期的音韻學家相互比較其成果，亦是研究方法之一。

貳 研究面向

在「內部分析法」、「歷史串聯法」、「共時參證法」三項研究方法的綜合運用之下，可以分作五個研究面向，以求方以智之音學。此過程不外乎演繹與歸納，然而在操作上仍有不同的面向，終是統合使用之，以下即分別闡述。

一、雅學史之認識

由於方以智創作《通雅》的根基，是建立在繼承《爾雅》的形制，因此著書概念，是沿襲著傳統的雅學作品而成。觀察《爾雅》以下的著作，可以發現在《小爾雅》、《廣雅》以降，於內容、篇名，多與《爾雅》相仿，不見明顯的變化。但是到了方以智之作《通雅》，突破以往只有十九項的名義考釋，而增至二十二大項，其下又可分出若干子項，從增加之處可見社會與學術的發展變化，以及學者觀察天下事物的分類看法。在蒐集作者其人的相關著作及議題研究以外，這類外緣的影響，亦與其學說的發展過程有著密切的關係。因此從《爾雅》學術的發展過程，以論《通雅》的價值，並從其編輯呈現的音韻思想之形式與內容，考察方以智音學成就。

二、語音學史之議題論述

外緣的影響，在研究中可見與議題發展的關連性。然而，引發學術潮流與研究論題的來龍去脈，必得研究此議題的發展過程。不論是思潮的形成，或是一代學術的演變，必然受到外緣與內在的影響，前者即是梁啓超、侯外廬對近三百年學術所作的整理，而爲余英時所論定之「外緣說」。後者專論學術變化的內在要素，是論其發展過程之必然性者，亦即錢穆、余英時之稱「每轉益進」與「內在理路」。語音的研究亦需著眼於此。方以智受到邵雍、陳藎謨等人的象數《易》學之影響而作〈旋韻圖〉，此乃音學研究的外緣刺激。方氏處於明清之際，由於時代學術發展的關係，其時等韻學之興盛，是以他的音學論述中有〈新譜〉的設計，其內部所蘊含的音學概念，上承於《四聲等子》諸韻圖；又明代考據學的發展，由楊愼始開其風，後人繼此而起，至方氏《通雅》乃集大成。於音韻的研究，除了時音的議題之外，更啓發了古音的考證，此二項皆是內在

發展的因素。是以從語音史的發展過程，研究方氏音學的價值與地位，屬研究的第二個面向。

三、明代語音環境之梳理

考究明代的語音環境已然變化，對於過往的韻書，諸如《廣韻》以來的傳統韻書，其存濁聲母的現象，在明代以後，已經開始改變，其原始的紀錄首見於《中原音韻》，縱使《洪武正韻》仍保留了全濁聲母，卻也被方以智認為是「各字切響，尚襲舊註」〔註31〕。於是方氏在〈切韻聲原〉裡建立以時音為基準的等韻〈新譜〉，而可以與當時的語音環境相接，這可以和前後期的韻書相比，即如聲母的時音現象可從蘭茂《韻略易通》、李登《書文音義便考私編》、金尼閣《西儒耳目資》等得知，韻部分合亦有陳藎謨《皇極圖韻》之三十六韻與郝京山譜之十二韻的紀錄，中依於音《易》理論而折中作〈新譜〉十六攝。因此在探求方以智所呈現的音韻面目時，當廣搜其時相近之語音證據，以作方以智音韻學說，與〈切韻聲原〉所表現的音系性質之證明。

四、方以智思想與音學之結合

方以智作為一位博學多聞的學者，於各項議題皆有涉獵。在家學的淵源裡，《易》學研究是他的家學基礎，而後擴及象數，因此在他的學術主張中，認為依「易」可通萬物，於是在音學的表現上，《易》是聲音之源，所以他「音《易》相合」。不論是「開合翕闢」、「聲數同源」、「聲數應節」、「◎」等論聲音之術語及詞彙，都展現了他這樣的想法。

在以訓詁為主體的《通雅》中可以發現方以智融入《易》學的說法，而在晚期的哲學著作《東西均》與《周易時論合編圖象幾表》裡，也可以發現他將音學的知識納入其思想體系中，因此音韻與思想「即一即二」，不相分離，於是音學不只是形而下的現象觀察，而是藏有形而上的道體本原，「音易」不可切割分述，可謂是藏音於易。是故研究方以智之音學，必不可缺少的面向是探索他的思想內涵。

五、方言資料之彙整

方以智淵博的學識，使所著《通雅》的豐碩內容，為後代學者大讚可謂

〔註31〕《通雅》，頁 1472。

明代考據學之集大成。尤其方氏見識甚廣，中年遊歷各地，亦結交四方好友，這也反映在他對各地語音的認識，因此《通雅》中紀錄方言的資料俯拾即是，也成爲方氏考古音、定今音的輔助。此外，在今音的研究上，有鑑於過往韻書音系非一，或受方言影響，或體察讀書音，縱是官方韻書亦有此現象，因此須多方考察同時期韻書，而不爲一家之言所蔽。方以智自道音學論著以《洪武正韻》爲宗，卻也不廢周德清之說，只是二家學說皆在百年之外，音系亦有清濁相併與否等差異，這些語音發展過程與方氏所處時代相去久遠，語音變遷不可不察，故其中變遷與規律相背者，亦當考諸方言，以作研究方以智音系之資。

第四節　方以智音學研究之價值

方以智的聲韻研究，其根源價值在於爲考證訓詁所用，他稱作「考究之門」，是以他在《通雅》中首立〈疑始〉、〈釋詁〉，其用意正在澄清文字語音的歷史發展，以探求文字意義的由來。於是他論古篆古音，而後延伸至謎語、重言，所以整部《通雅》可以說是主在探求聲音、考據語義的作品，因此方氏的音學理念便和他的考證結果有著密切的關係。《通雅》的價值乃不爭的事實，並爲前代學者所肯定，音學價值亦不在話下。茲從資料取材、方法應用、音學思想、突破疆域四個層面分析方以智的音學研究之價值。

壹　斷然分明之資料取材

考定古音的先行要件在於判斷資料的來源，宋代吳棫著《韻補》，是古音著作之先河，然其取材範圍遍及古今，自上古之《易》、《書》、《詩》等經籍，後至北宋前期的歐陽修、蘇軾詩文，時代貫串千餘年，故有取材不當之譏。然方以智之考古音，以爲語音當有時代的區別，他在〈漢晉變古音沈韻塡漢晉音說〉中已表明時代的發展所造成語音的變化，而後他又在〈字韻論〉中更加深刻地闡發這理念，曰：

> 音韻之變，與籀楷同，天地推移，而人隨之。今日之變沈，即沈之變上古也。上古之音，見於古歌三百；漢、晉之音，見于鄭、應、服、許之論註；至宋漸轉，元周德清始起而暢之。《洪武正韻》，依

德清而增入聲者也。〔註32〕

方以智對比語音的發展變化，說明每個朝代有自己的語音素材，漢代的經學家所慣用的語音註釋已和《詩》、《辭》等古音時代有所區隔，證明方氏已經發現語音的變化，並且可以從不同的資料中揀選語音材料。而後孫炎、沈約等人未明古音的發展演變，所以只能從當時的語音制定音注，於是在不同時代有不同的音韻特色。

由於各代語音皆有差異，甚至耿振生以一百年爲變化的分界線，說明語音發展的一去不返。正是注意到語音的演變，於是方以智將語言的發展歷程分爲五變六期，並且謹愼挑選對應的素材，故曰：「惟以經傳諸子、歌謠韻語徵古音，漢注漢語徵漢音。叔然以後有反切、等韻矣。宋之方言與韻異者，時或見之，至德清而一改。」〔註33〕根據不同時期的語音材料，而可以驗徵當時的語音現象，因此他分成六期乃的然有所據。後代學者如段玉裁等，紛紛對此議題提出見解，亦是主於此觀點。然而段王諸人在論證上皆未脫方以智所述，更可貴的是這些學者對明代資料的選取有所節制，卻能承繼方氏對語音分期的觀點，證明方密之所說有承先啓後的作用，其人補吳才老之失，而開段懋堂等人的視野，亦足見方氏眼光之深遠，而爲研究議題之先驅。

貳　因聲求義之方法應用

方以智考究古音的先行議題在於定語音分期。分期既定，而後方爲考定音義關係，此即《通雅》的著作目的。論方氏所認爲的音義關係，他主張物事乃「因聲生名而義起」，是以其言曰：

《禮》言：「春，蠢也；夏，假也；秋，愁也；冬，中也。」韻義有由來矣。可知始因聲生名而義起，義又諧聲，聲義互用；久訛義晦，而況聲先表聲乎？〔註34〕

物事之名，其來有自，所根源者即在其聲而生義，因此方以智又曰：「古人名物，本係方言，訓詁相傳，遂爲典實。」〔註35〕考究名物意旨，即需瞭解古人

〔註32〕《通雅》，頁1501。

〔註33〕《通雅》，頁6。

〔註34〕《通雅》，頁1513。

〔註35〕《通雅》，頁6。

言語，其中或有方音所致，故考古音即爲定方言。辯名當物需以古音方言爲
研究對象，文字音義的釋訓亦然，故方氏論曰：

> 謰語者，雙聲相轉而語謰謰也。《新書》有〈連語〉，依許氏加言焉。
> 如崔嵬、澎湃，凡以聲爲形容，各隨所讀，亦無不可。……以便學
> 者之因聲知義、知義而得聲也。〔註36〕

不只是從語音方面探求名物訓詁，一般語詞也必須通過考究音韻方可以制定義
旨，此乃方以智訓詁的思考路徑，亦是其「因聲求義」的研究方法。而因聲求
義的操作模式得力於戴侗《六書故》，之後方氏通過諧聲、異文、方言、韻語等
考證古音以求古義，因此他推定古音，制訂研究取材與時間的範圍，而可以止
吳才老之失。

參　考古審音之用今思想

基於古爲今用的觀點，方以智「考古以決今，然不可泥古」〔註37〕，於
是他考證古語詞，目的正在「免徇拘鄙之誤，又免爲奇僻所惑」〔註38〕的貴
用思想，是以通過考證古訓，以求通達「藏智于物」〔註39〕的智慧。方氏尊古
用今，並不以古學說爲顚撲不破的典範，認爲「韻學大成莫如《唐韻》」〔註40〕，
以及「小學不絕如線，守書行于今者，篇莫加于《類篇》，韻莫善于《集韻》」
〔註41〕。他雖然讚賞《唐韻》與《集韻》的價值，認爲前者有功於記音，後者
成就在於載字，但兩者同樣在整理音韻有著不可抹滅的地位。只是他並不因
古書典範而受限，更提出「名物音義，辨訛考證，歸于《正韻》，而小學易簡

〔註36〕《通雅》，頁 241。

〔註37〕《通雅》，頁 1。

〔註38〕《通雅》，頁 1。

〔註39〕《通雅》，頁 6。按：方以智於此則中說：「考究之門雖卑，然非比性命可自悟，常
　　　理可守經而已也。必博學積久，待徵乃決，故事至難而易漏。若待全而後錄，則
　　　前者復忘之矣，此藏智于物之道也。」方氏之所以著意於考據學，正在其「非積
　　　久而難悟」，因此更需要古今相續，如今由他接棒，並待後世君子之相繼。於學術
　　　上亦是接力的位置，不論在古韻的探究，或是今音的記載，他都是歷史發展的一
　　　個重要角色。

〔註40〕《通雅》，頁 82。

〔註41〕《通雅》，頁 153。

矣」〔註42〕等以今為貴的想法，說明古代典籍雖然珍貴，但是就資料的豐富程度，時代越近越能蒐羅完備，這也正是方以智「坐集千古之智」的自負之心，是以他在〈序〉中說道：

> 古今以智相積，而我生其後，考古所以決今，然不可泥古也。……
> 生今之世，承諸聖之表章。經羣英之辯難，我得以坐集千古之智，
> 折中其間，豈不幸乎？〔註43〕

可以祖述憲章古聖賢的智慧，繼而承先啓後，以不可泥古之故，所貴者正在折中其間的尊時用今，並從善如流，以正確的語音發展為最貴重的事，因而稱曰：「聲音之道，變極反本，何苦止守晉、唐之泥格，而強自然之原乎？」〔註44〕說明了方以智不泥於古的志願，一切務以考正為要。

方密之既考證古語，又能研究時音，所作〈切韻聲原〉即收錄他的音學理論和考察古今語音的發展，於〈韻考〉一節整理了古音以來的各家音韻說法，並結合自己的語音理念，更改其音韻名稱與順序，可見相較於考古時所得到的書面實證，他更重視審音下的結果，因此他調整〈韻考〉裡《中原音韻》與《洪武正韻》的韻目名稱與順序，就是從審音的角度建立符合語音規律的模式。

方以智調整了《中原音韻》的韻目名稱和順序，採陰平調、陽平調的模式設立十九韻的韻目名稱，並根據他審音觀察下，依照語音的音近關係而調整其主從順序，即如「江陽」與「庚廷」相鄰，正是韻尾相近的緣故。從音近的原理排序韻目，也顯現在對《洪武正韻》韻目的安排，〈韻考〉之中「皆灰」異位，因為灰的介音更接近魚模，而皆的介音則與真相近，是以方氏錯置之以作「隈挨」，亦符翕闢之理。這是他審音下的結果，而非純然從考究書面語言所得到的收穫。然而其他情形方以智多是遵守舊制，就連〈新譜〉的內容以尊時為原則，但為了維護語音的歷史發展，方氏仍然留存著古音的紀錄，而這樣的心態即是他「尊古用今」的態度展現。

從審音的角度觀察音韻，這方法也貫通到方以智對今音的紀錄。他在〈切韻聲原·新譜〉中，以十六攝三十六韻的方式分作十六張圖，分圖列字的內容雖

〔註42〕《通雅》，頁 40。

〔註43〕《通雅》，頁 1～2。

〔註44〕《通雅》，頁 236。

然是本於《中原音韻》與《洪武正韻》，但仍在各圖注中說明差異所在，顯示他音韻承襲之所由，卻又不泥古法而另創新意，通過不同的標示與重出字，間接展示古音與方言。不過〈新譜〉整體上所呈現的仍是溝通於當時的通行語音，因此他稱「使宣尼生今日，吾知其必樂遵《正韻》，用〈新譜〉也」〔註45〕，縱是孔子再世，亦必重〈新譜〉語音之用，此貴時用今的思想正是方以智著書的終極關懷。

肆　折衷理念之融通疆域

方以智認為語音可以以近推遠，因此在考求古音中，除了清代許瀚所提出的八種方法以外，他還在百年前率先採用了對音的方式審定古音，因而論曰：「古邪音余，如《漢書》歸邪音歸餘。牙音吾，故與互通，允吾縣音鉛邪，本外國之呼，中國以字配之。」〔註46〕此語證明方以智在研究語音的過程裡也參考了譯語和域外方音。這樣橫跨疆域的研究模式，仍可以在《通雅》中發現諸多案例，方氏引用很多國外的資料，如曆法則稱湯若望：

> 今西法改萬分百秒為六十秒，以使于三分、四分、無奇零也；要之，本無定法，惟善推者得力在捷耳。……崇禎時立局修曆，玉山魏太乙奉旨別局改修《授時》、《大統》諸法，巳並用湯、羅兩西士。立局講求，而究不能定，則當事無決之者。北海薛氏曰：「中曆不及西士者，凡有數種：……詳見《天步眞原》。」〔註47〕

當時東渡來華的傳教士中，有湯若望、羅雅各（Jacques RHO，1593〜1638 年）等修定了《崇禎曆書》，此曆書依於西法而成，精準度遠勝當時中國境內所修訂的曆法，因此為師友關係的方以智和薛鳳祚，都認為中國曆法遜於西方。可見方氏研究事物，不論疆域遠近，只以「善推者得力在捷耳」為基準。

研究天文、曆測、地輿、方域等科學知識，方氏藉助西法者多，在語言學上亦有效法於西方學者之處，其中尤以金尼閣為研究語音中最重要的西方學者，所著《西儒耳目資》亦對方氏有所啟發，因此密之自道語音研究歷程，曰：

〔註45〕《通雅》，頁 14。

〔註46〕《通雅》，頁 133。

〔註47〕《通雅》，頁 448〜449。

陳藎謨《黃極韻圖》，則發源邵子，而聲字取《正韻》者也。郝氏
但刪爲十二韻。要之切法呂獨抱、李士龍約之甚便，西域音多，中
原多不用也。又當合《悉曇》、《等子》，與大西《耳目資》通之。
〔註48〕

方以智的音韻知識來源甚廣，有從邵雍、陳藎謨處習得開合翕闢之說，也來自
呂坤、李登的聲母結構觀念，音韻的字母關係則從金尼閣《西儒耳目資》處研
習而來，可見方氏音學知識的根源不一，於是可以知道他「坐集千古之智」、擇
其善者從之，因此資源豐富。

究方氏跨越中西的知識擷取，其用意在打破疆域的界線，而以最特出的
新知爲著書素材，根本目的則在「用」。於定音立切的知識上則是著重「時用」，
探求古今音義不僅可以作爲讀書識字的基礎工具之外，亦是以反映時代語音
爲取材原則，金尼閣《西儒耳目資》雖以西音方式呈現其說，卻能有效地說
明字音的讀法，這使方氏一度有意推行拼音作爲其語言學的基準。縱使拼音
之說未能推動，但他仍參考西儒定音的觀念，作爲他語音學說的基本理念，
因而論之：

先立一近法，近法明，乃能以近推遠，以今推古也。近法莫先于起
例，起例者，借一事，配一音，而字窮音混，故合字以圖之唇舌顎
齒喉，又各有淺深、內外、送氣、升收、開合之位，不立例，何以
狀之？……近法者，先就天下之大，取其近者，折衷爲一法。猶西
儒入中國，而忽創字父、字母之說，未嘗不相通也。〔註49〕

因爲百年前的標準韻書《洪武正韻》雖能改易《廣韻》韻例，然於明末的反
切環境卻是「前人反切不合，增立門法。豈知各時之方言異乎。《洪武正韻》
改沈約矣，而各字切響，尚襲舊註。詳見〈聲原〉。」〔註50〕方以智鑑於當時

〔註48〕《通雅》，頁 53。

〔註49〕明·方以智：《浮山文集前編》，《續修四庫全書》第 1398 冊（上海市：上海古籍
　　　　出版社，2002 年），頁 9。

〔註50〕明·方孔炤著、明·方以智編：《周易時論合編圖象幾表》（臺北：文鏡出版社，
　　　　1983 年），頁 574。按：《周易時論》共有四冊，另附有《周易時論合編圖象幾表》
　　　　一冊，今引《周易時論》則只稱《周易時論》及其頁碼，不另分冊。用《周易時
　　　　論合編圖象幾表》亦然。

門法混淆不已的情形，因而更立近法、創新例、制〈新譜〉，即參考西儒之入中國，欲推廣中國語言而定拼音，於是金尼閣所設的字父字母，正對應聲母韻母的說法。而後方氏的二十聲母與〈新譜〉韻類總和的數量，亦與金氏之說相近，更明顯的是將《西儒耳目資》的「甚次中」更替成「發送收」，是以方氏自道學習歷程，曰：「愚初因邵入，又于波梵摩得發送收三聲，後見金尼有甚次中三等，故定發送收爲橫三，啌嘡上去入爲直五，天然妙叶也。」〔註51〕《悉曇》、金尼閣皆從遠西傳來，但方以智並不以其非中土之說而斥之，乃從可以吸收並轉換成自己音學體系的參考角度，雖不見得是正確的認識，但仍可見其兼容並蓄的內涵，與汰劣擇優的揀選觀點。

　　方以智的研究面向甚爲廣闊，從早期的考證轉變爲哲學思想的探索，其著作之多，足以成一家之言，又有著多舛的經歷，更使其心路歷程顯得多重轉折。種種事蹟都讓方氏成爲一個豐富的研究素材。他的學術領域廣泛，加以經歷多元，因此啓發了他的學術內容，其中有傳統的《易》學、新導入的西學，他融貫中西後的成就顯現在各個領域。於音韻學上，他檢討傳統音韻學，以爲門法過繁、分類過當，因而提出倡導拼音的想法，並且爲學生揭暄推崇之，而曰：「字之紛也，即緣通與借耳。若事屬一字，字各一義，如遠西因事乃合音，因音而成字，不重不共，不尤愈乎。」〔註52〕師生企圖改變中國文字的組成，而改以西方的拼音模式，思考可以省去探求古音的不便。此外，他面對韻書的失效而倡〈新譜〉，又能夠學習《西儒耳目資》等中西音韻之學，可見他學問之淵博，卻也不拘泥舊學、吸收新知。此外，他的研究方法與議題，開清代訓詁學家之先，並以其富含前瞻性的學術思維，進而成就他明末清初四大家的行列。

〔註51〕《通雅》，頁 1478。

〔註52〕《通雅》，頁 97。按：梁啓超云：「創造拼音文字之議，在今日才成爲學界之一問題，多數人聽了還是咋舌捭耳，密之卻已在三百年前提起，他的見識氣魄如何，可以想見了。」（文見梁啓超：《中國近三百年學術史》，頁 152。）是可知對於拼音的理念，方以智師生實有一貫的想法。

第二章　方以智生平與清代以來研究成果

第一節　方以智其人與作品概述

壹　方以智生平事蹟

一、方家氣節與學術專長

　　方氏家族遷居桐城，自方以智起可上溯宋末，迄方以智已十五世。明建文帝時有方法者，出方孝孺門下，因拒絕祝賀明成祖即皇帝位，爲朝廷所逮，最終自殺江邊。方法的忠孝氣節影響了後來的方以智，導致他終身不仕清朝，而後亦自沉惶恐灘〔註1〕。自方法以後六代有方學漸者，爲方以智曾祖，著有《易蠡》十卷，自此之後方家四代均有《易》學之作，故胡宗正跋方中通《數度衍》有言：「先生家屢世傳《易》，《易蠡》、《易意》、《時論》、《易餘》，諸書盈尺，類皆發前人所未發。」〔註2〕祖父方大鎮著《易意》、父親方孔炤有

〔註1〕關於方以智的死，有余英時的論證，其說認爲方氏乃自殺殉節，而非因病而卒，今
　　　從之。内容詳參余英時：《方以智晚節考》，香港：新亞研究所，1972年。

〔註2〕清・胡宗正：〈跋方中通數度衍〉；見羅熾：《方以智評傳》（南京：南京大學出版社，
　　　1998年），頁21引。

《周易時論》〔註3〕，此數人學術影響方以智至大者，是以他自著《易餘》，乃承父祖家業，亦可見家族《易》學研究風氣之延續。

《易》學是方家學術研究的傳統，方以智之名即是祖父方大鎮從〈繫辭〉「蓍之德，圓而神；卦之德，方以智」而來，其後又根據方大鎮所註：「蓍圓而神，卦方以智，藏密同患，變易不易。」故拆解「密」字而別稱宓山氏。〔註4〕除《易》學之外，理學的教育更是方氏家族另一重要的學術涵養。曾祖方學漸於求知功夫上主張崇實絀虛，特別稱其講學場所為「崇實堂」，以顯出他尊崇實學、反對空幻學說的思想。因為時代學術風尚的影響下，明末王學興盛，其末流空談心性，是以方學漸更革空談之心學，轉而追求驗真的實學，實際的作法則是提倡調和心學與理學的「藏陸於朱」。所作《心學宗》提到：

> 君子之學尊德行而已；道問學所以尊之也。……縱橫曲折，靡不研
> 究，乃為道問學，而德性始尊矣。今人溺於高座，憚於精密，名為
> 問學，竟成空疎，安能尊德性乎？〔註5〕

這話標舉方學漸的理學功夫是先講究道問學，而後德性方顯，因此他要從時代風尚之心學的空疎學風，扭轉而為理學「精密」的功夫，亦即通過「縱橫曲折，靡不研究」的精神，開展其學術內容。因為他的研究路徑是性善與崇實並重，用朱熹崇理之學以體察陸王性善心學，故稱作「藏陸於朱」，亦即從事朱子的道問學以達到陸王的尊德性，於是可以調和兩派之異，並絀其末流之不善。這種調和的思維模式影響了祖父方大鎮，因此他在學術上也主張雖尊陸王，亦不廢朱子，而曰：

> 聖人早知如此，故藏悟於學。巧莫巧於規矩，奇莫奇於至誠。因物

〔註3〕 關於《周易時論》的作者，學者結論不一。據蔣國保考證《周易時論》為方孔炤所撰，但另成一冊的《周易圖象幾表》則是由方以智所收錄或繪製的。不過彭迎喜則是認為《周易時論》的全作都是由方孔炤與方以智父子所共同創作的成果。蓋《時論》主要是方孔炤所作，而後經方以智統整編輯，遂有《周易時論合編圖象幾表》，二者互為表裡，非只是一人所成。

〔註4〕 明・方以智：《物理小識》，《國學基本叢書四百種》第 246 冊（臺北：臺灣商務印書館，1968 年），頁 8。

〔註5〕 明・方學漸：《心學宗》，萬曆三十二年刊本，東京大學文學部漢籍中心藏，頁 24 下。

制物，即因物用物。陽明鼓舞親切之眞機，考亭安頓萬事之井竈。……陽明復生，自以考亭之井竈爲善刀之藏矣。……無我而因物則，薪火而養誠明，孰能違之？〔註6〕

此語顯示方大鎮對朱陸異同的看法，他認爲必須累積學習方能體悟萬事萬物之理，而可以萃取事物之精華，故稱「藏悟於學」。最終要旨是要將「悟」與「學」兩者整合，並通過道問學的「因物則」，而達到尊德性之「薪火而養誠明」。

父祖提出「藏陸於朱」、「藏悟於學」的說法，傳至方以智之父方孔炤處，則是標舉「藏通於質」。他繼此二人之後，更加深調和朱陸的決心，認爲朱熹之論格物，與陽明之致良知，其實可以綜合論述，非如時學之分敘，所以方孔炤說：

朱子以窮理盡至爲存存之門，未致乃礎磨也，已致乃飮食也。新建之致良知，是上冒也；其言格去物欲，則偏說也。……將謂學問多識，爲長傲遂非之資乎？本空獨尊，冥悍不顧，其爲長傲遂非之資也。……以畏難眈便之情，襲偏上末流之說，爲糞除之黃葉所訛，而顛頤迷沒，動掃考亭，杜撰狂談，掩其固陋，羣廢開物成務之實法。〔註7〕

前二者以陸王尊德性爲體，朱子道問學爲用，至此方孔炤認爲王學末流或「本空獨尊，冥悍不顧」，導致所論浮濫無實質可言，更甚者「動掃考亭，杜撰狂談」，則不讀書，只求心性等不可證者。因此他提倡從事朱熹的格物之說，亦即探求萬事萬物的實在之理，而得「開物成務之實法」，這樣便可以挽救朱陸的末流，以創建他的實學觀，於是方孔炤藉闡發《易》理以強調崇實的重要性，他認爲：

（方孔炤曰：）「先父藏陸於朱，以毋欺而好學爲師，正所以大畜其良知也。」大畜即所以格致也。〈大學〉知止至善，不廢事務；《易》貫寂感，必言功用。觀天在山中之象，即知虛在實中，一在萬中，德在言行中。……道寓于器，即費是隱。聞見滅，斯文滅，天地滅。

〔註8〕

〔註6〕 明・方以智著，張永義校注：《青原志略》（北京：華夏出版社，2012年），頁182。

〔註7〕 明・方孔炤著、明・方以智編：《周易時論合編圖象幾表》（臺北：文鏡出版社，1983年），頁647～648。

〔註8〕 《周易時論》，頁595～597。

方孔炤通過方大鎮對〈大畜・象〉的解說，建立他的實學觀，所謂「虛在實中」、「一在萬中」、「德在言行中」、「道寓於器」、「藏陸於朱」、「藏罕於雅」、「藏悟於學」，所述者一也，皆是要從實際的事物現象中求取抽象層次的本體，亦即在行為裡探討道德的本質，從後者以探前者之意，即可謂之「藏通於質」。後來演變到方以智，則有「寓通幾於質測」與「質測即藏通幾」的研究功夫。〔註9〕

二、方以智家學與師學

方以智承繼的家學，發揮在他的哲學觀裡，則顯示在「折中」和「均」等觀念。他從父祖的理學之中沿襲了「藏陸於朱」的概念；在《易》學裡，得到了「虛在實中」、「道寓于器」的啟發，此含藏之意，包容彼此，即二即一，因此他的哲學特別重視調和差異的「均」之觀念，於是形成「折中」諸說的態度。在面對古今知識的匯聚，他主張：「生今之世，承諸聖之表章，經羣英之辯難，我得以坐集千古之智，折中其間，豈不幸乎？」〔註10〕於是認為折中、集智，而可以凝聚天下知識，總括各方說法。在著眼於道問學與尊德性的紛爭時，他正是要以「折中（衷）」的態度調和之，故說：

> 考究之門雖卑，然非比性命可自悟，常理可守經而已也，必博學積久，待徵乃決。故事至難而易漏，若待全而後錄，則前者復忘之矣，此藏智于物之道也。人失弓，人得之，古今相續而成。〔註11〕

方以智堅持要從考證以通經，而達於質測通幾之理，是以他早期從事考據，所成《通雅》與《物理小識》等訓詁作品的時間早於《東西均》、《藥地炮莊》等哲學著作，其意正在「藏智於物」，就是認為物物之間各有其理，需要從個別的

〔註9〕 「通幾」、「質測」之名雖是由方孔炤所提出，但是建立實質意義者乃見於方以智之說，在《通雅》與《物理小識》中，方以智反覆申說二者的道理，並且通過這兩部著作，從內容所包含的思想與兩書的編排形式，意圖展現「寓通幾於質測」與「質測即藏通幾」的研究方法。此外，他的言論中又有「藏理學於經學」，這不只是其曾祖方學漸以來所提倡，整個晚明類似這樣的主張不在少數，顧炎武有「經學即理學」，亦是將兩者整併為一，可見晚明學術圈已經在將傳統理學的學術路徑，導向「道問學」的路線上。

〔註10〕 明・方以智著，侯外盧主編：《方以智全書・通雅》（上海：上海古籍出版社，1988年），頁2。

〔註11〕 《通雅》，頁6。

現象中擷取根本之道，因此「寓通幾於質測」、「質測即藏通幾」，亦正是「道寓于器」的另一形式之發明。

　　方以智的父祖致力於調和朱陸之別，到了方氏的時代，除了心學與理學的紛爭之外，又有東西學術的衝突和中外文化的對壘，是以他屢言折衷，不只是調和中國學術內部的差異，還有面對華洋之別所作的總和，他晚年著《東西均》，正是要折中東西學術的不同；《藥地炮莊》援佛入道，則是折中佛道之理。在義理思想上他採折中路線，以調和各種差別，音義關係亦然，他自道創作《通雅》宗旨，以為「此書主於折衷音義」〔註12〕，因此在語音的解說裡，他雖崇古音而作〈韻考〉，以宄古今音韻，但〈切韻聲原〉的音學主題仍在時音，故「十六攝」、「三十六韻」、「十二統」都是針對今音所設，此偏重處正顯示他折衷的道理在「用」，務以實證、致用為上。

　　考方以智的學術路徑，從父祖處承襲折中之理，折中東西學術，亦調和朱陸之別。他的《易》學也是繼承自其父祖，是祖孫四代皆著有《易》學作品，此乃家學淵源。方氏生在書香世家，不只父祖的學術教育影響他的研究方向，於師承上亦關係甚巨。青年的方以智先事塾師石塘先生　　白瑜，字安石，號石塘先生　　學習辭賦的創作。白瑜通經學，學術主張亦是崇實絀虛，時人稱之「所讀必周秦之言，所賦必漢魏之詩」〔註13〕。白瑜啟蒙了方以智的文學興趣，但在整體的學術趨向，就不若他外祖吳應賓與業師王宣對他的影響。

　　文學之外的「通幾」、「質測」之學主要來自於吳應賓與王宣。《物理小識》與《通雅》中所引用之「三一公」、「吳觀我」、「宗一」即是外祖吳應賓。其人曾與方以智祖父方大鎮相互論學，據記載：「外祖吳觀我宮諭，精於西乾，與廷尉公辯證二十年。小子未嘗深入其藏，未敢剖也。」〔註14〕於此可窺見方大鎮與吳應賓的學術交流。他與錢謙益同事佛教的憨山德清。由於憨山的思想屬於融貫儒道的佛教禪師，因此吳應賓的思想是「通儒釋，貫天人，宗一以為歸」〔註15〕，顯見他也帶有三教合一的色彩。他的學說稱道：

〔註12〕《通雅》，頁5。

〔註13〕清・李雅：《龍眠古文一集》卷14；見羅熾：《方以智評傳》（南京：南京大學出版社，1998年），頁31引。

〔註14〕明・方以智：《滕寓信筆》，東京：東洋文庫藏，《桐城方氏七代遺書》本，頁25上。

〔註15〕清・馬其昶：《桐城耆舊傳》（臺北：文海出版社，1969年），頁179。

不離乎宗，宗者，宗其可爲聖也。儒與釋之無我、老之無身、惟一之訓於《書》，旨矣哉。不知者知聖不知一也，其知者知聖之各一其一，不知其共一其一也。〔註16〕

此語正是強調儒釋道三家的宗旨本來相同，因此方以智總結吳應賓之說爲「宗一圓三」，亦即表示其根源本來相同，而後派分爲三。吳應賓的思想在方以智的哲學著作《藥地炮莊》屢受引述，可見二者於援佛入道的折衷道釋之學術傳承。

《物理小識》與《通雅》中所引用之「盧舟子」、「王化卿」所指正是王宣，其《風姬易溯》與《物理所》兩部作品影響方以智甚盛。方氏在〈盧舟先生傳〉說明其人的研究方向，曰：

中年學道，屏絕室家，以《易》爲終始之學，寢處其中。米公曾爲序其《風姬易溯》行世。……嘗詩書歌詠間，引人聞道，深者徵之象數。其所雜著，多言物理。是時，先生年七十，益深於《河》、《洛》，揚、京、關、邵，無有能出其宗者。智方溺於詞章，得先生之秘傳，心重之，自以爲晚當發明。〔註17〕

方以智家學專在《周易》，而王宣著有主於象數的《風姬易溯》，是桐城的《易》學研究者，於是成爲方氏之授業師。而密之論《易》多從象數，亦是淵源於邵雍、王宣以來的研究路徑〔註18〕。王宣的《河》、《洛》之學以象數的形式展現在方氏的《易》學研究，這可以從《周易時論合編圖象幾表》的各圖表中，看出他在象數《易》學上的造詣。方氏自敘其學《易》之淵源，曰：

〔註16〕《桐城耆舊傳》，頁179。

〔註17〕明·方以智：《浮山文集》，《續修四庫全書》第1398冊（上海：上海古籍出版社，2002年），頁368。

〔註18〕〈考古通論〉說道：「王化卿先生長於吾桐，最精《河》、《洛》。」（《浮山文集》，頁239。）〈周易時論後跋〉另說：「余小子少受《河》、《洛》於王盧舟先生，符我家學。」（《浮山文集》，頁253。）此二則說明方以智向王宣學習《河》、《洛》之學。而方以智自道學術路徑：「智每因邵、蔡爲嚆矢，徵《河》、《洛》之通符。」（《物理小識》，頁3。）正說明受到王宣的研究路線之影響，而從象數的角度切入《易》理。

盧舟師授《河》、《洛》，爲詳約之綱宗，而乃歎圖學之妙也。秩敍變
化，頓時全舉，使人會通，多即一矣。天文、地理、器象、制度之
類，非圖豈易學哉？〔註19〕

此即論王宣所授圖象之學，在講授部分學說時，以圖象輔助說明，更可以達
啓迪之效。另外，王宣「雜著多言物理」，所作《物理所》，正啓發了方以智
《物理小識》之「質測」研究，文中多引王宣《物理所》之說，足見兩人師
承關係。〔註20〕

　　這兩位老師對方以智的影響之深，可用方氏《象環寱記》的內容爲例，他
在書中以寓言的方式安排了三位老人——赤老人、緇老人、黃老人的對話，闡
述三教同源於《易》的學術觀。這三位老人實際代表著方大鎮、吳應賓、王宣
三人，方以智的三教同源於《易》，正是他折衷學術的思想根基。而王宣與吳應
賓所重視的三教歸一與物理研究，則開啓方氏的折衷觀念，以及「道寓於器」
的思想，其來源不只在家學的傳承，亦可見學術上的教授。

三、方以智生平與學術

　　方以智，生於明神宗萬曆三十九年（西元1611年），安徽桐城人，其字密
之，以密字拆解作「宓山」，故又有宓山、浮山等稱號。其人博學多才，著述範
圍包含義理哲學、天文地理、考據訓詁、文學詞章等類，是以侯外廬讚之爲「百
科全書派大哲學家」，除了《通雅》、《物理小識》、《藥地炮莊》與《東西均》最
廣爲人知之外，又有《易餘》、《四韻定本》、《正韻箋補》等百餘種，然文稿多
已亡佚，部分僅存抄本。〔註21〕

　　方以智年少的時候除了知識上的求學以外，於創作中常帶有經世濟民的
抱負，結交的師友多是復社名流，吳應箕、梅文鼎、陳子龍、張自烈等當時
的知名人物，都與方以智互爲友朋，還與黃宗羲、王夫之有密切的書信往來，
甚至與侯方域、陳貞慧、冒辟疆三人合稱「復社四公子」，可見他在復社中

〔註19〕《通雅》，頁37。

〔註20〕方中通於〈物理小識編錄緣起〉中說：「王盧舟先生作《物理所》，崇禎辛未，老
　　　　父爲梓之。自此，每有所聞，分錄別記。」（《物理小識》，頁1。）

〔註21〕關於方以智著作的內容與流傳情形，詳見任道斌《方以智年譜》與侯外廬〈方以
　　　　智的生平與學術貢獻〉之介紹。

的地位與人際關係之友好。由於復社乃「興復古學，將使異日者務爲有用」
〔註22〕的復古組織，務在致用理念，故啓蒙後來的經世致用思想，也正是這
個緣故，方以智年少即有經世思想。不論是家學的影響、師承的教育，以及
社會風尚和朋友與社團的相互薰染，讓他的用世思想更加深刻。方氏爲文自
道：

> 少倜儻有大志。年九歲能論詩屬文；十二誦六經，長益博學，遍覽
> 史學；負笈從師，下帷山中，通陰陽象數，天官望氣之學，窮律呂
> 之源，講兵法之要，意欲爲古之學者，遇時以沛天下，而未之逮焉。
> 性疏達，善得大意，而強記爲難，久之略忘，竊自恨甚，恨才智不
> 及古人，而後身弱多病也。又善臨池，取二王之法，好圍棋，舞劍。
> 少知彈琴、吳歌、雜技之末，有所見則欲爲之。〔註23〕

文中可見青年方以智的博學多才，其學習目的在於未來生活的應用，「意欲爲
古之學者，遇時以沛天下」的復古致用志向，因此除了誦詩屬文、讀經學史
的必備經典需求之外，他還學習兵法劍法，而以狂士自居，就是在於他有賑
濟天下的心願。曾經整理《史記》、《漢書》之訓釋而成《史漢釋詁》一書，
之後更陸續創作《通雅》、《物理小識》等專門的考據作品。

　　崇禎十七年（1644 年）以前，方以智在社會的實際行動是積極且用世的，
於《浮山文集》中經常可見他帶有報效國家的文句，如〈請纓疏〉「范仲淹之
子挺身行伍，感眾效命」〔註24〕，即用范仲淹的故事蘊含懇求政府能遣方孔炤
率領軍隊，並讓自己可以投筆從戎。由於崇禎政權滅於李自成之手，雖有一
干臣子上書求戰，方以智亦有投軍之志，卻不受重用；崇禎身亡之後，方氏
哭靈時又爲李自成黨羽所獲，最終由北京逃往南京，投向南明弘光政府，但
所看到的景象卻是君主昏庸荒淫、朝政失常腐敗，據記載當時朝中君臣的情
境是：

> 時上深居禁中，惟漁幼女，飲火酒、伶官演戲爲樂。修興寧宮，建

〔註22〕明・陸世儀：《復社記略》，《東林本末》（北京：北京古籍出版社，2002 年），頁
　　　210。
〔註23〕《浮山文集前編》，頁 211。
〔註24〕《浮山文集前編》，頁 230。

慈禧殿，大工繁費，宴賞皆不以節，國用匱乏。……蓋馬士英當國，
與劉孔昭比，濁亂國是。……邊警日逼，而主人不知。小人棄時射
利，識者已知不堪旦夕矣。〔註25〕

方以智鑑於朝中上下荒淫昏庸，其經世濟民的志向遭受沉重的打擊，平生願望
在於振興朝綱，看到的卻只有君臣失能。寓居南京時，又受到阮大鋮的刻意報
復，因此他只得自放山林之間，並在順治七年（1650年）薙髮出家，遁入空門。

　　方氏晚年入佛門後，學術作品一掃過去以訓詁爲宗的研究方向，改以哲
學創作爲主，他在順治九年（1652年）起分別創作《東西均》、《易餘》與《藥
地炮莊》，他的學友施閏章有詩〈浮山吟，送藥公入肯原〉曰：「老禪不演三
乘義，卻注《南華》窮〈象〉〈繫〉；推倒輔嗣冢中骨，笑看蒙叟〈人間世〉。」
〔註26〕說明方以智身爲一位佛陀子弟，卻不從事佛教經典的詮釋，反倒轉向研
究《易》和《莊子》，可見他雖入佛門，卻不改融通學術的志向，遁空門只是
尋求政治上的解脫，而不是對世事的漠不關心。值得注意的是，他晚年之所
以一改早期的訓詁，而從事哲學創作，不只是因爲學術興趣的轉移，還有部
分原因是來自於他並沒有足夠的資料可供訓詁查詢，因此他只得擺脫翻閱典
籍的負荷，轉而建立一套自己的哲學體系，可見方氏仍然有意用心於基礎的
「考究之門」，更甚「性命之學」。

四、方以智音《易》折中與晚年主張

　　方以智家族的傳世之學主要在《周易》一門，這從方家四世皆有傳注《易》
學作品可知，而方以智著有《易餘》，爲研習《周易》的傳注之作。另編有《周
易時論》，是其父方孔炤之說，而方以智編錄之，另附有《周易時論合編圖象幾
表》，則主要是方以智《易》之象數的思想呈現。

　　究方以智之《易》學傳承自桐城王宣，主象數之說，因此方氏特別重視
《易》圖，以及術數之中所透露出的《易》學原則，以爲「言之不足，必資
於圖」〔註27〕，是以在說解之外，另編《周易時論合編圖象幾表》。此部乃方

〔註25〕清・計六奇撰：《明季南略》（臺北：成文出版社，1968年），頁398～399。

〔註26〕《青原志略》，頁255～256。

〔註27〕清・方中履：《古今釋疑》，《續修四庫全書》第1145冊（上海：上海古籍出版社，
　　　　2002年），頁24。

氏之《易》圖彙編，書中之〈等切旋韻約表〉，即與《通雅‧切韻聲原》互為表裡，其中的說解也融通了方氏的音學。由於密之對聲音的認知為「聲數同源」、「聲數應節」，是以論音必當返歸於《易》，其〈旋韻圖說〉即貫通音《易》之說，是聲《易》不相離之證，尤其三極說之◎，於根源處即為《周易時論合編圖象幾表》之〈三極一貫圖〉由內而外依序代表太極、無極、有極，其文云：

> 論聲以◎為本，今取以象三極之貫。太極在無極、有極中，而無極即在有極中。……中一自分為二用，而一與二為三。諸家之圖皆用三立象以範圍之，三即一也。〔註28〕

此◎既代表著方以智音學上的聲音之本原，於《易》學原理中又是「一極參兩」〔註29〕，而可以作為「太極：無極、有極」的分立。是知方氏之音學本不離於《易》。在密之的認知中，《周易》乃各項學術之本原，即「萬物共一太極，而物物各一太極」〔註30〕，故音《易》皆有太極，是為方氏學術之本。

《通雅》等訓詁學論著，是方以智早年所從事的考究之門，《周易時論》乃編自方孔炤之說，其學術源流亦屬早期的知識內涵。晚期所作《東西均》，雖然也有討論「韻＼均」，但已不若早期之豐富，只能作其音學之佐證。直到方氏參道、入主青原山，則所述音學更不如前。其晚年的學術狀況，可以用他和次子方中通的對話作為總結，其事跡據記載：

> 師誕日，侍子中通請上堂，中通問：「檜樹即荊條，死路走成生路。祖關穿聖域，鐘聲敲出鐸聲。《河圖》五十五點，恰應地戶天門，如何是參天立地處？」師云：「揮空一斧，幾人知恩？」進云：「半生先天，半生後天，未免打作兩橛。」師云：「直下火爐，是奉是背？」進云：「尼山鷲嶺已同時，誰能不辜負去？」師云：「絕壁奔雷，莫耳聾麼？」進云：「冬煉三時傳舊火，天留一磬擊新聲。」師云：「室內不知，兒孫努力。」禮拜退，乃云：「……我這裏堂內堂外，箇箇

〔註28〕 《周易時論合編圖象幾表》，頁 79。

〔註29〕 《通雅》，頁 1514。

〔註30〕 《周易時論》，頁 1502。

都似木雞，事事還他魚貫。未經桶底，卻自忘機現前。松風石澗，

擺脫屬色淫聲；碓觜茶鐺，陶盡凡情聖解。莫道美食，不中飽人。」

〔註31〕

其中「檜樹」、「聖域」、「鐸聲」、「尼山」指儒學的領域；「祖關」、「鐘聲」、「鷲嶺」則是佛學的內涵，而「荊條」是指青原七祖倒插已死的荊條，千年後忽然長出枝芽的故事。從這對父子的對話中可以發現，方中通關心父親在後世的評價，以其半生為儒，半生為佛，出世之後仍不斷傳授儒家學術，貫通中西的差異，唯恐落人口實，使人質疑他的信仰和學說內容。方以智則是認為自己綜合了儒釋的研究模式，雖然在當下未必能夠顯現成果，但這些影響將在後世發揮效應，不會成為空言。縱使身處佛教，卻不只是單純的佛教徒，仍是持守舊學、繼承家說，從中擊出新聲，至於未來的歷史地位，則交由子孫努力發展學術而定。據此可以知道雖然方以智晚年以哲學創作為方向，卻不減救世的基本態度，寄望從儒學的角度拯救世間，故有「鐘聲敲出鐸聲」、以佛濟儒的入世之志，縱使是儒釋合一，仍然可以富足天下人的心靈，但也止是其志未伸，是以最終的熱情，化為火光，一瞬而滅於江中。

方氏早年從事文字訓詁、名物考證之雅學，主以「考究之門」挖掘｜藏智于物」的質測之法；晚年明亡以後遁入空門，學術風格逐漸由質測之實轉往通幾之虛，創作多以禪語闡述「性命之學」的哲學思想。錢澄之序《通雅》曰：「今道人既出世矣，然猶不肯廢書，獨其所著書好作禪語，而會通以《莊》、《易》之旨，學者聚讀之，多不可解。」〔註32〕其中語言的艱澀深奧，方氏父子上述的機鋒相對可見一斑。錢秉鐙觀察方以智晚年學術所好，異於前期考證詁訓之學，而改以建立哲學體系，雖與現實情形的藏書多寡有關，然亦是質測與通幾的變換。如以訓詁和思想作為前後期的劃分，方氏早年著作《通雅》與《物理小識》，其內容著重在「質測即藏通幾」；而晚年《東西均》與《藥地炮莊》等哲學性質的作品，所關注的焦點則在「通幾護質測之窮」〔註33〕，二種

〔註31〕明‧方以智著；邢益海校注：《冬灰錄——外一種青原愚者智禪師語錄》（北京：華夏出版社，2014年），頁284～285。

〔註32〕《通雅》，頁1588。

〔註33〕侯外廬主編：《中國思想通史》第4冊下（北京：人民出版社，1960年），頁1152。
　　　　按：「質測即藏通幾」乃《物理小識》的編輯主因，可作為方以智早年的思想，而

理論亦是前後期的區別。

貳　方以智作品簡述

　　方以智身處明末動盪之際，仍然著書不輟，據侯外廬所記，方氏一生著述多達四百萬字以上。然現今出版與傳抄之作僅有一二，傳世文獻於訓詁有《通雅》、《物理小識》，收錄於子部雜學類；集部有《浮山文集》，《續修四庫全書》可見其貌；哲學方面，最著者乃《藥地炮莊》、《東西均》等作，亦陸續有華夏出版社刊印發行〔註34〕。查方氏作品最完整的創作目錄列於清光緒十四年，方昌瀚所編《桐城方氏七代遺書》，然亦僅是部分存目，不見其書。今日關於方以智的著作，上海古籍出版社於 1988 年擬出版《方以智全書》，但是在《通雅》之後暫無新出版的作品。隨著學術活動的發展，《浮山文集》等書陸續出版，《四庫全書》或《續修四庫全書》中可求其內容，又有取材自日本東洋文庫的《桐城方氏七代遺書》，和張永堂自日本攜回之《周易時論合編圖象幾表》，更添研究方以智的資料。今黃山書社計畫接續上海古籍出版社之《方以智全書》，又有華夏出版社與安徽博物館合作出版館藏的《方以智集》，其中陸續有《東西均》等作。以方氏創作數量甚多，約分作三項領域，以示方氏學術成就。

一、文學雅興

　　方以智最為人所熟知的文學作品乃《浮山文集》，其中有前編、後編與《浮山此藏軒別集》，文章收錄方氏前後期的文學創作，內容繁雜，包含各種文集序，如〈史漢釋詁序〉等；與他人的論學書信，如〈寄張爾公書〉等；也有他的讀書心得，如〈合止柷敔論〉等。由於這些文章裡有的收錄了他未傳世的作品書序，如訓詁型著作《史漢釋詁》今未得見其貌，只有書序據此流傳，但也正是通過對序言的解讀，可以間接瞭解方以智創作該書的理念，以及面

「通幾護質測之窮」一語則是出自於《青原愚者智禪師語錄》，是方氏晚年出世青原後對過往學術生涯的總結，故從時間序言，其中當有前後關係。

〔註34〕　按：上海古籍出版社所出版的《方以智全書》，只有《通雅》二冊；而後華夏出版社所編的《方以智集》，目前收錄方氏所作的《藥地炮莊》、《青原志略》、《冬灰錄——外一種青原愚者智禪師語錄》三部，其餘的作品則尚待出刊，故研究方以智的作品，仍待更多資料的問世與出版，以補充資料來源的不足。

對小學訓詁的態度，更有效地瞭解方氏著述目的。

又有《膝寓信筆》揭示他在金陵時，對過往見聞的人物傳記，其中特別提到利瑪竇與金尼閣等西洋傳教士，顯見這時候的交遊，讓他對西方學術有進一步的認識。晚年的詩文集有《合山巒廬占》等，是他遁入佛門之後所作，展現了他晚期雖然經歷環境上的困厄，但濟世之志不改，只是時不我與。《五老約》與《正叶》呈顯了他身爲明遺民的愛國精神，《五老約》用《洪武正韻》的二十二個平聲韻依次叶韻，《正叶》也是採用《洪武正韻》的韻目，由此顯見他對故國的思念。〔註35〕

從前後期的文學創作理念，可以發現方以智對舊學的認識是建立在過往的學習歷程，但面對西學的開放態度，使其音學研究能夠兼包中西音學之長；而在舊學上，不忘《洪武正韻》的正宗精神，延續到〈切韻聲原〉的著作理念，其宗正音、合《易》音的思想，正可以與《正叶》的基本體例相應。

二、哲學思想

方以智早年的學術路徑，主要著眼於質測與迪幾的考據學之應用，他反對宋明理學以後僵化後的學術內容，因此其通幾、質測的發展，部分是對陽明末學的改革。於是他著《通雅》以呈現他「質測即藏通幾」的理念，這可以從《物

〔註35〕按：《正叶》原作難見，故今人有以爲屬聲韻學創作，然《浮山文集後編》著有其〈序〉曰：「嘗以古韻悉曇太西，合之玼溫康節，乃知天然之叶，本不容造作，而享其中和者也。世守沈約，以唐宋皆頒行于禮部，歷代沿習，無知其故者。……《正韻》爲宋文憲所訂，雖細切未改，而中原之氣大暢，時宜正叶，不獨同文也。……浮山之孤，序至此而噓曰：『悟不二不一之公因乎？叶即如矣，叶即當矣。如如當當，叶二爲一者也。環韻而起於冬，中和以平，心法寓焉。呼與吸叶，開與闔叶，有聲與無聲叶，通晝夜者貫之，兩間皆氣也，所以爲氣者何在乎？生死也、喜懼也、天人也，理事也、虛實也、中旁也、頓漸也、統辨也、世出世也，無非代錯之交輪幾也，皆叶其中，貞夫一也。』」可知內容乃追溯《正韻》爲一代韻學之宗，並用之以爲創作之本根。另可發現方氏前期的《通雅·切韻聲原》與後期的〈正叶序〉，前後音學思想之一致，亦和《四韻定本》相符。而文末有：「聲先叶律，言以五七，奇統偶也。上沂〈騷〉〈雅〉，隨意短長。」可知《正叶》當是帶有韻學基礎的詩集，而非聲韻學著作。唯《四韻定本》原名稱爲《四韻定本正叶》，屬於音韻學作品，與文學之《正叶》不同。(全文詳見《浮山文集後編》，頁382。)

理小識》和《通雅》編輯過程中得知〔註 36〕。然而他晚年逃禪，入青原山，皈依覺浪道盛。雖然方氏與覺浪道盛同樣主張三教合一，但在細則中可見差異，以對孔子的看法來說，道盛以爲孔子能會同三教，因此可以從孔子身上看見三教的痕跡，不過他的孔子是三教中的產物，非惟儒家一脈，是從佛學的角度論孔子。〔註 37〕方以智雖從道盛習佛法，亦有著三教合一的概念，但他仍是以儒家的面向觀察孔子，從「六經」中體察孔子，因此他主張以禪歸《易》、以莊歸《易》，從經典的角度回溯孔子之志，是三教歸一、三教歸《易》。

　　雖然早期從事科學性的訓詁考證，但晚年駐守青原期間，因爲學術環境的丕變，導致心境的轉化，以及藏書的不足，於是他晚年學術走向哲學思想的創發，其中最著者在《東西均》與《藥地炮莊》。方以智通過《東西均》表達他折衷中外學術的思想，其內容包含聲氣爲主的宇宙論思想之〈聲氣不壞〉、〈所以〉等篇；象數之學的〈象數〉、〈三徵〉、〈反因〉等文；反映理學心性討論之〈盡心〉、〈生死格〉、〈消息〉等內容；和一統分歧、泯除分別的〈疑信〉、〈奇庸〉、〈張馳〉等章。由於他崇尚「折衷」，因此《東西均》的內容充滿了相互對立的標題，如〈反因〉、〈奇庸〉、〈全偏〉、〈疑信〉等名稱，用以表達事物之間矛盾的兩端，雖然矛盾卻也相互交集，故曰：「盡天地古今皆二也。兩間無不交，則無不二，而一者相反相因。」〔註 38〕方以智認爲對立正是統一的變化過程而已，而非無思無爲、寂然不動。當中的轉換方式則以「交、輪、幾」呈現，故曰：

〔註 36〕 洪明玄：〈論方以智「通幾」、「質測」與《通雅》、《物理小識》之關係〉，《輔大國文學報》第 41 期，2015 年，頁 35～64。

〔註 37〕 按：覺浪道盛〈三教會同論〉曰：「三教之道原本自同，予何人敢會之哉？昔之爲萬世師者，集群聖之大成，惟周孔子。……使當時孔子不親問禮於老聃，誰知老聃其猶龍乎？孔子不答太宰豁問，又誰知西方有大聖人乎？夫老聃雖未出《道德》五千言，釋迦雖未流教藏於東土，而孔子乃能逆知老爲猶龍、佛爲大聖，則天下之能會同三教、稱尊佛老者，莫過於孔子矣。」這說明了道盛所認爲的孔子有三教合一的契機，是三教的本原，其後的莊子等他家學派，屬「教外別傳」。（明‧覺浪道盛說，大成、大然等校：《天界覺浪道盛禪師全錄》，《嘉興大藏經》第 34 冊，頁 708。）

〔註 38〕 明‧方以智：《東西均》，《續修四庫全書》第 1134 冊（上海：上海古籍出版社，2002 年），頁 513。

> 交也者，合二而一也；輪也者，首尾相銜也；凡有動靜、往來，無
> 不交輪，則真常貫合，于幾可徵矣。……幾者，微也，危也，權之
> 始也，變之端也。〔註39〕

交是整合對立、輪是對立的往還相續、幾是對立相互轉化的幾微處，這三項的循環結合，是天地萬物運行的軌跡。

《藥地炮莊》也是方以智在青原山為僧時所作，其中意旨《四庫提要》評之曰：「大旨詮以佛理，借混洋恣肆之談，以自攄其意，蓋有托而言，非《莊子》當如是解，亦非以智所見真謂《莊子》當如是解也。」〔註40〕方氏借古人的言論，表達自己的思想，因此稱為「有託」。他認為莊子外在雖似尊崇老子而實際上是祖宗孔子的，因此他是以儒解《莊》，而生「莊子欲復仲尼之道而非其時，遂高言路以矯卑，復樸以絕華。……諸子何嘗不尊仲尼哉！知其所以尊者，莫如莊子」〔註41〕之嘆。方以智認為莊子是以儒學、孔子為最尊，其論學歷程乃先以儒解《莊》，進一步地以《莊》歸《易》，他除了說「《易》、《莊》原通，象數取證」〔註42〕的會通以外，更以《易》之象數闡發《莊了》內七篇的編排概念，故曰：

> 〈齊〉、〈主〉、〈世〉為內三爻，〈符〉、〈宗〉、〈應〉為外三爻，各具
> 三諦。〈逍遙〉如「見群龍無首」之用，六龍首尾，蟠於潛、亢，而
> 見、飛於法界，惕、躍為幾乎！……善寓莫如《易》，而《莊》更寓
> 言之以化執，至此更不可執。〔註43〕

方以智炮《莊》以《易》，將〈乾〉卦的六爻與《莊子》內七篇相匹配，而〈逍遙遊〉比於用九，呈現以奇統偶的概念，完全以為《莊子》包含著《易》的象數之理。而內外之三爻，皆寓有佛法「空假中」之三諦，因此《莊子》同時含藏儒道釋三家之理。方氏再將《莊子》寓言比擬於《易》，其中之理是用以消除

〔註39〕《東西均》，頁 522～523。

〔註40〕清・永瑢等著：《四庫全書總目提要》第 3 冊（臺北：臺灣商務印書館，1983 年），頁 1108。

〔註41〕明・方以智：《藥地炮莊》（北京：華夏出版社，2011 年），頁 467。

〔註42〕《東西均》，頁 588。

〔註43〕《藥地炮莊》，頁 101。

世人的頑固執著，並呈現《易》的哲學內涵。

方以智晚年的思想著作在這兩部之外，又有《易餘》、《周易時論合編圖象幾表》、《一貫答問》等自訂稿，所呈現的亦是三教合一，以《易》爲宗的思想。尤其方氏特別重視象數《易》學，在〈切韻聲原〉裡融入其象數之說，因此在思想的根源上，可以探究於《周易時論合編圖象幾表》，其中〈等切旋韻約表〉正可以補充〈切韻聲原〉之說，而其他的篇章，更可以作爲音《易》之學的理論本源。根據這些著作，可以發現方以智在這時期的學術路徑轉向以「通幾」檢驗天地間的法則，有別於前期「質測」的《物理小識》等作品。方氏早年發現士人苦心經營陸王尊德性之說，卻摒棄程朱之道問學，是有「掃質測而冒舉通幾」〔註44〕之病，因此深於家學、好於西學的方以智主張「質測即藏通幾」〔註45〕。而晚年學術路徑轉變，不再直接從事考究質測之學，故提倡「通幾護質測之窮」〔註46〕，更加揉合「通幾」與「質測」彼此間的關係。

文學創作與哲學思想的學術根基，都在方以智的訓詁研究中起了不小的作用。前者可於文集中得出他未傳世的訓詁學說，驗證前後期音學不相分離的憑據；後者所呈現出的現象，不論是東西學術的相融，又或是傳統學術的偏向，可以發現方氏深厚的學術根基，於是在音學創作中，他貫通音《易》、結合東西、縱橫古今，縱使《通雅》與《物理小識》屬於早年的訓詁類作品，但從《通雅‧切韻聲原》到《四韻定本》，可以發現方以智的音學觀念並未隨著時間的流逝而改變，仍然保持既有的音韻思想和理念。

三、考鏡源流

方以智在訓詁學上的成就，主要集中在《通雅》和《物理小識》兩部著作中，其他尚有《史漢釋詁》、《四韻定本》等，可惜《史漢釋詁》或併入《通雅》的〈天文〉、〈地理〉等篇之中，而未見個別的傳世文獻；《四韻定本》亦僅有安徽省博物館藏清抄本，流傳未廣。今考訓詁之〈史漢釋詁序〉說明其考據創作之意旨，曰：

> 《爾雅》一卷曰〈釋詁〉。詁，古也，訓古今異言也。自始作籀，迄

〔註44〕《物理小識》，頁1。

〔註45〕《物理小識》，頁1。

〔註46〕《青原愚者智禪師語錄》，頁326。

於今數，變易不一，其言頗詭。秦斯作〈蒼頡〉六章，高作〈爰歷〉
七章，……許慎作《說文》十五篇，皆以明六書，詁其義也。……
章句雖小學，然不能章句達於古訓，而號能屬文，文乎？……嘗以
爲古文簡多通，今益附會，其義逾久，人苦不洽聞，其用之數以粃繆，
宜也。余因彙《史》、《漢》章句而編之，曰《史漢釋詁》，其義近古
者釋之。……鄙事，烏敢自類《爾雅・釋詁》哉。〔註47〕

其釋訓對象乃司馬遷《史記》與班固《漢書》，所作的是章句訓詁。特別的是方
以智在從事訓詁工作時，所關注的是與經學的關係，不論是《通雅》還是《史
漢釋詁》，他都秉持著「宗經」的態度而上比於《爾雅》，縱使他自認不敢相匹，
但在研究的方法上，仍是承襲自《爾雅・釋詁》。《史漢釋詁》如此，《通雅》和
《物理小識》亦然，更何況後者本收錄在前者之中，皆可謂祖述《爾雅》而成。

　　《通雅》內容，無所不考，文字訓詁、天文地理、禮儀制度，都在方以
智的研究範圍之中，故爲後世研究者稱作明代考據學之集大成。其中又有〈切
韻聲原〉一卷，專門考究古今音韻現象，而提出古聲韻之說。然方氏「考古
以次今」、「尊古以用今」，是以提出古音韻的學說之外，又有今音的說明，其
「十六攝」、「二十六韻」、「十二統」等，就是呈現今音的內容。音韻學說除
了在〈切韻聲原〉有完整的呈現以外，他在《四韻定本》中，也有相對應的
論述，原作藏於安徽省博物館，從楊軍的兩篇論文所說，可以發現《四韻定
本》所分韻部與《中原音韻》一致爲十九韻，亦是〈旋韻圖〉內圈的韻部安
排；聲調同爲五調陰陽上去入，亦符哐噹上去入之數，調下依介音而有重輕
的等呼之別──重合呼、輕細呼；聲母二十，亦符〈切韻聲原〉，蓋其體系不
外乎〈切韻聲原・新譜〉。〔註48〕

〔註47〕《浮山文集前編》，頁 183～184。

〔註48〕楊軍、王曦：〈《四韻定本》見曉組細音讀同知照組現象考察〉，《東方語言學》2014
　　　　年 01 期，106～111。另王松木所引用《四韻定本》的文句，亦與〈切韻聲原〉所
　　　　述一致，甚者相互重複，如以春夏秋冬配應中和均平之韻，入聲之陰陽另稱起伏，
　　　　而「古時南、耽、簪、鐔皆與侵韻同叶，今取甘、諳、酣、南，恰應歡桓韻。若
　　　　讀堪、三、藍、談，則叶咸韻。」與〈新譜〉如出一轍。且方以智兩部創作皆以
　　　　〈旋韻圖〉之圓圖爲最重要的音學架構，可見〈切韻聲原〉與《四韻定本》的音
　　　　學主張、語音所呈現之體系，於生平前後並無二致。（分別轉引自王松木：〈知源
　　　　盡變──論方以智《切韻聲原》及其音學思想〉，頁 317。）

方以智的考證創作，多數已併入《通雅》之中，如〈此藏軒音義雜說〉，雖不見原本，今只見序文一篇，然二者創作時間同在崇禎十四年辛巳（1641 年），故侯外廬認為即是卷首之〈音義雜論〉。而《史漢釋詁》亦可能併入〈天文〉、〈地理〉等篇裡，又《四韻定本》內容與《通雅·切韻聲原》相合，《物理小識》本來就在《通雅》當中，後來由方中通析出單行，是《通雅》不只是明代考據學之集大成，亦是方以智考據學之集大成的作品。

第二節　方以智學術研究成果綜述

方以智生在明末清初之際，正是政治局勢最為動盪的時代，他在學術上兼容並蓄，卻在政治的選擇裡，只包容朱明王朝，遂不能與清政府共存，終以明代遺民的身份，於清康熙十年（1671 年）自沈江水。他這份專為明朝殉身的志氣，即是方孝孺一脈之氣節，而上接其祖先方法。以身殉節的行動雖為清朝政府所贊同，卻因政治不正確的關係，而不見容於乾嘉時期的漢學家，甚至他的文集、思想著作皆列在禁毀書目之中，更間接造成他的作品為人所遺忘。此外，他晚年逃禪，寫作風格與語言習慣受到佛學的影響，常有深奧晦澀的文句，後人難以解讀，因此為人所忽視。正是源於這樣的因素，清中葉的漢學家以為其學術內容駁雜，且所持研究方法非漢學家一貫理路，是以此時作家雖然考究古訓，有承襲方以智成果之舊，卻未必直述於作品當中，如錢大昕考證古聲母而得「古無輕脣音」、「舌音類隔之說不可信」二項成就，於方法、材料皆同於方氏《通雅》所誌，卻未有隻言片語提及方以智，即是源自於此種政治背景及學術環境。

然而這些觀察的角度不能掩蓋方氏之成就。早在康熙朝就已有研究方氏論著，《正字通》、《康熙字典》等字書，多處引述《通雅》之說，陳元龍所著《格致鏡原》，亦屢屢言及《物理小識》，是可見方以智在清代前期的影響。及至乾嘉，其說才杜於士人之口，所作諸書亦難見文人引用，直至梁啟超《中國近三百年學術史》之讚譽，才稍稍引起後人們的注意。考歷來學者對於方以智學術成就之評價與研究，依余英時之見，隨著學術思潮的變遷，而有不同的偏重，因而略分為三個階段，余英時說道：

> 當乾隆之世，漢學鼎盛，四庫館臣極稱許《通雅》，所重者顯在其考

證，此第一期也；密之早年治學，博雅所及，兼通物理，與並世耶
穌會諸子頗上下其議論。「五四」以來，遠西郯子見重於中土，言密
之者率多推其爲近世科學與音韻學之先驅，此第二期也。洎乎最近，
學風再變，思想與社會之關係最受治史者注目，密之少負澄清天下
之志，接武東林，主盟復社，言思所涉，遍及當時社會問題之各方
面，則宜乎今人之特有愛於密之者轉在其爲一時代之先覺矣。此第
三期也。〔註49〕

余英時說明清代以後對方以智的研究狀況，其中前二者皆是小學研究，乃是源
於方氏作品聲名最著之《通雅》、《物理小識》，其他著作今日只見抄本、流傳不
廣，自然影響力小，是故清代從考據學的角度研究方以智，實爲必然結果。今
以時代、學術類別爲序，綜述方氏之研究概況，以爲其人作品之研究發展。

壹　民國以前之方以智研究

清代的方以智研究，其內容即如余英時所言，乃從考據的面向入手，引用
者多擷取其中所需，列引方氏之說，以資論述。據冒懷辛〈通雅校點說明〉考
察，黃虞稷、全祖望、陳大章、顏元、李塨、毛奇齡、王源、陸耀、袁枚、譚
獻，只在個別作品中偶有引述《通雅》或《物理小識》之說，未能以研究態度
論述。袁津琥認爲方氏著作於後世有卓然成效、功不可沒，才能在《四庫提要》
中評價甚高，卻少見乾嘉諸老的徵引，是以袁津琥在冒懷辛的基礎裡，更往上
下推求，而作〈通雅研究二題〉，袁津琥從政治的角度論「明遺民」方以智因敏
感的政治身份之關係，在清代的地位不高，所以其說列作禁書。此外清初考據
學風尚未成熟，《通雅》之說駁雜，是以不受乾嘉時代的專門學者所好。

不過乾嘉以來，猶有研究或引述方以智之說者。乾隆九年（西元 1744 年）
徐文靖《管城碩記》乃考據正訛之作，其糾謬專著以先秦六經爲首，迄於明
末《通雅》，徐文靖以爲「巨集如楊氏之《丹鉛》，方氏之《通雅》，最稱淹博」
〔註50〕，實可見方氏之說在乾隆朝以前的影響狀況，《管城碩記》第二十九卷
專論方以智《通雅》，駁證其說三十六則，亦是有力於《通雅》研究。

〔註49〕《方以智晚節考》，頁 1。

〔註50〕清・徐文靖：《管城碩記》（北京：中華書局，1998 年），頁 3。

江永，字愼修，精於三《禮》、術數、音韻，是清代樸學徽派的奠基者，所著有《音學辨微》、《古韻標準》，是清代最早辨析方以智音學的代表人物與作品。他特別讚許方氏〈字韻論〉〔註51〕，此即研究方法的認同。在古聲母的議題上也有相同的看法，二人皆主張古有不可撼動的三十六聲母。只是在聲調上，方氏執於今音以爲咥嗻上去入五調，而不能明白聲母本有清濁之別，陰陽乃據此而分，故爲江永所駁難，然是方氏音學研究之始，當無可疑。另在《河洛精蘊》中說：「明方以智著《通雅》，其圖六脉右尺爲三焦心包絡，雖是儒家之書，實不易之圖也。」〔註52〕明顯將方以智視爲儒家的人物，異於《四庫提要》之列在雜家類中，亦見方以智在清代學術地位的分歧。

清代以音學角度研究方以智者尚有陳澧。陳澧字蘭甫，生活在嘉慶、道光年間。其《切韻考》論古聲母，有：「陸氏沿用古書切語，宋人以其不合當時之音，謂之類隔。方密之《通雅》始辨其惑，錢辛楣《養新錄》考辨尤詳。」〔註53〕陳澧已經注意到方以智的古聲母研究，只是方氏未能集中考釋，並提出「古無輕脣音」、「舌音類隔之說不可信」的結論，是以此成果爲錢大昕所獲。此外，陳蘭甫解釋方氏在聲母發音方式的設計——發、送、收，以爲「發聲者，不用力而出者也；送氣者，用力而出者也；收聲者，其氣收斂者也」〔註54〕。可見方以智明確地成爲乾嘉以後音學研究者的研究對象。

清代學者對宋代以後的考據論述多不引用，因此方以智的政治不正確，以及他所處的時代，和他所提倡的言論，都與政府當局有所扞格，於是清代研究其說者鮮矣，甚至在論著中並不直接記載相應的關係，彷彿方以智的著作並未流通於士人之間。但很多的註解裡都可以看見方以智的考證爲學者所採用，可知雖然清代研究方氏者少，但贊成其說法且受影響者仍不在少數。

〔註51〕江永曰：「桐城方以智密之曰：『古音之亡於沈韻，猶古文之亡於秦篆。然沈韻之功亦猶秦篆之功。自秦篆行而古文亡，然使無李斯畫一，則漢晉而下各以意造書，其紛亂何可勝道？自沈韻行而古音亡，然使無沈韻畫一，則唐至今皆如漢晉之以方言讀，其紛亂又何可勝道。』此言實爲確論。」（清·江永：《古韻標準》，《叢書集成初編》第1247冊，頁13。）按：此語乃引自方以智《字韻論》，於此可見江永的音韻學說有沿襲自方以智處，亦見其所辨析。

〔註52〕清·江永：《河洛精蘊》（臺北：萬有善書出版社，1975年），頁292。

〔註53〕清·陳澧：《切韻考》（臺北：臺灣學生書局，1969年），頁200～301。

〔註54〕《切韻考》，頁483。

貳 史學角度下之介紹與研究

李新魁的《漢語等韻學》（1983 年）概略性地介紹了方氏音韻研究中的聲調、聲母、韻攝以及等呼的內容，而未有全面地分析方以智所以有此結論的研究過程。趙蔭棠《等韻源流》（1985 年）根據方以智〈切韻聲原〉中的敘述，特別凸顯方氏研究的獨到處，並解析方氏所受到的音韻學源流，不僅只是學習過往韻書，更經由「審音」的方式，作爲其韻學的根基。然與李書的研究成果相似，只是呈現〈切韻聲原〉所述，卻未能深究其他篇章中的音韻紀錄，故難以一窺方氏音韻研究之全豹。耿振生《明清等韻學通論》（1992 年）也有提及方以智的韻學，但僅列出方氏對聲、韻、調的結論，未有其他詳細的說明。

袁津琥首倡清人對方以智的研究而作〈通雅研究二題〉（2000 年），考證「清人很少徵引《通雅》的原因」及「清人徵引《通雅》考」。其中論述重在後者，而內容則以引用者居多，眞正研究方以智其人其文者，清代學者實在少數，只有徐文靖、江永、陳澧等有較爲明確的評價與解析。歐亞青承續著袁津琥的論述，在〈通雅的研究概況〉（2011 年）中，羅列清代以來對《通雅》的研究，不論是出處、間接或直接的影響，都能記載其說，並在今人的研究中，詳加分析其領域。只是資料檢索有限，未能含括臺灣的研究論著。

當代邢益海更擴大了方以智相關研究的範圍，其〈方以智研究進路及文獻整理現狀〉（2013 年）一文統整了民國以來的方以智研究，其中將現狀分爲六項。在第一項「西學與科學——《通雅》和《物理小識》」中，列舉了對兩書的相關研究，以研究焦點多在方以智與西學的關係，是以他尤其重視文中的科學價值，語文學的部分則著墨甚少。第二項的「哲學——《東西均》」等資料，因爲方氏的純粹哲學著作《東西均》出版甚晚，直至九零年代始有相關研究，此以蔣國保《方以智哲學思想研究》爲這一論題的代表作。三是「遺民志節與遺民社會——根據詩文與史志資料」爲主，此論題起源自余英時《方以智晚節考》，其後遂有一群研究者從遺民的角度探求方以智等明末遺民的心志。四是「教科書或通史——思想史及斷代」研究，這是從張豈之、侯外廬以來的研究方向，並在文中陸續引用重見天日的文獻，得以進一步求取方以智在學術史上的價值。五即「生平與思想傳記」，這部分的內容綜合前四項所述，主要是從方以智的生平經歷與他的思想相結合，以知人論事的方法切入其思想發展。六乃「文本及專題」，是專門研究方以智單一著述的內容，主要對象

有《易》學、《東西均》、《藥地炮莊》的莊學研究等，以及禪學與佛學。邢益海〈方以智研究進路及文獻整理現狀〉文末說明研究的限制在於《方以智全書》與《方以智集》的出版緩慢，於是只有部分人能夠看到原始文獻或手抄本，因此嚴重影響研究的發展，成果相當有限。

參 《通雅》詁訓研究

一、《通雅》各篇章之研究

謝葵所著《通雅稱謂篇研究》（2011 年），將《通雅》裡面所提出的稱謂詞分成親屬稱謂詞與社會稱謂詞，於親屬稱謂詞下又分出血親親屬之父系親屬、血親親屬之母系親屬、姻親親屬之夫系親屬、姻親親屬之妻系親屬。在社會稱謂詞裡細分有對君主、君主配偶及其子女的稱謂、官銜稱謂、職業稱謂、尊稱、自稱、賤稱。通過這樣的分析，提出對《通雅》的價值認定，以為方以智廣博地收錄詞彙，能於親屬稱謂詞之外，更增加社會稱謂詞一類，可謂是呈顯時代特色。其次是例證來源豐富，兼及經史子集。第三是考證精闢詳實，可以徵考古今聚訟而決之，以符合其尊疑、尊證、尊今的創作原則，於釋義時通過因聲求義，而達成全面解釋字詞的功效。最末則是展現通變思想，能夠窮源溯委，表明自得之見。然而此文對象僅據〈稱謂〉一篇，於因聲求義上未加琢磨，又因刻意分類，部分稱謂於《通雅》中的詞彙較少，據其一二條即自為一類，難以全面地瞭解此稱謂於社會上的地位與價值。

商雙的《通雅宮室研究》（2012 年）則是訓釋解析〈宮室〉一章，分析出〈宮室〉通過因聲求義、推求語源、藉助方言俗語、和參證見聞等方式，以考證建築名稱緣由、訓釋建築形制，以及釐清建築發展演變的三個主軸。因而提出〈宮室〉一章有語言學、辭書學、文獻學與建築文化的價值。全文考證不只是引用前後時期的文獻，還能夠採用語言學的方法，證明方以智在建築名稱上的考據，可謂以小見大，而且就宮室論建築，顯得主題集中。然而〈宮室〉有七十一條，文中只針對其部分作論證，未能逐條審核，如能逐一釐清其〈宮室〉之說，更能證明方以智在訓釋上所論證的內容與體例。

張魯光《通雅諺原研究》（2012 年），是根據〈諺原〉一章所作的研究，主要研究方式是對〈諺原〉中的各個詞條加以疏證，通過考據方以智原文，以驗證《通雅》在考據學上的價值。主要結構是由第二章的疏證所組成，而後分析

〈諺原〉的整體含義與條例。全文考據詳實，理據充分，於方氏原文所未明言的資料來源與引用失據的例證加以駁斥，進而得到〈諺原〉所考據的不只是口語上的俗語，還擴及日常生活的各項事物。然而此文僅通過對〈諺原〉一章的考據，即認爲方以智自詡所證必有來源之說，以及四庫館臣所評定的成就二者相去甚遠，非爲確論，恐有以管窺天之嫌，不能得《通雅》全貌。

二、訓詁學研究《通雅》論著

蔡言勝 2002 年著《通雅語文學研究》，從四個面向探討《通雅》的內容，「原聲音」是方以智研究方法中最重要者，蔡言勝從〈切韻聲原〉萃取出方氏的音韻成果，與方氏的古音研究，得出方密之在中西文化交流發達的背景下，對語音的認知受到西方影響，藉以探究聲音的眞實本原。「正文字」處則認爲方氏透過金石文字以考校《說文》與經籍之謬。「通聲義」一節明白解說方氏訓詁工作的兩個方法，以爲其破假借與明音轉的方法，開啓了清代訓詁研究的先機。「考語詞」則是說明《通雅》的資料收錄，認爲其中記載了聯綿詞與古語俗諺，意味著漢語詞彙學向語言本體和活語言的回歸。不過語文學的範圍不只限於此四個面向，文法、修辭等都是可以擴展的目標，蔡言勝只著眼於此四者，未能盡展《通雅》在「語文學」上的價值。

梁萍 2003 年所著之《評方以智通雅對連綿詞的研究》，專以《通雅·謰語》三卷爲研究對象，比較方以智與歷代學者對連綿詞的認知差異，並評定其異同的原因以及分析〈謰語〉中的訓詁條例和連綿詞的來源。文章雖以評名篇，但主體仍在解析方以智對連綿詞的認知，「評」的部分並不顯著。雖然文章不見對《通雅》全書的整體研究，對範例的解釋也未能窺〈謰語〉全貌，但是從連綿詞的角度研究《通雅》，可謂開啓此論題研究之先河，後來從同源詞、語源的角度研究《通雅》者，路徑亦近於此，則斯文之研究方式，爲後來研究另開一新路。

劉娟在 2005 年成《方以智語言學研究》一書，書中對於《通雅》的語言學成就，從音韻學、文字學、訓詁學、詞彙學、校勘學等五個角度切入，於其下列舉方以智所引用的例證，並解析其根據源由。所用例證不拘一處，於《通雅》全書皆有涉略，眼界實爲宏觀。然既以「學」爲稱，而未見現代學說之論證，「語言學」一詞雖可概括此五類，然語言學內容又較此五類更加寬

廣，則文中未見其他，又題目稱方以智語言學，而內容卻只限定於《通雅》，是未能全面研究「方以智語言學」之內容。

舒春雷的《通雅語源研究初探》作於 2007 年，他整理出方以智《通雅》的同源詞，而後加以分類成同源單音詞、同源聯綿詞、同源疊音詞三類，並且將聯綿詞分為衍音聯綿詞、義合聯綿詞、疊音聯綿詞三類。通過古音的分析、《說文》字義的觀察和過去字辭典的釋義等方式，對他所摘出的詞彙進行解說，以證明方以智《通雅》對收錄同源詞上的成果。然而舒春雷對聲韻學的使用似乎有所困擾，例如在古韻通轉部分，論文中以為耕真對轉、侯東旁轉，不知其所參考的古韻學說為何。而聲母部分，又有所謂曉溪旁紐、喻邪鄰紐等諸多名稱。甚至在分析語音時，皆未能先考察其中古音，進而推展至上古音，雖直接說明結論，卻又有所疏漏，故其過程難以服人。同年度臺灣廖逸婷《方以智通雅同族詞研究》的議題亦與此相同，以《通雅》之中有太多連綿詞、重語等帶有聲韻結構的詞彙，是以後人欲探求同源、同族詞，可以藉由這當中的資料，分析其中語音狀況，以考索其語源情形。

胡婷的《通雅「同」、「通」、「近」、「轉」研究》（2007 年），將《通雅》的音讀訓釋中使用到「同通近轉」的所有案例——七百零七條一一舉出，並引述於正文、詳列於附錄，足見作者資料蒐集之用心，並且於文中統計使用「同通近轉」四種訓詁詞語時，其音讀關係的比例，分別依照聲母與韻母進行統計。其結論以為方以智在使用此術語時，多有一定的音韻關係；就功用上說，「同」以同源詞和通假字為主；「近」則大部分表示通假字，部分為同源詞；以「通」為名者，絕大部分表示通假字，少數表示異體字和同源詞；而「轉」是指由於古今、方言、假借等因素造成的讀音差異。作者雖採取科學的統計，然結論總不出有音韻關係與無音韻關係二者，又將《通雅》當中發聲的術語概念混淆處，斷定是方以智使用上的不科學，未能還原明末清初時空背景。術語體系之成當在清中葉，方以智開先河而啟其緒，固不能以後代眼光視之。

歐亞青的《通雅訓詁研究》（2012 年）疏通整部《通雅》，從訓詁的內容與方法切入，認為方以智在著作時，除了標音辨義之外，又能溯源校勘，有助於後世編輯辭典與古籍整理。於方法中則有注解上的互證、依字音、字形以考義，這種研究方法對乾嘉時期因聲求義的理論有開創之功。於價值上，認為方以智有嚴謹的態度、並能擴大取材範圍，又有著較為科學的方法，因

而對後代訓詁研究提供了良好的範式。然而對方以智的不足之處，則未能擺脫以今律古的思維，認為方氏解釋有誤、出處不明、引語未完、用語混亂，但方密之處於動亂的時代，而且各種理論也仍未建立，所以不能對語音、字義有著突破性的見解，故失之過苛。然其對於《通雅》的訓詁方法及其價值，仍是抱持著肯定的態度。

胥俊與柴潘虹分別創作《通雅名物訓詁研究》（2014 年）和《通雅名物訓釋研究》（2014 年），前作從名物訓詁的角度探討《通雅》，以補充《通雅》的研究範圍，討論《通雅》名物訓詁意義。首先考究名物的標準，並介紹其分類。而後說明方以智「名實」關係的研究，方可以進行《通雅》在名物訓詁上所使用的方法：因聲求義、比較互證、文獻求證、方言求義和文化求義，最後歸結《通雅》名物訓詁資料的史料價值、辭書學價值和文化價值。後者從名物學角度研究方以智如何「辨當名物」，主要包括四個方面的內容：命名規律、異名別稱、訓釋方法、並與《埤雅》對比。首先介紹界定名物的範圍，並闡述明代名物研究的情況，發現方以智對名實結合有著規律的研究。從方以智對名物命名的研究理據，分析概括出名物定稱的九種理據——形貌、味覺、顏色、聲音、功效、特性、材料、典故傳說命名以及綜合各種理據命名。隨後從「異名同實」與「同名異實」兩項分析方氏對名實關係的認識，歸納出了此二者產生的原因。第三章研究方以智對名物的訓釋方法——意義與聲音兩方面對名物進行訓釋。在意義上，運用九種義訓方式進行訓釋——以別名、以古語與今語、以雅語與方俗語、以通名釋諸別名、大名釋小名、以同類之名相釋、設立界說、描寫、廣泛徵引諸文獻共九項。在聲音方面進行三方面的考證：一是明轉語以釋名物；二是探求命名之源；三是辨析異名同實。最後再將《通雅》與《埤雅》相比較。

值得注意的是，方以智的研究方法中有一項為「因聲求義」，這方法是他訓詁工作的主要功夫，因此不僅在探索語詞之〈諺原〉一卷採用這項功夫，在稱謂研究與宮室研究，都可以發現他通過因聲求義以考據事物的源流、名稱的發展，以及對字詞的駁難，都需要採用此方式而得到完善的解答。

三、《通雅》古音研究

廖乙璇《方以智通雅古音研究》作於 2005 年，以古音為研究對象，分析《通雅·切韻聲原》的古韻七部，證明方以智在吳棫以後、顧炎武以前的古韻研究

之優越性；從「舌齒常借」、「脣縫常溷」的論述作爲聲母的分析，說明方氏開啓後人古聲母研究的先鋒。並在最後與清初古音學家相比較，用以奠定方氏古音學的起始地位。然而未能從《通雅》的方音紀錄，建立方氏在古音與方音的關係，因此在古音的探討中，缺少方言的證明，只能說明方氏現有的音韻資料，而未能探究其立論的根本因素。這個狀況，在周遠富 2008 年成書的《通雅古音考》一書中得到解答。

周遠富特別關注方以智的古音研究，所著五篇文章，皆是研究方以智對古音的認識，2002 年著〈方以智通雅與上古聲紐研究〉、2004 年作〈通雅與考古、審音〉、2005 年有〈通雅與古韻分部〉、2006 年的〈通雅古音學及其應用〉，而後在 2008 年匯集成《方以智古音考》一書，並在 2010 年另外發表〈通雅與古韻通轉〉。在〈方以智通雅與上古聲紐研究〉一文裡，他認爲方以智脣音、舌齒音的研究啓發了錢大昕「古無輕脣音」與「古無舌頭舌上之分」、「古人多舌音，後來多變爲齒音」的說法，於喉牙音則以爲已有互混的情況發生，並提出方以智已察覺喻邪禪的古讀情形，爲古聲母的研究向上溯源。〈通雅與考古、審音〉中，認爲方氏《通雅》兼含考古、審音的優點，通過清許翰的〈考古音八例〉，並引用《通雅》中的例證，說明方氏在考究古音的議題上有著嚴謹而科學的方法。並且在考古時還能有著審音的優點，而不是只講音證，不問音理；審音時可以分析發音部位與發音方法。〈通雅與古韻分部〉中，就方以智的古韻七部，說明各韻部之間的分合狀況，認爲方氏列古韻作七部，不只是類似吳棫的鄰韻相通，還通過異文、諧聲的材料，擴大韻部相通的範圍，因而在分部的觀念上較吳棫更爲進步。此外也舉出方氏論述中所不及顧炎武的地方，以爲方氏主通而不能分，使得其分部比吳棫、顧炎武少，可見他不成系統之處。另在〈通雅古音學及其應用〉裡，認爲方以智科學地運用「因聲求義」的概念，並透過此概念以「明假借、求語源以及解釋轉語、常語、方俗語、連綿字、古今字」，啓發了清代段、王等人的音義研究。在古韻通轉部分，他認爲方氏對音讀的變遷，有對轉、旁轉和旁對轉的現象，但是其中案例並非完全符合古今音讀的正確轉變，其原因在於方以智是從方音認識古音，而忽略了中古《切韻》音在古今音變上的價值。前兩篇主論述，後一篇於論述外直指方氏之不足。不過周遠富的研究方式直是以今律古，方氏對音轉的認識多在聲或韻的近似，並未有嚴格的對轉或旁轉，以今日的研究

成果，要明代方以智相從，實在強人所難。因著這五部作品，周遠富結合其中論述，於 2008 年成《通雅古音考》一書。周遠富先敘述《通雅》在漢語發展中的地位，以及闡述當今的研究現況，再提出方氏的古音理論，而後才研究《通雅》中的古聲、古韻、古調的內容，並爲方氏《通雅》在古音發展的立論基礎上建立其定位，可謂是方氏古音研究中，較爲完整的作品。

肆　〈切韻聲原〉與《四韻定本》之研究

一、〈切韻聲原〉研究

黃學堂專著《方以智切韻聲原研究》作於 1989 年，他從十六攝的圖表分析其聲韻內容，認爲其中聲母的特質有：全濁聲母清化、非敷奉歸作夫母、知莊照三系合流、喻爲影疑零聲母化、顎化音尚未出現、捲舌音形成。聲調部分：全濁上聲變去聲、平聲分陰陽咚嗻。韻母的特質處有：二等牙喉音細音化、曾梗攝合併、支思韻字的增加、兒韻獨立等現象，因而判定〈切韻聲原〉所反映者乃是「官話」性質的語音系統，入聲韻兼承陰聲韻與陽聲韻，則是讀書音的繼承結果。不過黃學堂的研究主在十六攝的〈新譜〉表格，則〈旋韻圖〉、〈韻考〉等所呈現出來的多種方以智音學研究，則未曾深入探求，只是〈切韻聲原〉的一部份音學成果，但在當時已是方以智研究的開拓者。

張小英的《切韻聲原研究》作於 2002 年，由於作者身處海峽對岸，未能知悉黃學堂的研究成果，是以兩人所作略有相同。張小英亦是以《通雅》中的一章爲研究對象，探討〈切韻聲原〉所描繪出的聲韻調體系，進而分析出〈切韻聲原〉的聲母有「全濁聲母的清化、知莊章的分合、莊精合一、泥日疑合一、泥來混併及奉微合一」等現象。對於韻母狀況主要結論爲「開口二等喉牙音發生顎化，產生[-i-]介音；出現[ɚ]韻母；臻深梗曾四攝合流」。聲調部分爲「陰、陽、上、去、入五聲，全濁上聲多數仍歸上聲」。張小英與黃學堂兩人的研究成果大致相同，然而其論文題爲《切韻聲原研究》，內容卻僅解析〈切韻聲原〉中的〈旋韻圖說〉，其餘的〈論古皆音和說〉、〈字韻論〉、〈韻考〉、〈十二開合說〉等，則約略說明，並不細究，因此其研究材料有限，未能全面整理方以智〈切韻聲原〉的語音內容。茲以黃學堂與張小英對〈切韻聲原〉的研究，作「兩部『〈切韻聲原〉研究』簡述表」，以證其中聲韻調的對比。

表一：兩部「〈切韻聲原〉研究」簡述表

	黃學堂《方以智切韻聲原研究》	張小英《切韻聲原研究》
聲調	平聲分陰陽哇喧、全濁上聲變去聲、入聲承陰陽。總共作陰陽上去入五個調。	平分陰陽；濁上多承上聲，部分變去；入聲成調，共陰陽上去入五個調位。
聲母	聲母二十。全濁聲母清化：濁塞、塞擦音聲母按平聲送氣、仄聲不送氣分別與同部位塞音、塞擦音聲母合流。非敷奉合一作夫母、知莊照三系合流形成捲舌音、喻爲影疑零聲母化、腭化音尚未出現、微母[v-]獨立。	20個聲母。微母[v]數量極少；疑影喻合流變爲零聲母；知莊章（照）分洪細：日母仍以拼細音爲主。部分莊組字混入精組字。有少量泥日疑、泥來、奉微、匣疑喻混並現象。
韻	二等牙喉音細音化、輕脣音與知照系的三等性介音逐漸消失、介音[u]的衍生與失落、曾梗攝陽聲字合併、外轉開口一等元音由[o]變[a]、支思韻字的增加、兒韻獨立、韻尾整併作六餘聲、閉口韻變抵顎韻、入聲兼配陰陽，顯示部分轉作[-ʔ]是讀書音的保留。	存[-m]尾，入聲兼配陰陽，有寒桓分韻、[-ʔ]，陽聲韻尾[-m]、[-n]、[-ŋ]相混，[ɚ]韻母產生。開口二等喉牙音發生顎化，產生[-i-]介音；臻深梗曾四攝合流。
音系	「官話」性質的語音系統爲主，兼含讀書音。	融合讀書音和南北方音、「存雅求正」的「普通話」音系。

　　黃學堂以爲〈切韻聲原〉的顎化聲母尚未出現，而張小英則認爲在部分韻字中有喉牙音與[-i-]介音相配，是以證明顎化已然發生。大概方以智所處時代，顎化音正在模糊階段，部分正在轉化，又或是受到語音變化的影響，方氏記錄語音的內容不一，故其中有無並不顯著。

　　時建國〈切韻聲原術語通釋〉與〈切韻聲源研究〉二篇，前者1996年作，主要考究〈切韻聲原〉的音韻術語。因爲方以智學問淵博，是以在術語的使用上雜通佛道諸家，又帶有西方語音學的說明，所以其意旨難明，故時建國一一貫通之，並發現「十二統」的「眞青」統中包含了十六攝的呺恩攝、亨青攝、音唵攝，因此時建國以爲這樣相混的情形是吳方言的語音系統。2004年著後文，他更研究出「十二統」與十六攝的不同，主要在於「十二統」所呈現的是口語共同語系統，十六攝反映的是《洪武正韻》以來的讀書音系統，其中有兼顧南音的事實。因此爲了結合這兩種語音的差異，方以智必須建立一套融通兩者的語音內容，而且又能兼顧他尊崇《洪武正韻》的志願，是以方氏作〈切韻聲原〉用來折衷融合南北、兼顧古今。所以時建國主張〈切韻聲原〉是一個混合音系的面貌。

陳聖怡《切韻聲原「十二統」音系研究》（2004 年），是以〈切韻聲原〉中的十二統與〈新譜〉之十六攝爲研究議題，用實際口語音的角度分析方氏之說，最後與現代徽語、吳語相比較，認爲此音系的韻母反映明代徽州方言，聲母反映吳語特色，而十二統中所呈現出來的是明末實際口語音系。不過方氏自道以《洪武正韻》爲原則，所記載的內容是中原雅音，豈能聲母、韻母、全體是三種音系？更何況作者以方以智身處環境，上推此二種地方音系，而未能與其他音系比較，已是先入爲主的想法，並且用現代方言求取近四百年前的語音，中間豈無變化？如此眞能得古方音之面貌？

〈方以智切韻聲原與桐城方音〉（2005 年）的作者孫宜志認爲〈切韻聲原〉的音系雖然夾雜了少許古音的特點，但最主要是反映出明末桐城方音的特性。孫氏主張「聲原」有推原古音之意，是以將深咸同置於第十五攝，而方以智所謂「音有定而字無定，切等既立，隨人塡入耳」〔註55〕，既然古今音韻結構既同，正可以今音推古音，此乃方氏探求音韻發展的主要原則。此外，他從方以智論述語音的說明，求出〈切韻聲原〉音系當是其方音的結論，因爲方氏特別重視「時音」，對語音的描述都要求還原到自身的實際發音過程，是故必須從慣用語音作依據。孫宜志另考究〈切韻聲原〉所呈現出的語音內容，和現代的桐城方言有著極大的對應關係，所以他認定方以智的今音、時音，當是其常用的桐城方音。不過語音在時代的變化過程中也有發展，明末距今將近四百年，如此古今方言的直接對比，是忽視時間所帶來的影響。此外，因爲方以智是桐城人，就直接用桐城語音相比擬，恐失於先入爲主，讀書音與官話音的可能性亦不小。在常用語音裡，讀書人爲考科舉，總有創作時所遵循的韻書作品，方以智屢次推崇《洪武正韻》，在語音上肯定受到不小的影響，然文中卻未論及於此，則方音之說，猶有可議之處。

王松木於 2012 年作〈知源盡變──論方以智《切韻聲原》及其音學思想〉，他從「音韻思想」的角度闡發方以智創作〈切韻聲原〉理念，通過其人思想爲研究路徑，並參考其《周易》與象數的論著，以考究方氏〈切韻聲原〉的創作理據。其中分作探源、究理、會通、辨音，爲方以智的聲氣說尋求理論上的根源，並據此解析方氏〈旋韻圖〉的設計理念與音《易》之關係。王松木通過探

〔註55〕《通雅》，頁 1501。

討「音韻思想」的方式，開拓了〈切韻聲原〉及方以智音學的研究面向，也整合了方氏之音《易》學說，為方氏著作的理論循得終極之根源。

二、《四韻定本》研究

楊軍任教於安徽大學，身處地利之便，可以取得安徽博物館的方以智論著，於是他著手研究方氏《四韻定本》而作〈四韻定本的入聲及其與廣韻的比較〉。楊軍發現入聲仍然保留在方氏語音之中，內容從原本的[-t]、[-k]變成喉塞音[-ʔ]，而[-p]則保持完好與[-m]相配，但入聲卻也因聲母清濁而有陰陽兩種。於是楊軍認為《廣韻》的濁聲母到了《四韻定本》已經清化，塞音、塞擦音按平聲送氣，仄聲不送氣與同部位清聲母合併，擦音則與同部位清擦音合併，因此《四韻定本》的陰入、陽入兩類既不是聲類上的區別，則必然是調值上的差異，而陰陽兩類入聲既然一為「起聲」，一為「伏聲」，因此大致可以推斷陰入調值稍高，可能是一個低升調；陽入之「伏聲」則應該是一個低平調。

另外他與學生王曦同著〈四韻定本見曉組細音讀同知照組現象考察〉，發現有見曉組細音讀同知照組的字例十四個，這現象和方以智家鄉樅陽縣浮山鎮現代方音一致，因此肯定《四韻定本》中見曉組細音讀同知照組現象反映的是方言的特點。這樣的情形在時代稍前的明代學者陸容《菽園雜記》和袁子讓《字學元元》中也有記載。不過十四個字例所佔《四韻定本》中的比重多少，是否只是特例，文中並未說明，且進行比較的兩部著作，與方以智書有著地域上的差異，又陸容早于方以智二百年，其時間超越耿振生「共時參證」之一百年，並不宜當成準確的驗證資料，且方氏故邑考證不同，有以為桐城者，則將其音韻系統視作桐城方音者有之，究竟為桐城或樅陽，則影響其結果，是以考證地理之重要性大於分析音韻體系。

現在研究方以智的著作已趨多樣，因著不同的研究思維而開展出不同的研究內容，義理思想有《易》學、佛學與中西思想的會通外，於方氏之思想議題，尚可以探究他與傳統《易》學的連結，其象數之源近紹王宣、上溯邵雍，而開出自己的一道光芒。聲韻訓詁處，仍待《四韻定本》的出版，更可以為方以智的音韻學說得出其晚年總結，並與早年〈切韻聲原〉等音學著作相提並論。《通雅》的詞彙學價值、同源詞的探索、連綿詞的追尋，更可見其

豐富的著作內容，而成爲各家研究之標的。這些研究面向正可以代表方氏音韻學的「流與源」，即如他所說的「源分流一」〔註56〕，因爲方氏豐富的學識，而形成他獨具風貌的音韻學說，此本源於各家學說之精粹者，至方以智始爲合流，並得到新的延續。

〔註56〕按：方以智《藥地炮莊》中說道：「水出於山，山各一谷，漸合而溝匯，漸合而江河，歸於海，則大合矣，豈非流合而源分乎？」（《藥地炮莊》，頁 317。）他論源流的關係，駁當時以爲的「源一流分」之說，提出「源分流一」的看法。

第三章 方以智《通雅》與《爾雅》學發展概述

　　先秦時期，各式典籍相繼著錄編纂，爲通讀這些作品，而有訓詁著作的出現，不只是解讀《詩》的內容，各類經典亦有相關的訓詁書籍，《儀禮》後有記，《易》外有傳，研讀《春秋》而有左氏、公羊、穀梁三家。經典之外的諸子之言，亦是訓詁資料的來源之一，墨家〈經說〉、韓非〈喻老〉等作品，顯示訓詁並非專爲經典而設，實是對於古今異言、南北異地所訂定。春秋戰國之際，諸子百家爭鳴，各領域著作累增而成，九流十家之說，多依創作而傳其學說，是以知其時訓詁資料之豐碩，經整理而後可以成書。《爾雅》承先秦諸訓詁素材而成，十九篇內容自文字訓釋，廣求至人文自然，近取諸宗族倫理，遠推乎天地萬物，幾乎無所不包，實是當時百科全書之紀錄。

　　其中《爾雅》類的著作有魏晉《廣雅》、宋代《埤雅》，均是一時雅學之代表，然張揖《廣雅》於內容形式皆承《爾雅》之舊，而陸佃《埤雅》雖異於前代著書，但面向實不如《爾雅》、《廣雅》，僅有〈釋魚〉、〈釋獸〉、〈釋鳥〉、〈釋蟲〉、〈釋馬〉、〈釋木〉、〈釋草〉、〈釋天〉八類，是近代論雅學者，如張之洞、何九盈等訓詁學家，多欲取晚明《通雅》以替代之。

　　雅學著作迄於明代以降而有所更革。西洋傳教士東渡而來，所引進的西方學術，不僅在科技新知，名物器類之豐富，實爲前代所不能比擬，各項工

藝技術亦十分發達，社會組成亦較前代有所不同。在這時代之下，工藝日盛、著作日豐，但考究名物的學術著作卻未能有集大成者，縱使有類似《爾雅》的作品，而不能與時代背景接軌。其時有方以智著《通雅》可以回應時代風尚，反映學術思潮，內容不只有文字訓詁，又能包含器物訓釋，知識含括古今中外。這股學術潮流顯現在方氏《通雅》，書中處處可見受到外來學術的影響，以及對當時社會的多方投射。《通雅》含卷首三卷，共計五十五卷，於內容分類大勝過去諸雅學創作之總和，這正是作者因應時代發展，聚合古今智慧，而不泥古說的綜合成果，反映的不只是社會發展歷程下名物詞彙的不斷累積，知識分類的持續擴充，更顯示出當時學者對世界的體會。

然而，《爾雅》以義訓爲創作主體，其中義類排列實根據詞義的相關程度爲序，非關音理，眞正以音訓爲主者當是漢代劉熙《釋名》。可是方以智《通雅》通考古今音義，其考古以決今，不只建立在對意義的探索，並關注著聲音上的演變與發展，對動輒提出承襲於《爾雅》來說，是形式上的一大變革，也是方氏音學研究最重要的取材對象。那麼方以智在兩者之間究竟作了怎樣的調整，讓他的詁訓之《通雅》成爲審定古今聲韻的典籍？茲從先後兩部作品的編纂性質與特色、及內容之呈示，說明二者關係，闡明方氏《通雅》對前作的繼承與更革，試圖透顯《通雅》中呈現其音學的根本源由，以探討其書爲能探索音義的必然性，而不只是純粹考究義理的訓詁著作。

第一節　《爾雅》學著作與《通雅》之創作

方以智著《通雅》，以爲是「《爾雅》之箋翼」﹝註1﹞，形式內容仿照《爾雅》，卻又能不泥古說，全書五十二卷，除卷首三卷所附的〈音義雜論〉、〈讀書類略〉、〈雜學考究類略〉、〈藏書刪書類略〉、〈小學大略〉、〈詩說〉、〈文章薪火〉外，計有二十九類，匯聚當時各類知識，集歷代雅書之大成。惟其書體系之大，後人或視之作類書，四庫館臣則置之於子部雜家，分類不一。方以智既以《爾雅》爲依歸，則欲知《通雅》之編纂，自不可不先瞭解《爾雅》。

﹝註1﹞ 明・方以智著，侯外盧主編：《通雅・凡例》，《方以智全書》第1冊（上海：上海古籍出版社，1988年），頁5。

壹 《爾雅》成書背景與魏張揖《廣雅》

　　早在經典創立之初，中國文明已經發展得相當長遠，新石器時代陶器上所刻畫的諸多陶文，被視作中國文字的先驅，其後甲骨金文的出現，顯示出先民從基本的文字使用進入廣泛運用文字的時期。時至三代，各式典籍倍出，揭示的不僅是中國文明的輝煌成就，更凸顯出中國歷史從原始社會進入文明社會的階段。然而各類知識最初只有王宮貴族能夠學習，一般平民百姓並不能干涉其間。春秋戰國以後，周王室日益衰弱，而後禮壞樂崩、諸侯爭霸，知識階層擴及百姓，社會活動以及文化產生巨大變動，關於生產的工藝技術亦有所提升，社會團體也發生改變，禮儀、制度也因此產生差異，人民的生活方式隨之變換。

　　論之於學術，三代更迭發展，周公制禮作樂，而後有成康之治，禮樂大盛。但幽厲之間，周道毀壞，二霸之後，禮樂凌遲。春秋戰國之際，周王勢力衰微，原本「學在官府」〔註2〕的制度瓦解，諸官學流落民間，後來孔子起而制訂六經。孔子所代表的正是貴族教育的平民化。其後各家著述如雨後春筍般出現，左氏公穀之傳《春秋》，老莊申韓之明道法，惠施公孫龍之辯名實，九流十家、百家爭鳴。思想如此，文藝等各項領域，春秋戰國之際皆有所得，《詩》、《楚辭》之傳誦，《靈樞》、《素問》之醫理，《呂氏春秋》、《山海經》、《尚書》、《管子》的篇章中，都各有對地理水文，植物土壤的記載，顯見春秋戰國的各項知識內涵，皆已有一段長時間的發展，方能有這樣豐富的著述傳世。然而這諸多文化的結晶，卻在當時的時空環境下，未能有著充分的傳播條件。因為語言文字不能通達於各地，於是解讀文字多從己意，造成交流不便，學術活動的發展因而產生窒礙，各家解經釋字訓詞難以一致，所以就需要一貫的訓詁、解釋的方式。

　　正如陳第所言：「蓋時有古今，地有南北；字有更革，音有轉移，亦勢所必至。」〔註3〕訊息的傳遞與交流產生困難，為了解除讀書溝通的過程中，因時空

〔註2〕班固《漢書‧藝文志》認為諸子百家皆出於王官：「儒家者流，蓋出於司徒之官」；「道家者流，蓋出於史官」；「陰陽家者流，蓋出於羲和之官」；「法家者流，蓋出於理官」；「名家者流，蓋出於禮官」；「墨家者流，蓋出於清廟之守」；「縱橫家者流，蓋出於行人之官」；「雜家者流，蓋出於議官」；「農家者流，蓋出於農稷之官」；「小說家者流，蓋出於稗官」。（漢‧班固：《漢書‧藝文志》，頁1728～1745。）

〔註3〕明‧陳第：《毛詩古音考‧自序》（北京：中華書局，2008年），頁10。

關係所造成的隔閡，便需要有訓詁類的書籍作媒介。清代學者陳澧更發明陳第之說，認爲訓詁的目的在打破時空的限制，以達到溝通翻譯的效果，故曰：

> 詁者，古也，古今異語，通之使人知也。蓋時有古今，猶地有東西、有南北，相隔遠則言語不通矣。地遠則有翻譯，時遠則有訓詁。有翻譯則使別國如鄉鄰，有訓詁則使古今如旦暮，所謂通之也。訓詁之功大矣哉！〔註4〕

考察訓詁的興起，可以概括成七種情形，一是出於語音的轉異，二是因於語源的尋究，三是起於語義的變遷，四是源於語法的改易，五是依於字體的差別，六是因爲用字的假借，七是來自習俗的損益。〔註5〕基於這七個理由，造成古今語言在使用上產生差異，於是爲了溝通的需要，訓詁材料應運而生。

春秋戰國時期，諸子百家多有著述，後來學者對前人的著作進行整理與闡釋，於是陸續有經籍訓詁之作，其中大量的訓釋詞句，可以供給後人作爲訓詁材料的蒐集，實可視作《爾雅》之先聲。甚至《尸子》中所說：

> 春爲青陽，夏爲朱明，秋爲白藏，冬爲玄英。四時和，正光照，此之謂玉燭。甘雨時，降萬物以嘉，高者不少，下者不多，此之謂醴泉。其風，春爲發生，夏爲長嬴，秋爲方盛，冬爲安靜，四氣和，爲通正，此之謂永風。〔註6〕

內容所述從日照的角度與風的性質，與四季相配應。這段文字的內容，與《爾雅·釋天》之語極爲近似：

> 春爲青陽，夏爲朱明，秋爲白藏，冬爲玄英，四時和謂之玉燭。春爲發生，夏爲長嬴，秋爲收成，冬爲安寧，四時和，爲通正，謂之景風。甘雨時降，萬物以嘉，謂之醴泉。〔註7〕

可以發現兩段文字對於四時的描述大同小異。經過有系統地整理大量的材料，以分類天地萬物，如此方能顯示人類對世界的認識，這也正是編輯《爾雅》的原因。

〔註4〕清·陳澧：《東塾讀書記》（北京：新華書店，1998 年），頁 218。

〔註5〕胡楚生：《訓詁學大綱》（臺北：華正書局，1999 年），頁 5。

〔註6〕戰國·尸子：《尸子》，《子書四十種》下冊（臺北：文文書局，1976 年），頁 999。

〔註7〕清·阮元編：《爾雅注疏》，《十三經注疏》第 14 冊（臺北：藝文印書館，1955 年），頁 95。

其後學術的發展，詞彙的擴充，知識的進步，原先《爾雅》所記錄的詞彙並不足以滿足世人讀書釋義、瞭解世界，因此增補既有的《爾雅》體例，方有《小爾雅》之問世。其書共有十三個單元，以「廣」為稱者有十，即是增廣《爾雅》之義，末三篇〈度〉、〈量〉、〈衡〉則是新增的類別，前所未有，故不以「廣」名篇〔註8〕。《小爾雅》在篇目設置上雖有承襲自《爾雅》者，然其增廣內容有限，多是《爾雅》所少與漏，而且作為第一部增廣《爾雅》的作品，又因為其成書時代約在西漢，與《爾雅》於秦漢之間相去不遠，是故篇幅較小、相對單薄。

魏張揖之《廣雅》乃承《爾雅》、《小爾雅》所作，其成書背景實與漢代以來的環境不可分離。學校教育自漢代始興，中央政府建立太學，博士弟子日漸擴大，再加上民間教育的普遍發展，以及政府的選才制度，各項作為都對建立士族產生影響。另一方面，東漢末年傳入的佛教，以及國家動亂所造成的人口遷徙，使得中原地區胡漢雜處，各方語言相互混雜，因而有必要創作新的訓詁書籍。特別是當北方少數民族向中原地區發展，兩方用語不同，統治不易，因此需要統一的溝通語言。於是反映在學術的發展上，即是字典辭書的產生，這類釋字典籍中較著者有呂忱《字林》、顧野王《玉篇》。用以標明注音者，則有李登《聲類》、呂靜《韻集》。作為訓詁詞彙意義者，止是張揖《廣雅》為代表。

政治與學術環境如此，社會的各項知識，也影響著典籍的創作，特別是社會的發展與士農工商的活動有著密切關係。即如讀書釋字乃文士之職，故離經辨志從《爾雅》、《廣雅》處學習。自農業上看，生產的工具與技術日益進步，以及生產內容的逐漸增加，這類知識主要集中於賈思勰《齊民要術》中，然已可以在《廣雅》的〈釋器〉、〈釋草〉、〈釋木〉諸篇中求得。工藝器具與技術的逐步發展，也可以在《廣雅》裡見其蹤跡。至於商品交易促使貨

〔註8〕 諸本或作〈廣度〉、〈廣量〉、〈廣衡〉，然《孔叢子》所收即不以廣稱之。《小爾雅》
　　　 之作，本以增廣《爾雅》為目的，〈度〉、〈量〉、〈衡〉三篇乃《小爾雅》新附，故
　　　 未得以「廣」名篇。又據黃懷信考證，《孔叢子》約成於西漢桓帝永康元年（西元
　　　 167年）至靈帝建寧元年（西元168年）之間，則《小爾雅》當可視為西漢的作品。
　　　 （黃懷信：〈孔叢子的時代與作者〉，《西北大學學報哲學社會科學版》第1期，1987
　　　 年，頁31～37。）

物流通，又因兩漢之際統治者在基本生活需求之外，更要「耳目欲極聲色之好，口欲窮芻豢之味」〔註9〕，因此工藝上製造精緻的產品，而後有商賈的販售，兩者相互刺激，是故可以知道社會各階層的人民與社會的發展，和學術著作的內容有著高度的連結。特別是張揖的《廣雅》，不只是對前代學術的整理，還有大量與當時社會生產息息相關的記載，尤其〈釋器〉一章的內容，反映出知識份子對社會事物的認知。因此後代學者評價，以為《廣雅》有訓詁學、詞彙學、詞源學的價值。

計《廣雅》有十卷十九篇，篇目名稱與順序完全承襲自《爾雅》。考其增補之處，《廣雅》字數較多，所釋詞語亦有所增加，不僅是在事類上的增補、詞條的擴展，與釋義的完整性，都比《爾雅》還要充足，是故吳永泰評斷其功曰：「《廣雅》一書，其藻翰之資糧，抑亦玄悟之關鑰歟，且於《爾雅》拓境開疆，厥功非尠。」〔註10〕認為《廣雅》在承接《爾雅》的條例與內容上有著不凡的功業，王念孫更進一步評價說：「蓋周秦兩漢古義之存者，可據以證其得失，其散佚不傳者，可藉以窺其端緒，則其書之為功於詁訓也大矣。」〔註11〕王念孫之言正是著眼於《廣雅》增補《爾雅》所未備，因而能夠證明周秦兩漢古義，甚或至今不傳之詞句，亦能夠通過《廣雅》而保存，更顯張揖著書的價值。

貳　明代社會與方以智《通雅》

十三世紀末，馬可波羅從中國返回歐洲，其口述作品《馬可波羅行紀》，內容談及富饒的中國，開啟了歐洲人對中國的憧憬，紛紛將中國視為富甲天下的黃金鄉，並影響了哥倫布等重要的西方著名航海家。十五至十七世紀地理大發現，歐洲各個海上強權國家，以宗教經濟之故，通過航海佔領諸多地區。葡萄牙商隊率先抵達中國，進行一連串的交流，借澳門為租界，當成傳教的起點。

十六世紀葡萄牙與西班牙的天主教教會，支持著其國家的航海旅程，甚至西班牙貴族羅耀拉（San Ignacio de Loyola，1491年～1556年）於嘉靖十九

〔註9〕 漢・司馬遷：《史記會注考證・貨殖列傳序》（臺北：萬卷樓圖書公司，1976年），頁1320。

〔註10〕 《廣雅・原序》，頁428。

〔註11〕 《廣雅疏證》，頁2。

年（1540 年）創建耶穌會，並將此會傳教士大量地往東方輸出，於是有沙勿略（San Francisco Javier，1506 年～1552 年）進入日本、轉往中國的事蹟。爾後利瑪竇、鄧玉函（Johann Schreck，1576 年～1630 年）、湯若望等博學多能的傳教士陸續抵達，他們所帶來的不僅是宗教信仰，更引進了包含天文、曆法、水利、地理、物理、幾何、醫學、數學等西方科學。〔註12〕然而傳教士「得以在中國立足，唯一所恃的是數學」〔註13〕，因此這類書籍傳入最多，而此項知識於中國即為天文算法與術數之類，以其內容與曆算相關，而曆算與農業最為密切，各種天象變化、節氣盈虧端賴算學技術。甚至崇禎二年，欽天監預報日蝕出錯，而禮部侍郎徐光啓依照西洋曆法計算天象則完全吻合，於是有徐光啓與湯若望合編《崇禎曆書》之事。湯若望入清後，更受清廷重用，就任欽天監監正並頒佈《時憲曆》，可見西洋科技學術對中國的影響。

　　西方宗教的傳入帶來了西方科技，影響了明代以降的社會生產情形。然而中國科技在民間也有長足的發展，李時珍作《本草綱目》、宋應星著《天工開物》、徐光啓編《農政全書》，顯示明末的各項科技知識達到一定水準，學術的成就需有所繼承，方能有這類集大成的著作。追論其中發展因素，政治上對農工的開放，使得社會生產蓬勃發展，因此促進經濟貿易的流通。而商業的往來，增進社會對商品的需求，各項產業為了滿足市場需要，便更加地蓬勃發展。社會氛圍如此，學術環境更為社會發展提供充分的養料。明末學者有鑑於理學末流的「空談心性」，便將注意力轉向「崇實」、「實測」，這類重實踐、嚴考察、求驗證的研究風氣，也是帶動社會與科技整體進步的因素之一。

　　當時的中國環境，社會上，經濟與工業的相互輔助與發展；學術上「崇實黜浮」，因而正式關注自然科學的知識領域。此兩大要素成為明清之際科技文明發展的原因。此外，明清之際的各種知識著作叢生，從最早的官修類書《永樂大典》，到後來大量出現的民間日用類書，這些著作的普及，擴展了讀者群，也

〔註12〕利瑪竇曾與明代士大夫徐光啓等人合力翻譯歐幾米德《幾何原本》，並獨立繪製《坤輿萬國全圖》。鄧玉函與伽利略為友，曾在明代曆局任職，著有《遠西奇器圖說》。鄧玉函死後，湯若望與徐光啓合編《崇禎曆書》，入清後任欽天監。（詳參清·阮元編，《疇人傳》，《叢書集成初編》第 3370～3377 冊，北京：中華書局，1984 年。）

〔註13〕魏特著，楊丙辰譯：《湯若望傳》（臺北：臺灣商務印書館，1960 年），頁 422。

增加一般民眾的知識層面，所探究的內容從對文字形音義的認識，拓展至生活中的各種學問，進而使這些知識得以應用在日常生活中。方以智《通雅》雖非類書，但其編著恰與此脫不了關係，方氏自道《通雅》五十二卷之作，曰：「此書本非類書。……其意猶之《爾雅》之箋、翼也。」〔註14〕其作品形式雖近似類書，然體例與著作意識則仿自《爾雅》又有所增減，實欲依附《爾雅》以成爲一部新的作品。

方以智遍覽古典經籍，求通達、貫古今，可以「徵考而決之」，並以《爾雅》爲圭臬，故名爲「通雅」。書中不僅對於傳統訓詁多有著錄，所考究者還聚焦於科學知識，無不概括。方氏將各項知識分門別類，即是反映明代社會各學術領域的客觀情形，其態度之科學，並且不一味地推崇古人之說，直欲以正確的研究方法，及客觀的資料證據，作爲立說之根本。

方以智於《通雅》之外，訓詁考證之作又有《物理小識》，據《四庫全書總目提要》所言：

> （方以智）嘗撰《通雅》一書，於名物訓詁考證最詳，此書又《通雅》之緒餘，掇拾以成編者也。首爲總論，中分十五門，大旨本《博物志》、《物類相感志》諸書而衍之。……細大兼收，固亦可資博識而利民用。〔註15〕

《通雅》作於1641年，《物理小識》成於1643年，故《提要》視之爲餘緒。觀察這兩本書，可以知道方氏博學多聞，於各類學術皆有成就，故《清史稿》評曰：「以智生有異稟，年十五，群經、子、史，略能背誦。……著書數十萬言，惟《通雅》、《物理小識》二書盛行於世。」〔註16〕考二部作品之內容，前書的知識範圍遠較後者廣博，《通雅》是以考證爲主要研究方法，因此古籍資料羅列詳細，而《物理小識》的論述爲多，不若《通雅》考證之鮮明，是以《四庫》將兩書歸類在「雜考之屬」與「雜說之屬」二類，顯示二部作品內容上的差異。然而二書雖有程度上的不同，其反映方以智對「質測」的要求

〔註14〕《通雅・凡例》，頁5。

〔註15〕清・永瑢等著：《四庫全書總目提要・子部》（臺北：臺灣商務印書館，1983年），頁650。

〔註16〕趙爾巽等著：《清史稿・遺逸一》（北京：中華書局，1998年），頁13833。

卻是無庸置疑，唯有通過客觀的證據，以及嚴密的論證，才能得到正確的結果，這正是明末王學所缺乏的，而西方學術發達之處。方以智通過模仿《爾雅》，考證古代文獻，藉由「質測」的概念，採取「類」、「徵」、「推」的方法〔註17〕，用以認識天地萬物，以達到「通古今」的效果。亦即方氏於西方學術傳入後，對其自然研究的學習。

即如宋代尚有陸佃《埤雅》與羅願《爾雅翼》，兩部著作處於張揖之後與方以智之前，亦是包容歷代《爾雅》訓詁學之知識，然兩部著作在內容與形式上具不能有所突破，《埤雅》只有八類，《爾雅翼》亦只是草木鳥獸蟲魚六項，在內容的豐富程度上皆難以比於《廣雅》，魏晉迄於宋代的近千年之間，知識的擴展卻如此貧瘠，是以《通雅》既出，直可以比下宋代二部著作。尤其明代豐富的社會生活、中西學術知識的交通、社會思潮的轉變，以及政治上的變革，都使明末社會產生巨大的變動。方以智參與了這個時代的變化，為了認識萬物、體察世界，並總結千百年來的智慧累積，他提出「質測」的概念，用以明白事物的個別性質，並用「通幾」統整之。此觀念深深地影響清代的學術研究〔註18〕，甚至帶動清代考據學的風氣。〔註19〕然就其著作之因，起於有意識地仿效《爾雅》，於〈凡例〉之設，即以《爾雅》為圭臬，並從此開展出音韻學說，是以識《通雅》當先考究《爾雅》的內容，亦可以見方以智「因聲求義」原則下所作的變革。

〔註17〕方以智說：「物有其故，實考究之，大而元會，小而草木蠡蠡，類其性情，徵其好惡，推其常變，是曰質測。」（明・方以智：《物理小識・自序》，頁 1。）按：方氏之「類」、「徵」、「推」即是考究萬物事理的三種方法，其欲究事物之變化，洞察其中發展的通幾規律。

〔註18〕按：何佑森以為：「方以智一輩學者所強調的『質測』觀念，所提出的『以實事證實理』的方法，後來卻被用在經史和文物制度的考訂上，使得中國讀書人的聰明才智，埋沒在古代文獻的研究上幾乎有三百年之久。」（何佑森：《清代學術思潮——何佑森先生學術論文集》，頁 82。）

〔註19〕按：《四庫提要》以為：「惟以智崛起崇禎中，考據精核，迥出其上。風氣既開，國初顧炎武、閻若璩、朱彝尊等沿波而起，始一掃懸揣之空談。雖其中千慮一失，或所不免；而窮源遡委，詞必有徵，在明代考證家中，可謂卓然獨立者矣。」此觀點即是大力贊同方以智的研究成果，能夠在當時成為一時風尚，並開後世風氣。（詳參《四庫全書總目提要・子部》，頁 587。）

第二節　《爾雅》之內容與性質

壹　《爾雅》之內容與社會面貌

　　《爾雅》傳本十九篇，孔穎達《毛詩注疏》曰：「《爾雅·序篇》云：『〈釋詁〉、〈釋言〉，通古今之字，古與今異言也；〈釋訓〉，言形貌也。』」〔註20〕十九篇所收詞語，多取自五經，間有《山海經》、《莊子》等典籍，以及先秦之古今異語和方言俗語。只是編著時間歷時長久，故資料匯集也多有差異，朱熹甚至評斷「《爾雅》是取傳注以作，後人卻以《爾雅》證傳注」〔註21〕，正是說明《爾雅》編著時間與內容的複雜性。雖然《爾雅》的著作時間與內容有著不確定性，但是不減其反映先秦社會面貌的價值。即以其十九篇說明《爾雅》的內容與所反映的社會樣態。

一、普通詞語

　　《爾雅》的編著，與時代因素有關，不論是學術的發展，使語言文字的研究與訓詁必須與社會脈動產生連結；或是社會文化的大幅提昇，讓親屬稱謂變得複雜，工藝技術迅速地開展。這些都顯示出中國文化的進步，因而有梳理各類知識的必要；另外，對自然世界的快速認識，《爾雅》對於動植物的收錄，有著豐富的成果，同一種動物有著不同的毛色、花紋，就有不同的名稱，顯示古人細緻的分類，以及他們對生物嚴密的認識。

　　因著古人對世界的認知，《爾雅》的內容可以分成三部分，這三部分即顯示出《爾雅》的價值，以及總結《爾雅》作為一部古代詞語匯編的性質。今人胡奇光於《中國小學史》即將《爾雅》視為百科辭典，並分其十九篇成普通詞語、社會生活、自然萬物三類。胡奇光認為「這樣的百科分類，大體上反映秦漢時代的文化知識結構」〔註22〕。就內容來說，其本身所存在的實用價值，即顯現出歷史與文化的意義。尤其前三篇解釋普通詞語者，即釋古今方國之音。而古今語言的變遷，也確實與中國境內地域的差異有密切的關係，因此郭璞於〈釋

〔註20〕唐·孔穎達疏：《毛詩注疏》，《十三經注疏》第 2 冊（臺北：藝文印書館，1960 年），頁 561。

〔註21〕宋·黎靖德編：《朱子語類》（北京：中華書局，1996 年），頁 3277。

〔註22〕按：此段引文與下圖，均取自胡奇光：《中國小學史》（上海：人民出版社，2005 年），頁 55。

詁〉注中說：「釋古今之異言，通方俗之殊語。」〔註23〕邵晉涵《爾雅正義》也以為〈釋訓〉的內容，與「〈釋詁〉、〈釋言〉同義」〔註24〕，主要在辨識古今異言、方國殊語，顯示不論是〈釋詁〉、〈釋言〉或是〈釋訓〉，他們的內容，與通古今、釋方俗有著密不可分的關係。

圖一：《爾雅》篇名分類圖表

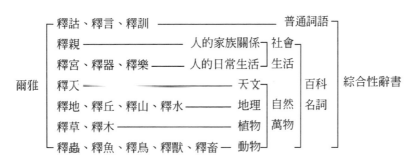

二、社會生活

胡奇光將〈釋親〉、〈釋宮〉、〈釋器〉、〈釋樂〉四篇歸類於「社會生活」，此四篇內容顯示中國古代社會文化的一大進步，不論是制度或是工藝，皆有確切的發展。而此類別又可分作兩個部分，〈釋親〉屬親屬關係，〈釋宮〉、〈釋器〉、〈釋樂〉則屬日常文化活動。

〈釋親〉依據內容的不同細分作「宗族」乃「別同宗親族」；「母黨」是「別母之族黨也」；「妻族」實「別妻之親黨也」；「婚姻」寔「別夫婦婚姻之名也」，共為四項〔註25〕。其中以「我」為核心拓展出家庭的成員。由於中國宗族是以父系血親為聯繫的關鍵，是以此類專主父族一脈，母親僅是匹配於父的角色，但夫婦仍是親屬關係的重要環節，故宗族之後，次以「母黨」，而後是「妻黨」，說明夫對妻子家族的稱呼。〈釋親〉一篇終於「婚姻」，《爾雅》對婚姻的界定是「婿之父為姻，婦之父為婚。……婦之父母、婿之父母相謂為婚姻」〔註26〕，本意原在男女結婚後其父母對對方父母的稱呼。依據婚姻關係使兩個家族間

〔註23〕《爾雅注疏》，頁 6。

〔註24〕清・邵晉涵：《爾雅正義》，《續修四庫全書》第 187 冊（上海：上海古籍出版社，2002 年），頁 103。

〔註25〕據邢昺所言，「宗族」乃「別同宗親族」；「母黨」是「別母之族黨也」；「妻族」實「別妻之親黨也」；「婚姻」寔「別夫婦婚姻之名也」。（《爾雅注疏》，頁 62～64。）

〔註26〕《爾雅注疏》，頁 64。

彼此產生連結，其稱謂內容即是「婚姻」的主要意旨。因此，從〈釋親〉一篇可以發現中國社會是建立在父系宗族體系之下，其他三類是撐起宗族血緣的支架。

〈釋宮〉所釋是諸侯以上的居住場所，其形制與規模之宏闊，非僅止於住宅，而是包含了住宅的一切，不論是門堂閨闥，甚至是臺閣樓榭，自小至大，無一不備，正是因爲其內容細緻，是故後來《爾雅音圖》之以圖釋詞，始於宮室，足見《爾雅》記錄宮室形制的重要性。〈釋器〉一篇亦然，盧國屏將其內容分作十四類〔註27〕，從分類中可以發現《爾雅》反映出先秦兩漢的各項生活型態，不論是食衣住行，甚至是工藝技術都成爲知識的一部份，顯現出《爾雅》的多種樣貌，不僅只是爲經書服務，更可以與社會文化相結合。

〈釋樂〉專在介紹樂器與解釋音樂術語，首釋五聲、次解八音，繼以獨奏之名，終以合樂調節。將《爾雅》所述與《詩經》對照，呈現出先秦時代的音樂文化，可以知道當時有著豐富的樂器和音樂用途。音樂並非只是樂器節奏，還代表著國家風俗的厚薄，因此〈釋樂〉的內容，不只是在呈現過去樂器的形制，還包含了對「和樂」、和諧的崇敬心態。

三、自然萬物

自然萬物可分作「天文地理」與「植物動物」兩項。〈釋天〉總結了先秦兩漢人們對天文的認識，《爾雅》分作十二項說明天文現象，以及與之而生的氣象狀況〔註28〕。〈釋地〉、〈釋丘〉、〈釋山〉、〈釋水〉則是地理形態的說明，各篇分類狀況不一〔註29〕，但顯示的是當時人民對地形地貌的認識。天文地理所展現的正是人類對天地的崇敬。而且中國以農立國，農業的發展與天地狀況有著極

〔註27〕盧國屏的分類如下：（一）盛器、（二）鋤鍬、（三）網屬、（四）版築、（五）衣著、（六）車輿、（七）飲食、（八）鼎屬、（九）羽屬、（十）金玉之屬、（十一）印染、（十二）筆屬、（十三）弓箭、（十四）治器之名。（盧國屏：《爾雅語言文化學》，頁74～76。）

〔註28〕十二項分別是「四時」、「祥」、「災」、「歲陽」、「歲名」、「月陽」、「月名」、「風雨」、「星名」、「祭名」、「講武」、「旌旂」。（《爾雅注疏》，頁94～101。）

〔註29〕〈釋地〉分爲七項：「九州」、「十藪」、「八陵」、「九府」、「五方」、「野」、「四極」。〈釋丘〉列爲「丘」、「涯岸」二種。〈釋山〉無分類。〈釋水〉則有「水泉」、「水中」、「河曲」、「九河」四項。

密切的相關，因此新朝需定曆法、明災祥以配天，依據氣候、節氣安排耕作物的品項，按照田疇的面積、水文、高低而搭配相應的作物，可見此篇屬於農業發展的先備知識，其後更續以〈釋草〉、〈釋木〉等農林類別。

植物二篇分釋草本植物與木本植物，兩篇所釋植物名稱近三百種，清楚地整理當時所知的各種植物，並能細分相似植物的細部差異，即如「樅，松葉柏身；檜，柏葉松身」〔註30〕，可見樅、檜是兩種樣貌相近的植物。從《爾雅》的記載，還可以看見儒家制禮的精神，「瓜曰華之，桃曰膽之，棗李曰疐之，樝梨曰鑽之」〔註31〕，四種不同的果實有不同的食用方法，並與〈曲禮〉、〈內則〉的紀錄相呼應，則《爾雅》的實用性更顯而易見。

《爾雅》的最後五篇主釋動物，所建立的是另一種生物的百科詞典。〈釋蟲〉所反映的是對蟲豸的認識，「有足謂之蟲，無足謂之豸」〔註32〕。另一方面，《爾雅》是紀錄生活周遭出現、發生的事物，除了分辨各種蟲的名字，還有這些蟲可能造成的危害，如「食苗心，螟；食葉，蟘；食節，賊；食根，蟊」〔註33〕，即是根據其影響而言，尤其先民特別指出這種蟲在糧食上的影響，展現出深刻的農民關懷。而魚在《說文》中視為「水蟲」，故接續在〈釋蟲〉之後。〈釋魚〉一篇所包含的內容，大概與現代水生動物範圍相近，是故對蛭、蝌蚪、蛇等在水泊周圍出現的生物，多收錄在其中，並分辨各種生物的不同名稱。另外展現對龜的崇拜，龜的壽命長久，被視為有神靈的力量，而有吉祥的象徵，殷商時期即以龜卜預占吉凶，因此有「十龜」的記載。〔註34〕另有記錄：「魚枕謂之丁，魚腸謂之乙，魚尾謂之丙。」〔註35〕細論魚的結構，以身形對應文字，後代更用魚作各項器物，結合文化與工藝，則魚不只有食用

〔註30〕《爾雅注疏》，頁160。

〔註31〕《爾雅注疏》，頁161。

〔註32〕《爾雅注疏》，頁165。

〔註33〕《爾雅注疏》，頁164。

〔註34〕按：「一曰神龜、二曰靈龜、三曰攝龜、四曰寶龜、五曰文龜、六曰筮龜、七曰山龜、八曰澤龜、九曰水龜、十曰火龜」，此釋十龜之名。「龜俯者靈，仰者謝，前弇諸果，後弇諸獵，左倪不類，右倪不若」，此文本釋《周禮‧卜師》、《周禮‧龜人》之文，從龜的動作衍伸出不同的意義，但同樣都將龜視為神秘的象徵。（《爾雅注疏》，頁168。）

〔註35〕《爾雅注疏》，頁168。

價值，還有文化的意義。

〈釋鳥〉的內容，多在說明各鳥類之種名，還有辨別其身形結構，不論是毛色音聲、或是飛行的姿態、雌雄特徵與樣貌。特別在釋「雉」文中，對其生長的地理與方位，而有不同的名稱，其文曰：「伊洛而南，素質五采皆備成章曰鷩。江淮而南，青質五彩皆備成章曰鷂。南方曰瞿。東方曰鶅。北方曰鵗。西方曰鷷。〔註36〕」所顯示的正是四方五行的思想。〈釋鳥〉文末有「二足而羽謂之禽，四足而毛謂之獸」〔註37〕，揭示鳥與其他陸地動物的不同，因而後文接續〈釋獸〉、〈釋畜〉。獸、畜之異，陸德明說：「畜是畜養之名，獸是毛蟲總號。故〈釋畜〉唯論馬牛羊雞犬，〈釋獸〉通說百獸之名。」〔註38〕其差別正在豢養與否，而這也與生命威脅的程度有著極大的關連，野獸經過馴化、豢養之後則成為家畜。此二篇除了解釋各種陸上動物的形態、樣貌之外，將麋鹿狼羊分牝牡子三種不同的類別，即是著眼「數罟不入洿池」，則捕捉野獸時應當有著資源維護的心態〔註39〕。

將《爾雅》分成普通詞語、社會生活、自然萬物三類，正反映出當時人民在生活上所面臨的事情，因此用以溝通的語言置於首，而禮儀制度是維繫人與人的關係。在物品上，與生活至關重要的稱呼越多，分類也越細密。而《爾雅》本我、人我、物我之豐富內容，正密切地影響著方以智的《通雅》。

貳　《爾雅》之性質

對於《爾雅》的性質，歷來研究眾多，較為重要者約可分為三類：第一是以《爾雅》為解經的作品，先儒多主此說，如南北朝劉勰《文心雕龍》有言「夫《爾雅》者，孔徒之所纂，而《詩》、《書》之襟帶也」〔註40〕，唐代陸

〔註36〕《爾雅注疏》，頁 187。

〔註37〕《爾雅注疏》，頁 188。

〔註38〕《爾雅注疏》，頁 192。

〔註39〕孟子說：「不違農時，穀不可勝食也；數罟不入洿池，魚鼈不可勝食也；斧斤以時入山林，材木不可勝用也。」按：不以細密的網來捕魚，就是要使小魚可以成長，進而不可勝食。正是說明孟子時已有初步的生態保育觀念，雖然其動機是在維持人類生命的基本所需，但卻無意間與資源維護相結合。（戰國·孟子著、清·阮元編：《孟子注疏》，《十三經注疏》第 9 冊，頁 12。）

〔註40〕齊·劉勰：《文心雕龍》（臺北：里仁書局，1984 年），頁 606。

德明〈經典釋文序錄〉稱「《爾雅》者，所以訓釋五經，辯章同異」〔註41〕。
二者以爲《爾雅》內容雖豐富，但主要功能皆是用以訓釋儒家經典的著作。
但是將《爾雅》與五經對照，可以發現形式內容，絕不是專門解釋《詩》、《書》
或五經而設立的，因此王力說道：

> 第一，書中釋《詩》的地方不到十分之一，釋五經的地方不到十分
> 之四，可見《爾雅》不全是爲了說《詩》；第二，這書不是一手所成，
> 它經過許多人的增補，有些地方恐怕是東漢人補進去的，其中跟《詩
> 經》鄭箋相符合的地方，不一定是鄭玄抄《爾雅》，還可能是《爾雅》
> 的作者抄鄭箋。朱熹說得對：「《爾雅》是取傳注以作，後人卻以《爾
> 雅》證傳注。」〔註42〕

王力認爲要判定《爾雅》的性質是專爲釋經而作，則稍嫌偏頗。於是第二類
以爲《爾雅》是部訓詁之書，主之者有清朝戴震，其〈爾雅文字考序〉中說：
「古故訓之書，其傳者莫先於《爾雅》，六藝之賴是以明也。」〔註43〕此論點
著眼於《爾雅》的資料來源廣泛、內容豐富，是故其使用層面廣博，不僅能
釋古今語，又可以解異地方言，因此現代的訓詁學論著，多從此角度論其性
質，如胡樸安就以爲「《爾雅》一書，爲西漢以前古書訓詁之總匯」〔註44〕，
可知前輩學者多認爲其內容主要在服務訓詁。

　　第三類說法認爲《爾雅》是先儒教學之教材。宋代邢昺提倡此說，以爲
「夫《爾雅》者，先儒授教之術，後進索隱之方，誠傳注之濫觴，爲經籍之
樞要者也」〔註45〕，當代何九盈更整理前賢說法以立據曰：

> 我認爲《爾雅》是一本爲兩個目的服務的教科書。歐陽修說：「《爾
> 雅》出於漢世，正名命物，講說者資之。」……第二句講了編《爾
> 雅》的目的，第三句講《爾雅》的性質是教科書。「講說者」就是老

〔註41〕唐・陸德明：《經典釋文》（臺北：鼎文書局，1972年），頁17。

〔註42〕王力：《中國語言學史》（臺北：五南圖書出版公司，1996年），頁11～12。

〔註43〕清・戴震：《戴東原集》，《國學基本叢書四百種》第327冊（臺北：臺灣商務印書
館，1968年）頁35。

〔註44〕胡樸安：《中國訓詁學史》（臺北：臺灣商務印書館，1966年），頁16。

〔註45〕《爾雅注疏》，頁3。

師，「資之」就是以《爾雅》爲憑籍、依據。〔註46〕

何九盈即是認爲「正名命物」是其編著目的，亦是第一用途，第二目的就是作爲解經的憑證。第四類則以爲《爾雅》是中國最早的字詞典，如王力就說：「中國最早的字典是《爾雅》。」〔註47〕現當代訓詁學論著，亦多祖述《爾雅》爲最早的詞典，如洪誠就說：「《爾雅》是我國現存最早的一部詞典。」〔註48〕這樣的說法採用科學性的分類，不只建立其地位，並大大提升了《爾雅》的實用性。

然究方以智論《爾雅》時有言：

> 雅故，雅言訓故也。○《爾雅》者，藏遠于邇，而以深厚訓之也。
> 孟堅〈叙傳〉曰：「函雅故，通古今。」張晏曰：「包含雅訓之故也。」
> ……《爾雅》第一篇曰〈釋詁〉。爾，邇也；雅，正也、常也，子
> 思所謂訓詞深厚也。〔註49〕

方以智以爲《爾雅》是用今語釋古語，故能在現代的語言中窺見古人語言的奧妙和雅正，因此《爾雅》的內容當爲故訓匯編，才能有「藏遠于邇」、「古爲今用」的功效。

第三節　《通雅》之性質

方以智著《通雅》，其用意本是「猶之《爾雅》之箋、翼也」〔註50〕。內容共五十二卷，其卷首有三，總論文字、聲韻、訓詁與詩文，計有五篇文章，其餘順序大約與《爾雅》相似。究方氏著《通雅》之目的，其自道曰：

> 函雅故、通古今，此鼓篋之必有事也。不安其藝，不能樂業。不通
> 古今，何以協藝相傳？……《爾雅》之始於〈釋詁〉，而統當名物

〔註46〕何九盈：〈爾雅的年代與性質〉，《語文研究》第 2 期，1984 年，頁 22。

〔註47〕王力：《漢語史稿》（北京：中華書局，1980 年），頁 5。按：王力認爲《爾雅》是「故訓匯編」，又是「中國最早的字典」，兩者並不衝突，蓋字典即是整理訓詁所得，只是兩者目的不同，前者意在專門訓詁，後者則是有意地整理訓詁內容，且字典的編排形式並非以義類爲連結，故王力有此二種說法。

〔註48〕洪誠：《訓詁學》（南京：江蘇古籍出版社，2000 年），頁 2。

〔註49〕《通雅》，頁 158。

〔註50〕《通雅·凡例》，頁 5。

也。十三經從之，博而約哉。自篆而楷也，聲而韻也，義而釋也。《三蒼》、《五雅》、註疏、字說、金石、古文，日以犁然。匿庸稽奇，一襲一臆，兩皆不免。沿加辯駁，愈成紕繆。學者紛挐，何所適從。今以經史爲概，遍覽所及，輒爲要刪。古今聚訟，爲徵考而決之，期於通達。免徇拘鄙之誤，又免爲奇僻所惑。不揣愚瑣，名曰《通雅》。〔註51〕

讀書不可不識字，識字、讀音、辨義乃是讀書的基礎，可是《爾雅》之後的小學論著，卻未能得經典考證之正，因此方以智博搜經史，類聚群分，務求通達古今，故以「通」名之。也正是這樣嚴謹的態度，《四庫提要》便稱他：「窮源溯委，詞必有徵，在明代考證家中，可謂卓然獨立者矣。」〔註52〕以下就《通雅》之文，考究方以智《通雅》的性質及研究方法。

壹 《通雅》屬性與創作原則

方以智自論《通雅》是以《爾雅》爲仿效對象，因此內容形式都可見《爾雅》的痕跡，但是在《四庫全書》的分類裡，卻是歸在「子部雜家類雜考之屬」，四庫館臣曰：「黃虞稷《千頃堂書目》於寥寥不能成類者併入雜家。雜之義廣，無所不包，班固所謂『合儒、墨，兼名、法也』。……辨證者謂之雜考。〔註53〕」而《通雅》歸於雜考之屬，究其故是因爲所考辨者非只有經書，《提要》更仔細說明：「考證經義之書始於《白虎通義》，蔡邕《獨斷》之類。……大抵兼論經史子集，不可限以一類，是真出於議官之雜家也。」〔註54〕《通雅》的創作目標是以考證典籍之誤，但內容擴及經史子集，故四庫館並不專列於經部，而歸之於雜。

觀察方氏之作《通雅》，其意本在附庸《爾雅》，所著條例明白發現方氏對《爾雅》的繼承。在內容編次上，方以智說：

> 《爾雅》爲十三經之小學，故用其分例。〈釋詁〉則合其言訓，而附
> 以譙語、重言。一字之詁，則別編字書，此可不必矣。其餘〈釋地〉、

〔註51〕 《通雅·自序》，頁3。

〔註52〕 《四庫全書總目提要·子部》，頁587。

〔註53〕 《四庫全書總目提要·子部》，頁539。

〔註54〕 《四庫全書總目提要·子部》，頁596～597。

〈釋天〉、〈釋器〉之類，則有專有合。服食樂附器，皆器也。古人
不似後人之求詳整也。然後人之詳整便，故分之。艸木、鳥獸之後，
畜各為條，此則附焉，其意猶之《爾雅》之箋、翼也。〔註55〕

以《爾雅》的順序作為編書的參考，但是在內容上更加深其範圍，諸多篇章在
《通雅》中都得到了極大的擴充。因為是以《爾雅》為標準，故方以智的處理
方式是「每則上標一語，倣《爾雅》之遺，使觀者望而知之，然後尋繹下方」
〔註56〕。《通雅》先舉一語，而後釋之，正是與《爾雅》的編輯方法一致。

在體例上，方氏有鑑於過去的小學典籍，大多難以考辨其徵引的出處，因
此特重「傳承」的方以智，編輯時更重視出處來源，所以他在〈凡例〉中強調：

古人倣《爾雅》體，若《廣》、《埤》之類，皆與《方言》、《釋名》
同規，不載所出，直是以意取《玉篇》之字耳，無益後學。此書必
引出何書、舊何訓、何人辨之，今辨其所辨，或折衷誰是、或存疑
俟考，便後者之因此加詳也。……士生古人之後，貴集眾長，必載
前人之名，不敢埋没。〔註57〕

方以智以為「《爾雅》因《毛傳》，許氏因《爾雅》，故後人以《爾雅》為人所
增附」〔註58〕，即是認為其書當有傳承，只是引用來源不明，因此方氏補充說：
「生今之世，承諸聖之表章，經羣英之辯難，我得以坐集千古之智，折中其間，
豈不幸乎？」〔註59〕正是以為生於學術傳承千年的明代，前人的研究成果不容
漠視，所以在著書的過程中，必詳引出處，不得埋没他人的智慧結晶。

由於《通雅》是部考證過去典籍訛謬以就正的作品，因此在創作時，多半
主以經史為證，並且謹慎地選擇資料的來源，故曰：

辨證以經史為本，旁及諸子百家。志書小說，難可盡信。然引以相
參，自可證發。方域、官制，容編一圖。此舉其錯亂之尤者。經制
諸款，本非小學所收，偶有音義論及，因攝其概。此書主于辨當名

〔註55〕《通雅·凡例》，頁5。
〔註56〕《通雅·凡例》，頁5。
〔註57〕《通雅·凡例》，頁5。
〔註58〕《通雅》，頁1116。
〔註59〕《通雅》，頁2。

物，徵引以證其義，不在鈔集編纂也。〔註60〕

方以智認為《通雅》既承襲《爾雅》而來，則《通雅》的性質該是「辨當名物」，非「鈔集編纂」。此外，方氏主張《通雅》的研究方法，首重音義上的辯證，故曰：

> 此書主于折衷音義。其無辨難者，或為語不經見，又所忽略，或舊
> 名紛糾，為刪舉其要；以便省覽。又有異者、疑者，偶書以俟正，
> 故無斷詞。〔註61〕

可以知道方以智在考辨音義的過程中，依舊與他「實證」的思想一致，需有多方證據才作判斷，而非取決於一己之意，所採取的「折衷」之法，為資料盡陳由讀者自行解釋。在闡述音義上，方氏的資料來源廣泛，特別在語音方面，他認為語音變化的痕跡可以在方言中探求，因此他以為古音、漢音、魏晉、隋唐、宋、元明作五變六期，此外又將證據與語音內容相提攜，並認為語音斷代應當有其資料限制，而不能夠無止盡地擷取歷朝資訊。

另外在對語音資料的選擇上，方以智特別重視各地的方言紀錄，認為可以用來探求語音變化之外，也和訓詁釋名有著高度的關連。因為在他的認知裡，名物稱呼的變化是源自於方言、訓詁之源相傳播，於是方氏再說：

> 草木鳥獸之名，最難考究，蓋各方各代，隨時變更。東璧窮一生之
> 力，已正唐宋舛誤十之五六，而猶有誤者。須足迹徧天下，通曉方
> 言，方能核之。《爾雅》、《詩注》，漢晉即多謬缺，存中、漁仲、元
> 晦、伯厚、升菴、元美諸公，皆不能定古人之名物，而可責人乎。
>
> 〔註62〕

李時珍（東璧）之《本草綱目》能正唐宋草木名稱之謬誤，然猶有不逮，方以智鑑於此，採集各地資訊、方言語料以作論據，因此《通雅》的內容有著豐富的地方素材，不只來自文獻紀錄，更多的是方氏足跡遍及中國的證據，因此《通雅》中有許多各地的第一手資料，而他一生流離，適足以成為他著書考證最有力的背景。

〔註60〕《通雅‧凡例》，頁 6。

〔註61〕《通雅‧凡例》，頁 5。

〔註62〕《通雅‧凡例》，頁 6。

貳　《通雅》與《物理小識》之關係

　　方以智著《通雅》之主要目的在於考證，而同樣類型的作品，方氏另有《物理小識》。雖然四庫館臣歸類此書於「子部雜家類雜說之屬」〔註63〕，然與《通雅》皆是先舉一名物，而後論證之，只是篇目廣狹不同，今以《物理小識》十二卷爲主，作「《物理小識》、《通雅》篇目對照表」比較內容的差異。

表二：《物理小識》、《通雅》篇目對照表

《物理小識》十二卷	《通雅》
〈天類〉、〈曆類〉卷一	〈天文〉
〈風雷雨暘類〉、〈地類〉、〈占候類〉卷二	〈天文〉、〈地輿〉
〈人身類〉卷三	〈身體〉
〈醫要類〉卷四	無相應類目
〈醫藥類〉卷五	〈植物〉、〈動物〉　〔註64〕
〈飲食類〉、〈衣服類〉卷六	〈飲食〉、〈衣服〉
〈金石類〉卷七	〈金石〉
〈器用類〉卷八	〈器用〉
〈草木類〉卷九、卷十	〈植物〉
〈鳥獸類〉卷十、卷十一	〈動物〉
〈神鬼方術類〉、〈異事類〉卷十二	無相應類目

據表可知兩書的內容相似，甚至部分論述採互見法，或詳見於《通雅》，或深考於「小識」。這是因爲兩部作品有共同「通幾」與「質測」之主旨。唯《通雅》

〔註63〕　按：由於雜說是「議論兼敘述」，《四庫全書總目提要》中說道：「案襍說之源出於《論衡》，其說或抒己意、或訂俗訛、或述近聞、或綜古義，後人沿波，筆記作焉。大抵隨意錄載，不限卷帙之多寡，不分次第之先後，興之所至，即可成編。故自宋以來作者至夥，今總彙之爲一類。」（《四庫全書總目提要・子部》，頁 654。）是《通雅》與《物理小識》的內容偏重不同，且論述方式有異，但兩書本爲一作，只是《物理小識》爲方中通摘出，另外單行，故四庫館臣不將兩部著作視爲同等作品。

〔註64〕　按：《物理小識》的〈醫藥類〉，其中所列動植物，蓋取其可入藥、有藥效功用者，與〈草木類〉之純粹說明植物的種類、樣貌，二者性質稍異，故方以智於《物理小識》中分爲二類。然於《通雅》中無專門相應的類目，唯所舉者乃植物、動物，故仍以此相附。

主通幾，《物理小識》主質測，故〈序〉中說：「《通雅》以通稱，謂免古今之聚訟，而《小識》以紀物用，核其實際。」〔註65〕前者透過考證斷古今疑義，「主于辨當名物，……不在鈔集編纂也」〔註66〕。後者記日常事物，驗之於平常，注重實用，是以講究「徵其確然者耳」〔註67〕。

不過，方以智本是將《物理小識》附於《通雅》之後，于藻序此書說：「《物理小識》一書，原附《通雅》之末，蓋是大師三十年前居業遊學之餘，有聞隨錄，以待旁徵稽考者也。」〔註68〕著書時間在《通雅》前後不遠，而為方中通編輯摘出於《通雅》。方以智以二書內容相似，只是《物理小識》更重視「質測」的功能。其內容多來自於見聞，有別於《通雅》多驗之於經史，所設條目，亦與日用相關，對於文化方面則著墨較少，但在研究的精神與方法上，仍是有著「求實驗真」的作風，亦是與方氏家學之「崇實黜虛」的態度一致。

參　《物理小識》與《通雅》篇章比較

除四十九卷的內容外，《通雅》又有卷首一至三，以及卷五十至卷五十二，甚至《物理小識》一書本附於《通雅》之後，故亦當視為同一著作，而一併觀察。於《通雅》卷首，包含方以智所著論文，內容多樣，討論訓詁方式與理論的〈音義雜論〉。卷首二有探究讀書要旨的〈讀書類略提語〉，以及雜論各項學問中易生混淆的〈雜學考究類略〉，說明藏書刪書之旨的〈藏書刪書類略〉、簡述字書音韻訓詁三類學術研究發展的〈小學大略〉。卷首三收錄方氏文學創作理念之〈詩說・庚寅答問〉，以及論述古文發展源流的〈文章薪火〉。

《通雅》卷首三卷是方以智對於傳統文化知識以及研究方法的整理。書後另外有〈切韻聲原〉、〈脈考〉、〈古方解〉三卷。〈切韻聲原〉盡包方氏聲韻理論，含括古音見解、語音演變的進程，以及他自己的音韻系統。〈脈考〉內

〔註65〕清・于藻：《物理小識・序》（臺北：臺灣商務印書館，1968 年），頁 1。按：于藻〈序〉在康熙甲辰，即西元 1664 年，三十年前則為 1634 年。而《通雅》作於辛巳，即西元 1641，是創作二十年而成，故兩部作品的創作時間重疊。

〔註66〕《通雅・凡例》，頁 6。

〔註67〕明・方中通：《物理小識・編錄緣起》（臺北：臺灣商務印書館，1968 年），頁 1。

〔註68〕《物理小識・序》，頁 1。

容述及養生、運氣與脈象等，可謂是方氏的養生醫學理論，故又有稱《養生約抄》者。最後的〈古方解〉內容全同於《內經經絡・醫方大約》，收錄藥方七十九條。此前後六卷與《通雅》全書的體例有異，其原本是建立論述與理論，而非以考證為主，可見這六卷非承襲自《爾雅》。相較之下，本附於《通雅》後的《物理小識》，內容是通過實證以考證名物，體例更顯一致。〔註69〕

方以智次子方中通說《物理小識》原附於《通雅》之後，只是另外單行。究其內容計十二卷十五個主題，約可分作兩大類六小項，即以「《物理小識》篇章分類表」說明之。

表三：《物理小識》篇章分類表

自然科學	天文地理	〈天類_氣 光 聲 律 五行_〉、〈曆類〉、〈風雷雨暘類〉、〈地類〉、〈占候類〉
	人體醫學	〈人身類〉、〈醫藥類上_醫約_〉、〈醫藥類下_藥_〉
	無生物	〈金石〉
	動植物	〈草木類上〉、〈草木類下〉、〈鳥獸類上〉、〈鳥獸類下〉
	實驗過程	〈鬼神方術類〉、〈異事類〉
社會科學	生活百貨	〈飲食類〉、〈衣服類〉、〈器用類〉

就內容而言，《物理小識》確實可以視為《通雅》之緒餘，以其篇章名稱與結構，和《通雅》相去不遠。然《物理小識》是採取「質測」的態度，因此內容的呈現重在實際經驗的證明，所述多為經驗事實，於歷史典籍的引證則少。可知方以智編輯《通雅》的過程並非止於一時一地，因此其內容才能突破限制，並且在論證處不受時空的影響，而有著許多地方的第一手紀錄。據錢澄之所述《通雅》乃是方氏三十年心血而成，故知用力之勤，亦可說是方氏早年論學之重要處。且宓山晚年逃禪，盡棄訓詁之學，則姚文燮之刊《通雅》，多方收錄考究之作，是以卷首之論為學、書末之錄聲韻、藥方，亦是著眼於對古籍資料的整理。至於《物理小識》之未收，蓋既已單行，則不另附錄，又以其重在質測，故未錄於通幾為主的《通雅》中。

〔註69〕按：關於《通雅》各卷的篇目名稱，收錄在附錄一中，並於其中簡述分合之故。

第四節　《通雅》之內容

　　方以智自陳《通雅》乃仿《爾雅》而作，故於內容形式皆沿襲之。方氏認為：

> 《爾雅》者，藏遠于邇，而以深厚訓之也。孟堅〈叙傳〉曰：「函雅
> 故，通古今。」爾，邇也；雅、正也、常也，子思所謂訓詞深厚也。
> 〔註70〕

所謂「爾雅」即是內容富有深度，態度莊重典雅的文字，作為一部經典，所包含的是用通語釋方言，以及通究古今語言的差別。方以智著眼於此，於《通雅》內容則以辨證古人錯亂之尤者，而辯名當物，以證其義，即是遠紹《爾雅》之旨。

壹　《通雅》篇目對《爾雅》之繼承

　　《爾雅》內容共計十九篇，主題論及語言至鳥獸。《通雅》既承襲之，故形式與內容亦有密切的關連。《通雅》五十二卷，不含卷首的五篇文章和全書最末的二卷，以及《物理小識》的兩類不相應篇目，共為二十大項，其內容自語言訓詁，擴及天地萬物、文化制度，胡奇光表列其內容，亦作普通語詞、自然語詞、社會語詞三種。他以循環的方式解析《通雅》的篇目排列，自普通語詞轉進自然科學與社會科學，再循環回普通語詞，正如《易》學思想之循環反復。即比較《爾雅》與《通雅》之篇章，另附《廣雅》與《小爾雅》之篇目，以明其間之傳承，列「《爾雅》系三書篇目對照表」。

表四：《爾雅》系三書篇目對應表

《爾雅》篇目	《小爾雅》篇目	《通雅》篇目
〈釋詁〉第一	〈廣詁〉一	〈疑始〉、〈釋詁〉
〈釋言〉第二	〈廣言〉二	
〈釋訓〉第三	〈廣訓〉三	
〈釋親〉第四	〈廣義〉四、〈廣名〉五	〈稱謂〉

〔註70〕《通雅》，頁158。

〈釋宮〉第五		〈宮室〉
〈釋器〉第六	〈廣服〉六、〈廣器〉七	〈器用〉、〈衣服〉、〈飲食〉
〈釋樂〉第七		〈樂曲〉、〈樂舞〉、〈樂器〉
〈釋天〉第八	無相應篇目	〈天文〉
〈釋地〉第九		〈地輿〉
〈釋丘〉第十		
〈釋山〉第十一		
〈釋水〉第十二		
〈釋草〉第十三	〈廣物〉八	〈植物〉
〈釋木〉第十四		
〈釋蟲〉第十五		〈動物〉
〈釋魚〉第十六	〈廣獸〉十	
〈釋鳥〉第十七	〈廣鳥〉九、〈廣獸〉十	
〈釋獸〉第十八	〈廣獸〉十	
〈釋畜〉第十九		
	〈度〉、〈量〉、〈衡〉	〈算數〉
註：《廣雅》篇目名稱襲於《爾雅》。	註：《小爾雅》乃增廣《爾雅》之用，所作十三篇，俱以「廣」為名。唯「度量衡」屬新附篇章，故不以廣稱之。	〈身體〉
		〈姓氏〉
		〈官制〉
		〈事制〉〔註71〕
		〈禮儀〉
		〈金石〉
		〈諺原〉

據表可見《通雅》廣設二十二大項，已經突破《爾雅》舊有的論述範圍，並且開創出《爾雅》一類著作的不同路徑，在諸多篇章中引用西方的科學新知，所反映的是隨著社會的發展，詞彙、語意和學術的不斷進步，並且各類名物知識的累積增加，顯現在對世界認識的分類逐步精細，以及日漸深入的科學內涵。

〔註71〕〈事制〉二卷包含〈貨賄〉、〈田賦〉、〈刑法〉三子目，今依《四庫提要》分類為準則。

貳　《通雅》之內容

圖二：《通雅》篇名分類圖表〔註72〕

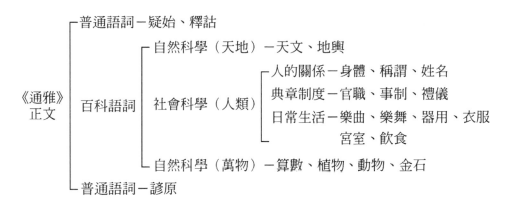

一、普通語詞與音學理論

方以智仿效《爾雅》以著《通雅》，其內容亦可分為普通語詞、社會生活、自然萬物三類。普通語詞處，其篇章起始有〈疑始〉、〈釋詁〉，終以〈諺原〉。〈疑始〉專論占篆古音，方以智自述其旨曰：

> 世變遠矣，字變則易形，音變者轉也，變極反本。且以今日之音徵
> 唐宋、徵兩漢、徵三代，古人多引方言以左證經傳。方言者，自然
> 之氣也。以音通古義之原也。〔註73〕

字形、字音於時間的前進中而有所變化，故以時音上推古人言語，並經由方言佐證經籍傳注，可以考證古字通假的使用。〈釋詁〉則分別有「綴集」收錄歷代為人忽略的詞彙，並考證其音義；「古雋」採集詞彙相通之語；「謰語」羅列雙聲疊韻的詞彙；「重言」廣搜駢字以明其相通。〈諺原〉則是方以智探究日常口語的文獻，使俗語有其雅證，因為俗語保留著較早的語詞，其中或有古今南北之異，探求諺語於典籍中的源頭，有助於論證古代語言。

胡奇光將整部《通雅》的內容收束在〈諺原〉，作為普通語詞之末，正是因為其後諸文本非原創，而是轉錄於方氏的其他作品。〔註74〕考〈諺原〉一卷，

〔註72〕《中國小學史》，頁196。胡奇光所分二十一類，實不計〈樂器〉。〈樂器〉屬於音樂類，可包括在〈樂舞〉中，是與〈器用〉的過渡。

〔註73〕《通雅》，頁79。

〔註74〕按：第五十卷〈切韻聲原〉的部分內容，編入《周易時論合編圖象幾表・等切旋韻約表》中，是可證其曾有「等切」之名，而所論正在究聲音之源，且此「切韻」

其內容在探究民間俗諺之源，通過對語詞的考證，用以正本清源。可見普通語詞處，多是探討詞語的源流，不論是諡語或諺語，都屬於方以智的研究範圍，大大增進了《通雅》內容的面向。

輔助語詞的作品有第五十卷〈切韻聲原〉，方氏通過〈切韻聲原〉建立自己的音學理論，並將此理論實踐在《通雅》各卷的討論裡，其中包含了對古今語音的分期、對古韻的看法與分部、時音的內容，以及音《易》合一的旋韻思想。〈切韻聲原〉是研究方以智音學的基礎，也是其音學理論最重要的文獻。

二、自然科學

在普通語詞的〈釋詁〉之後接續的是〈天文〉，方以智對天文的認識不只有歷史文獻的考據，還導入西方的科學知識，以作為曆測、月令的素材。在〈地輿〉的內容裡，方氏探究山川、丘垤的古今異名，並以歷史變遷的角度，離合疆域的廣狹，辯證歷代都城的遷建終始。可以發現，《通雅》並不只是單純考證的著作，還包含縱向的歷史變遷痕跡，以及橫向的當代科技發展，從中可見文化傳承的脈絡與中西交流的成果。

自然科學之〈算數〉分敘古算法與度量衡等計算道具和單位。〈植物〉則分別敘述各種草名、竹葦、各式木名，和穀蔬，從穀蔬一段可知植物分類已從單純的草木採集，擴展至專門的農業種植以供食用，這是中國農業發展的成果。因為植物供人飲食，方以智於植物的最後教人辨味，以明食用與否。正是食用植物發展至高峰，才有此實驗方式的流傳。〈動物〉集合《爾雅》的蟲魚鳥獸畜，文中先釋鳥中之鳳，示其尊貴；終以鴆鳥為毒酒之材，則示其最下。鳥後為獸，先以麒麟虎鹿熊羆等神獸，終於鼠，文末考辯白化症，以為物偶有之，不必以為怪異。其後並論述鳥獸各部位名稱的設立方式。

科學類終結於無生物的〈金石〉，討論的內容有金屬、玉石、珍珠、琥珀、

之旨在說明音韻上下字之別，即「上字為切，下字為韻」之總和，故後代研究者以為《等切聲原》即是〈切韻聲原〉。五十一卷〈脈考〉之首，倡養生之說，其文收錄在《浮山文集前編》，名為〈養生約抄序〉，則〈脈考〉亦當自是《養生約抄》。五十二卷〈古方解〉的內容據侯外廬所述全同於《內經經絡・醫方大約》，亦故應是轉抄收錄。甚至原應附於《通雅》後的尚有《物理小識》，只是此處並未提及。前後諸卷乃後來附上，體例、內容均與《通雅》正文相異，非以考證為旨，當是胡奇光不收此書後四部作品的原因。

玻璃、鹽巴、石油等。從中可以知道古代學者有著一定的化學知識，然《通雅》對科學的記載並不若《物理小識》仔細，故文中時有「詳見《小識》」、「詳見《質測》」之語，可見方以智於《通雅》實求「通古今」，而對「質測」的詮釋當在《物理小識》。

三、社會科學

社會科學可細分為：人的關係、典章制度、日常生活。人以身體出發，方以智用醫學的角度詮釋身體，討論任督、焦泌而配天地造化之運行，並擴及人身的內外部位，外部之細微如毛髮禿楬，內部之隱密若五臟六腑，皆是論述的對象。〈稱謂〉篇中概括了《爾雅》的〈釋親〉，在血親、姻親的人際關係外，再增加人與社會互動之下，所產生的職業、官銜，與自稱和尊稱。〈姓名〉則是探討姓氏異同，考定姓名之音釋，勘正同名不同人，判定鬼神的各種名字。

典章制度考證〈官制〉、〈事制〉、〈禮儀〉等。〈官制〉首錄仕進，說明歷代選舉之法，又有爵祿解釋爵位與奉錢，文職、武職分別敘述古今文官、武官之名，及其中的歷史變遷。述武職而兼及兵制，其下則有兵政以講解行伍之事。〈事制〉的內容包含戶政、地政、法務，附有田賦以敘古今均田之制；於〈貨賄〉中論錢幣的形制及各式稅名；〈刑法〉則述各種刑罰的內容。〈禮儀〉先是考訂「禮經」名義的〈四禮說〉，後敘祭祖祭天之制，與朝廷設置、出入廟堂的規矩及一切禮制。

〈樂曲〉、〈樂舞〉、〈樂器〉即包含音樂之事。〈樂曲〉首以〈詩樂論〉說明詩樂的關係，後論律呂、釋七音、韶樂等所有樂曲之名義，最後是〈樂調考〉，終附有嘯法。〈樂舞〉自周舞三象起，陳列各式舞蹈之名。〈樂器〉的內容，先舉調音器，後以節拍器，其下則有各種樂器的名稱。在音樂之器後，續以十二類的百工之器。首以書札，其內容列文字載體如木札竹策之名，又有各式公文文書之稱。另附有碑帖，多在考證碑帖之名與辨別字體。〈器用〉之書法則主論書寫方法，裝治用以明書冊裝潢版式，筆墨紙硯則是說明此四項物品的歷史發展和樣式，後接以「印、章」，考證其本為二物而混為一，再列出其樣式與用途。

卷三十三獨論古器，首重辨真偽，故先以款識，而後列出各項古器物之名義，分類以釋禮器、食具、酒器、飾品等。卷三十四之雜用諸器，則是各項日

用道具，由近至遠，終於棺木。卷後又有鹵簿執事，是官方儀仗所用。因於儀仗，故卷三十五敘戎器，中有護具、武器、甚至火砲，可見方以智對西方學術的認識，戎器終於駕具，故後有車類一節，說明各種代步工具，及其部位名稱。器用最後是戲具，即博弈與遊戲的道具。

卷三十六的〈衣服〉爲彩服，人身以頭爲尊，故由戴在頭上的冠冕爲始，而兼及一切帽飾與髮飾。衣服按照所繡的圖案有不同稱呼，甚至不同版型而有各種名稱。內容包含服飾的部位名，與各種材質所作的服裝名稱。彩服最後結束在革履、木屐、草屬，是人身之最下。卷三十七有佩飾，主要說明衣帶等服飾之外的配件。其後爲布帛，論材質的優劣、質地的好壞。最後是綵色，考證各種服飾顏色的作法。

〈宮室〉考證建築名稱緣由、訓釋建築形制，以及釐清建築發展演變的三個主軸。〔註75〕社會科學最後是〈飲食〉，方以智先飲後食，故以酒的釀製、種類、酒母等爲先，後爲茶再爲麵餅麥飯等主食，而後才是菜和肉。從方氏對飲食的紀錄，可見古代有著豐富的烹調方式，麵食可作粥糊，又可包餡爲餛飩餃子，豆類除醃漬外還可作豆腐，是以鑽研〈飲食〉，可以求得古人烹調的手法與飲食文化。

參　《通雅》與《爾雅》之比較

方以智《通雅》在各方面都可以看見對《爾雅》的承傳。就內容上觀察，《爾雅》的篇章名稱都可以在《通雅》中求得，所增加的篇目則顯出時代變遷後的社會發展與學術變化，因而擴充了知識的類別。結構上，胡奇光將《爾雅》分作普通語詞、社會生活、自然萬物三大類，而《通雅》亦可以依此劃分，其中細節雖然精粗有別，但仍舊是統括天地萬事萬物的分類方式，因此可以見兩書對世界的整理與認識。就其性質而言，《爾雅》收錄於《四庫全書》「經部小學類訓詁之屬」，認知上是經學一脈，雖然內容不只是爲了解經，但是漢代學者多以之作爲詮釋經典的依據。而《通雅》著錄在「子部雜家類雜考之屬」，即是因爲其釋詞內容廣泛，不專主於經史，還能兼及子集，而且引證資料淵博，所以四庫館臣並不將《通雅》置於經部之下，而歸於子部雜家，

〔註75〕商雙：《通雅‧宮室研究》，武漢：湖北大學碩士論文，2012 年。

但二者的訓釋均在經史，擴及子集，此不拘一格的考證內容，亦屬齊一。

釋義方式論之，《爾雅》多是詞義並列，內容可以前後相訓，是以後人多以為有同義詞詞典的認知。《通雅》重在考釋詞語，因此多是先列被釋詞，而後論證考釋內容，務以探其源流與後續發展。在訓釋特點上，《爾雅》諸篇主於按義分類，採同義相訓的辦法；《通雅》亦然，只是方以智不完全採用同義互訓，通古今、折衷其間才是方氏釋字詞源流的特色。最後的訓釋方式裡，《爾雅》是同義相訓，方式多為義訓；《通雅》在戴侗以及音韻學說的發展及影響下，主要是以因聲求義作為訓釋的方法。於此列「《爾雅》、《通雅》主題分述表」於下。

表五：《爾雅》、《通雅》主題分述表

	《爾雅》	《通雅》（《物理小識》不計）
內容	十九卷，計十九項	五十二卷，計二十九項 [註76]
結構	三類，包萬事萬物	三類成一循環，包萬事萬物
性質	經部訓詁之屬，詁訓的總整理	子部雜考之屬，引證範圍廣泛
釋義方式	詞義並列，相互訓釋	先立一詞，而後考證
訓釋特點	按義分類、同義相訓	按義分類，考證詞彙的古今之義
訓釋方式	義訓為主，音訓形訓為少	因聲求義為主，形訓義訓次之

肆 《通雅》置音定義之溯原

既明《爾雅》與《通雅》的創作內容與承繼關係，則方以智如何在承襲以義訓為主體的《爾雅》下，建立「因聲求義」的《通雅》。表五可知兩者的訓釋特點皆是「按義分類」，但是在訓釋方式上則產生歧異。《爾雅》是義訓為主，先秦未創反切，於標音時只能闕況、讀若，至漢代劉熙《釋名》才有以音訓為訓釋的代表作，始建立音近相訓的形式。但以《爾雅》為主體，真正帶有聲韻上的探求者，遲至三國時代孫炎所著的《爾雅音義》，方大量使用反切以標註文字讀音。晉代郭璞著有《爾雅音圖》，不只收錄《爾雅》之詞義，另包含了字詞的音讀與圖示，兩人的著作開啟了《爾雅》的音釋之始。

方以智《通雅》則不然，其開宗明義即以聲音為考究字詞意義之本原。究

[註76] 五十二卷不包含卷首三卷。而末三卷〈切韻聲原〉、〈脈考〉、〈古方解〉，因其本為單行，亦不列入考證的類目之中，故作二十九項。其中詳細類目名稱，請參閱附錄一。

方氏於《通雅》中最主要的研究方法乃「因聲求義」，他認爲「訓字之義，古多
諧聲轉借，必如追擬古篆，何必爾耶」〔註77〕，字義既因聲音而轉借，因此方
氏以通聲音爲最重要的探求詁訓之方法，相較於以義爲訓的《爾雅》，《通雅》
有更廣大的聲韻資料，而可以成爲探求古音的素材。此外，方以智又認爲「考
古以決今，然不可泥古」〔註78〕，所以《通雅》的音義資料雖是考古，但是著
意者更在今用，是以於聲音的取材，不只追尋古音的內容，還有蒐羅今音的紀
錄，於是《通雅》便可以作爲求取古音與明末語音的素材，作用性更甚於義訓
之《爾雅》，並因爲科學性的考究音韻之功夫，更成爲明末考據學的大家。

在「因聲求義」的實際運用之外，方以智增設〈切韻聲原〉一卷，即是音
韻探索之理論標的。方氏在《通雅》各卷重點在考古，而《通雅‧切韻聲原》
則是以記錄「時音」與音學理論爲準則，此卷之設超脫《爾雅》等雅學類著作
的範圍，而後因與「考究之門」的小學性質相近，故增入之。其文包含等韻之
〈新譜〉，以及音義相合之〈旋韻圖〉，更有審音之〈十二開合說〉，音韻演變史
的〈韻考〉。方以智在繼承《爾雅》訓釋古義的精神與形式之外，認識到聲音與
意義的關係，所以添入以聲音爲研究主體的〈切韻聲原〉，亦是「不泥古」理念
的展現，使《通雅》成爲可以探求古今音韻的典籍，並作爲明末語音的代表作
之一。

方以智在《通雅》各卷之中，雖是以訓詁爲主體，但追溯義項的時間軸長
達千年，故其資料搜取甚爲豐富，因而能夠帶有豐碩的資料以考索古今聲音的
變化，進而訓釋字詞意義的演變。他分別音義資料的界線，更加有效地斷代語
音，因此其通考古今音義，抱持著古爲今用的態度從事訓詁工作，亦是「會通
雅學」著作，而被稱爲明末雅學之集大成。

第五節　集明末雅學大成之《通雅》

方以智作《通雅》目的在明訓詁，而後可以通經典，因此他學習《爾雅》，
其用意在《爾雅》乃訓詁典籍之始，並且「始於釋詁，而統當名物」〔註79〕，

〔註77〕明‧方以智：《周易時論合編圖象幾表‧凡例》（臺北：文鏡出版社，1983 年），頁
　　　　61～62。
〔註78〕《通雅》，頁 1。
〔註79〕《通雅》，頁 3。

擴大訓釋的範圍。因此他的「通」之意涵，不僅止是「治學範圍的淹通」，還包含了「治學態度的通達」與「治學方法的會通」〔註80〕。更甚者方氏強調「通幾」、「質測」的創作原則，展現在他的兩部作品中，即《通雅》之研究小學是藉通幾以求得貫通古今、統整萬物規律的根本；《物理小識》則以質測的實證精神貫穿全作。

察方以智對西學知識的學習態度，他常舉孔子向郯子問學的故事，以說明學習當求精準，而不在疆域、華夷的限制，方氏說道：「太西質測頗精，通幾未舉，在神明者之取郯子耳。」〔註81〕此即引用《左傳》昭公十七年「秋，郯子來朝」條：「仲尼聞之，見於郯子而學之。既而告人曰：『吾聞之天子失官，學在四夷。』」〔註82〕時郯子居小國，卻能不受國家歸屬的限制，並熟習周代的傳統制度，故孔子大為嘆服。方以智以為「遠西學入，詳于質測而拙于言通幾」〔註83〕，因此並非全盤接受西方學說，而需要「合內外，貫一多」〔註84〕的功夫，以全方面地瞭解知識。方以智借孔子向郯子問學，說明中國文人應當向西儒學習的正當性與必要性，而非故步自封，自為滿足。

方氏在研讀利瑪竇的著作後，整理出「遠西」、「泰西」等西方學術之論述，說：「西儒利瑪竇泛重溟入中國，　　其國有六種事、事天主、通曆算、多奇器、智巧過人。」〔註85〕西方學術「長於質測、拙於通幾」，雖連結神學與科學，但當時東渡的西學裡，於哲學內涵鮮有著力處，故方氏以為西方哲學並不發達，因而直斥西學之言通幾，並在《通雅》中建構其通幾的觀點。

方以智之作《通雅》，雖是沿襲《爾雅》，但是在社會的發展過程裡，舊有的知識體系不足以包容一切，因此方氏在既有的內容上，又增補了過去所未見的文化制度，並且更動其中名義以符合時代需求，於是在原本的〈釋器〉、〈釋

〔註80〕 袁津琥：〈試論通雅命名之由及其在雅學史上的地位〉，《古籍整理研究學刊》第 4 期，2004 年，頁 64～68。

〔註81〕 《通雅》，頁 36。

〔註82〕 清・阮元編：《春秋左傳正義》，《十三經注疏》第 6 冊（臺北：藝文印書館，1955 年），頁 838。

〔註83〕 《物理小識》，頁 1。

〔註84〕 《物理小識》，頁 1。

〔註85〕 方以智：《膝寓信筆》（東京：東洋文庫藏，《桐城方氏七代遺書》本），頁 25～26。

樂〉上一分爲三。這樣擴增《爾雅》的篇名顯示出方氏獨特的見解，因此張之洞說明解經時，提出「五雅」的概念，其中特別提升《通雅》的價值，曰：

> 形聲不審，訓詁不明，豈知經典爲何語耶？如何而後能審定音義？
> 必須識小篆，通《說文》，熟《爾雅》（「五雅」、《玉篇》、《廣韻》，並宜參究。）
> ……《方言》、《釋名》、《小爾雅》（非《漢志·小雅》元書，然是漢儒所做。）
> 《廣雅》、以《通雅》易《埤雅》，（《通雅》，明方以智作。）名「五
> 雅」。〔註86〕

識字、正音、辨義是讀書的基礎，張之洞認爲此三者需從工具書中求得，故追溯最早經典當由《說文》、《爾雅》作爲詮釋的根基。二者不足以盡歷代經典之用，需擴增書目，因而在歷代小學中提出「五雅」之名。張之洞特別提出方以智《通雅》，以取代陸佃《埤雅》，可知張之洞對其書價值的認同。然《通雅》內容所對應的範圍爲何？何九盈強調《通雅》的重要性時說道：

> 研究先秦詞彙要讀《爾雅》，研究漢魏詞彙要讀《廣雅》，如果要研
> 究唐宋元明詞彙，則不可不讀《通雅》。中國的雅書，最爲重要的就
> 是這三部。〔註87〕

歷代《爾雅》一脈的著作皆有其對應的時空環境，《通雅》作於明末清初，方以智廣搜各項資料，匯聚成書，是《廣雅》之後內容最爲博通，價值更勝《埤雅》，是以何九盈直接將方氏《通雅》與《爾雅》、《廣雅》並舉，亦可見當代訓詁學家對這部著作的重視。

　　訓釋意義如此，方密之探究音韻的精神亦然。雖然《爾雅》一脈的義訓典籍並不以通古今音韻爲標的，但是方氏認爲探求詁訓必先始於古音，因此對義項的追尋當追溯至音韻，於是他最重要的研究方法爲「因聲求義」，並藉由各種方式以考古音、探古義。又因爲貴用尊今的角度，是以在考古音古義之餘，並

〔註86〕 張之洞：《書目答問二種》（北京：新華書店，1998 年），頁 291。按：「五雅」內
容有兩種說法：一是明代華效欽匯刻《五雅》，其內容分別有先秦《爾雅》、三國
魏張揖《廣雅》、宋陸佃《埤雅》、宋羅願《爾雅翼》和漢劉熙《釋名》。二是明代
郎奎金所匯刻的《五雅全書》，分別是指《爾雅》、《小爾雅》、《逸雅》（即《釋名》）、
《廣雅》、《埤雅》。二種皆含陸佃之作，張之洞獨以爲當捨《埤雅》更作方以智《通
雅》。

〔註87〕 何九盈：《中國古代語言學史》（開封：河南大學出版社，1985 年），頁 273。

增立〈切韻聲原〉作爲今音研究與音學理論的代表。方氏於〈切韻聲原〉論列古今音韻演變，並闡明其音學理論，是故《通雅》在探求詁訓的功能之外，更添加了求取音韻的作用，並且能夠據此考索古今音韻，實用性質更甚《爾雅》，並成爲研究明代語音之標的。

　　從先秦時代的《爾雅》，中間歷經魏張揖《廣雅》，下至明代方以智《通雅》，其內容標誌出其世代的社會風尚與時代潮流。在每個詞條所對應的詞彙裡，保存古義，方以智學而習之，既存原本面貌，又能擴展知識層面，開拓學術領域而近似百科全書，內容範圍前所未有，因而爲張之洞、何九盈等人推崇。此外，其繼承前人之遺意，啓後代雅學之興盛，又是另一功績。清代不論是注疏或仿效《爾雅》之作，數量遠較前代爲多，其肇始之功，當可推及方以智。〔註88〕則在兩者之間，其內容的承襲與開展，可以看出社會的變遷，與學術的進展。此外，其中所隱含的意義，正是雅學的逐漸進步，而《爾雅》一類的著作，其枝繁葉茂的內容，方以智實有功勞，因此後代雅學作品，雖是祖述《爾雅》，亦不可掩方氏《通雅》之價值。

〔註88〕按：胡奇光認爲：「元明盛行理學，科舉又以朱熹《四書集注》作爲釋義、作文的準則，以致雅學中斷，直到明末，方以智撰《通雅》，才重振《爾雅》之學，而賦以新的體系。」（《中國小學史》，頁 194〜195。）竇秀豔在胡說的基礎上，更加強調《通雅》的價值，而補充道：「《通雅》可以看做一部群雅總匯，是前此雅書的集大成之作。」（竇秀豔：《中國雅學史》，頁 170〜171。）是兩家說法皆以爲方以智《通雅》有承先啓後之功，故不能輕忽其價值。

第四章　方以智古音學研究

　　明中葉的小學研究，興於正德年間，新都楊升菴開啓了明代考據學研究，然而在研究方法與素材皆未能有突破性的發展，是以從後代的眼光論之，以爲其人著作失於精審、訛誤頻繁，故其後學者開始以「正楊」爲目的，而有陳耀文《正楊》、焦竑《俗書刊誤》等考證文字音韻訓詁的著作興起。〔註1〕陸續到了崇禎年間，相去雖與楊愼有百年之久，此「正楊」風氣亦未衰減，方以智所著《通雅》亦是以糾前人之誤爲方向，建立自己的學術觀點。所謂《通雅》即是以《爾雅》爲學習的典範，欲以「通達古今雅學之正」，並創建新的雅學模範，所以他開展新的研究方向，並確立以考證名物爲最主要的研究目的，通過訂正他人訓詁之誤，用以建立自己的學術價值。而考證音韻是方氏最重視的功夫，他在〈凡例〉中，屢屢言及考察聲音對求取音義的重要性，以爲「聲義相因」〔註2〕，因此考證名物必須「通曉方言，方能核之」〔註3〕、「欲通古義，先通古

〔註1〕　按：周亮工曾言：「楊用修先生《丹鉛錄》出，而陳晦伯《正楊》繼之，胡元瑞《筆叢》又繼之，時人顔（言）曰：『正《正楊》。』當時如周方叔、謝在杭、畢湖目諸君子集中，與用修爲難者，不只一人。」清楚地說明修正楊愼之說者有數家，時間長達近百年，也顯示出楊愼在當時學界的影響力。（見清・周亮工著：《因樹屋書影》，頁711。）

〔註2〕　明・方以智著，侯外廬主編：《通雅》，《方以智全書》（上海：上海古籍出版社，1988年），頁1512。

音」〔註4〕，所以不論是方言，或是古今音讀，都是方以智的研究對象。

歷來學者所進行的方氏音韻研究，所關注的焦點，多在〈切韻聲原〉，以及卷三到卷十的〈釋詁〉，然《通雅》之因聲求義，不只在此二部分裡，他辨證草木鳥獸之名，主張學者要通曉方言；認為古人名物的設定，即根源於方言，對於古人傳注的認識，也是建立在方言之上〔註5〕，因此探求語言是方以智訓詁的基礎工具，而這工具也遍布在整部《通雅》之中。雖然理論多見於〈切韻聲原〉，而實例多揀選自八卷的〈釋詁〉裡，但其他諸篇亦有方氏對語音的論述，並且久為他人所忽略。古音議題雖有廖乙璇與周遠富進行研究，然兩人俱不能從《通雅》的方言語音之紀錄裡，建立方氏古音與方音的關係，因此在古音的探討中，缺少「活的語言」之證明。而周遠富更將方氏解釋文字音義之「同通近轉」比於現今研究語音的方法，以為方氏已有古韻通轉的觀念，恐落入以今律古之非。今以全書作為考察內容，並整理其中關於古音的議題，用以釐清方以智的古音學理論，還其本來面目，而不以今日學說非之。

第一節　方以智古音學研究之動機

文字的設計總不脫於形、音、義，而文字最重要者在於音讀，尤其六書中以形聲字比例最高，可知造字原理以聲音為大宗。然形、義多依音而附焉，且字音與字義的關係極為密切，是以形聲字多含其義〔註6〕。

〔註3〕《通雅》，頁6。

〔註4〕《通雅》，頁22。

〔註5〕按：《通雅‧凡例》中說：「草木鳥獸之名，最難考究，蓋各方各代，隨時變更。東壁窮一生之力，已正唐、宋舛誤十之五六，而猶有誤者；須足跡偏天下，通曉方言，方能核之。」（《通雅》，頁6。）又「天地歲時推移，而人隨之，聲音亦隨之，方言可不察乎？古人名物，本係方言，訓詁相傳，遂為典實。」（《通雅》，頁6。）因此不論是考究草木鳥獸或是古人名物，聲音，方言是最重要的工具，而且經籍傳注亦與各地學者的方言語音相關，並傳誦至今，所以對語音的認識與研究是研讀古籍不可或缺的基本能力。

〔註6〕方以智於〈六書形聲轉假說〉中論及音義關係，曰：「因形立事，附聲見意，而意多字少，轉借為多。總言之，惟形與聲兩端，而意在其中。」（《通雅》，頁14。）亦即闡發文字的音義關係，而形聲字的音義更是密切。

　　明代方以智在考察古代典籍，體會到文字音讀的重要性，並且發現古今字音的變化，因此他在創作《通雅》時，特別著重研究文字的古今音義之演變，因爲這是考察典籍的重要工具，所以他特別說明辨證文字音義的重要性，曰：「字家雜說臆改者何限，可通則存以俟證，否則當辯正之。……智以士生後世，人人橫造，瀰漫何極，而博雅前輩復誤之，故不得不爲白其原委。〔註7〕」此語說明爲正當世之誤，創作《通雅》是必然的結果，不然各家雜說以意逆志，而不能得音義之正，則誤者恒誤。而且在講究文字音義之前，必須先體察古今方言，不然容易失之一隅，而不能夠深刻地考察名物，故方氏又曰：「可知鄉談隨世變而改矣。不考世變之言，豈能通古今之話而是正名物乎？」〔註8〕他認爲必先體察語音變化，方能考察名物；能洞悉音義變化的根本內容，才能夠明辨事物的變遷。甚至在字義與音義之間的關係，方以智更重視音義的連結，因此他特別強調「音有定，字無定，隨人填入耳」〔註9〕。除此之外，方氏更要求從各種資料去體察語音變化的痕跡，「書不必盡信，貴明其理。或以考事、或以辨名當物、或以驗聲音稱謂之時變，則秦漢以來之所造所附，亦古今之徵也」〔註10〕，甚至是各種留存語音發展的線索，方氏都主張不可以輕易地錯過，於是他說：

> 漢以來傳注，每用方言。黨，所也；踴，豫也；……以此訓解，俊世卷帙浩汗，何暇于察逦言？間見才老讀務爲蒙，新都讀日如熱，京山轉母爲模，豈無稽者乎？欲通古義，先通古音。聲音之道，與天地轉。歲差自東而西，地氣自南而北，方言之變，猶之草木移接之變也。歷代訓詁、讖緯、歌謠、小說，即具各時之聲稱，惟留心者察焉。〔註11〕

方以智從方言中擷取音義的素材，並因此而啓發了古音通轉的想法，是以在從吳棫、楊愼、郝敬的通音中，瞭解到古代聲韻與解讀方言的關係，是以特別重視方言，更自我要求須從方言考證文字音讀。於是瞭解古代音讀以考察古典文

〔註7〕 《通雅》，頁383。
〔註8〕 《通雅》，頁22。
〔註9〕 《通雅》，頁1471。
〔註10〕 《通雅》，頁4。
〔註11〕 《通雅》，頁22。

獻成了方氏的首要工作。然而考究古音古義之目的並不在復古，方氏《通雅》
的著作用意在「考古以決今」，所以他研究古音時，所關注的焦點不在消極地駁
斥古人之謬，更要積極地考究正確的音義，所以他說：

> 漢末孫炎《爾雅音義》始爲反切，魏通釋書，此法大行。音一定，
> 故莫逃；字有盡，故轉借。然有古可通，今不必通。……鄭魏推古
> 意，吳楊考古音，是也。執古廢今，則非；若執古之訛誤者，更不
> 必矣。〔註12〕

文字的意義與聲音的關係極大，字形反居於次要的地位，因此「因聲求義」是
方以智訓詁的主要方法。既然考古目的在爲當世服務，而不在復古，那麼方氏
所謂的當世應該是哪個朝代？他生於明末清初的動盪時代，雖然是亡國之臣，
但終不肯降清，其遺民之志深矣。所以，在政治上他自認是明代的子民，學術
上他特別推崇明初官編的韻書《洪武正韻》，以爲《正韻》是不可更易的萬世之
宗，所以特別強調：

> 沈約知四聲，琪溫譜七音，德清明陰陽，士龍並濁複，呂坤、張位
> 約字母。愚者徧考經籍，證出歷代之方言，始知其所以訛，所以通
> 耳。音定填字，倫論不淆，豈人力哉？今日定序《正韻》，爲萬世
> 宗。〔註13〕

方以智歷數過往的音韻學家，從沈約的聲調說；神琪、守溫之建聲母，標明七
個發音部位；周德清《中原音韻》平聲分陰陽；李登《書文音義便考私編》簡
略濁聲母；呂坤《交泰韻》、張位〈早梅詩切字例〉之減省聲母總數，方氏知眾
學者在音韻研究史上的功勞，亦知其所以訛，故折衷其間，定以《正韻》作萬
世宗，即要後人於音韻考究中，有著可以遵循的方向，亦是他著《通雅》所亟
欲遵守的音系內容。

第二節　方以智古音研究方法與「因聲求義」

　　考證古語必須從大量的古籍資料中擷取素材，方能夠求得古語的眞實面
貌。擁有素材之外，又必須解析其中語言要素，才可以列入文中，不致有蕪雜

〔註12〕《通雅》，頁29。

〔註13〕《通雅》，頁37。

之病。方以智以良好的教育環境，造就他淵博的學識，並因其藏書豐富，是以
《通雅》有〈讀書類略提語〉及〈藏書類略提語〉，顯示他藏書之眾、讀書之多，
因此要藉著最有效的讀書內容與研究方法，方能使其著作傳之後世。這樣良好
的研究背景，讓他的語言研究也有著極高效率的研究方式，並通過大規模考證
前代的資料和豐富的例證，讓《通雅》的古音研究有著更為可信的論據。

壹　方以智求古音之方法

　　方以智在學術上融貫古今、會通中西，後人讚許為「集大成」。〔註14〕他在
古音研究起了開創的功勞，但在研究資料上，他也有著「集人成」的地位。據
清代許瀚之《攀古小廬雜著‧求古韻八例》，其中論及探求古音的八種資料，雖
不是專為《通雅》所論，但方氏在研究過程中，與這八種方式不謀而合，更有
超出此八項者，顯見他精準的資料揀擇，以及細膩的求知態度。許瀚提出八項
證明古音的資料，其原文如下：

> 未有字，先有音。不明古音，無以議古訓也。古書多假借，假借必
> 同音。不識古韻部分，無以辨假借也。是故治小學，必自求古韻始。
> 一曰諧聲，《說文》某字某聲之類是也。二曰重文，《說文》所載古
> 文、籀文、奇字、篆文，或某聲者是也。三曰異文，經傳文同字異，
> 漢儒注某讀為某者是也。四曰音讀，漢儒注某讀如某，某讀若某者
> 是也。五曰音訓，如仁人、義宜、庠養、序射、天神引出萬物、地
> 祇提出萬物者是也。六曰疊韻，如崔嵬、虺隤、傴僂、污邪是也。
> 七曰方言，子雲所錄，是其專書，故書雜記、亦多存者，流變實繁，
> 宜慎擇矣。八曰韻語，九經、《楚辭》、周秦諸子、兩漢有韻之文是
> 也。盡此八者，古音之條理秩如也。〔註15〕

〔註14〕蔣國保先生在《方以智哲學思想研究》一書，以三個步驟說明方以智的集大成：
　　　一，批判學術上的門戶之見；二，改造三教，進行三教互補；三，由炮製三教而
　　　走向泯滅三教之差別。按：蔣國保雖然是從哲學的角度出發，但是方氏破除門戶、
　　　兼採各家的研究態度，無疑是他集大成的原因。（蔣國保：《方以智哲學思想研究》，
　　　頁 118～123。）

〔註15〕清‧許瀚：《攀古小廬雜著》，《續修四庫全書》第 1160 冊（上海：上海古籍出版社，
　　　2002 年），頁 701。

許瀚從聲義同源的角度，說明探討古音對瞭解古義的重要性，進而提出八種不同的方式，作爲探求語音的根源。方以智在探求古音上，所使用的方式亦與這八項相近。前文已多次針對方言、韻語的研究資料，說明方氏對古今語音變化的發展概念。而《通雅·釋詁》之「謰語」、「重言」，即是雙聲疊韻之連綿詞。方氏於其他考證古音的方法，亦有著墨，今以此八法爲準，分列八表於下，以證浮山求古音態度與方式之嚴謹〔註16〕。

表六：方以智考古音「諧聲」法簡表

一曰諧聲，《說文》某字某聲之類是也。
鷻爲鷷鷷，淳鳥也。……智按：「當音敦，敦、鷻同母也，敦、淳皆从享，古皆通諧。」（頁 1345）
跟格，猶批跟也。○……愚按：「從艮，當以痕、狠、艮爲聲者近。」（頁 224）
升菴引《說文》「尤，詹諸也」，又《博雅》「逡逡，眾也」。智按：「《說文》作『尤蛙，詹諸也。其鳴詹諸，其皮蛙蛙，其行尤尤』。又垚字訓『土塊垚垚也，一曰垚梁』、彔字訓『刻木彔彔也』、逡字訓『行謹逡逡也』。……此類借聲，不必論字。」（頁 350）

此三例皆是方以智確實說明兩字之間有諧聲關係者，可以發現方氏並不只是從《說文》中尋求諧聲的資料，他擴大了音韻研究的範圍，從注解和韻書中搜尋諧聲資料。此外，例中可見方氏已經隱含諧聲偏旁同聲必同部的觀念，雖然他對諧聲的認知從王聖美右文說處得來甚多，然而他將範圍限定在文字的聲音上，認爲同諧聲偏旁者皆通諧、聲近。而音義的關係他另以「聲義相因」作解釋，此類則不限定在相同的偏旁，因此將聲義的關係擴大到同源字詞的概念。然而，方以智考證的侷限在於他對資料的時間規範不清，以致考證古音資料，卻以後代韻書、字說作解釋，則未必符合造字時的最初意念，因而產生時間上的扞格，如第三例中，將許慎《說文》與張揖《廣雅》相較，而後對諧聲字下了「此類借聲，不必論字」的說明。不過方氏對諧聲偏旁的認識，已經打破字形的界線，其著重在字音上的相通，代表著文字間的諧聲關係當以聲音爲主體，而通過諧聲考察文字假借也成爲方以智考證古音的方式之一。

〔註16〕 按：表格引文凡出自《通雅》者，將直接列出頁碼，不一一作注，以減篇幅之繁。

表七：方以智考古音「重文」法簡表

二曰重文，《說文》所載古文、籀文、奇字、篆文，或某聲者是也。
韓文（韓愈〈進學解〉）「補苴罅漏」，即罅字。《說文》「罅，裂也，燒缶善裂」，墟作罅。《箋》曰：「一字繀文。」（頁 236）
智按：「《史》、《漢》皆用謚，《漢書》『賜之令謚』，又作諡，乃知謚、諡、謚，一字重文也。」（頁 137）
氾、汜重文。○詳里切。《爾雅》曰：「水決復入為汜，一曰窮瀆也。」《說文》與《爾雅》同引。又洍，水名，引《詩·江有洍》。分《詩》一字為兩，必誤矣。洍乃氾之重文也。（頁 151）

方以智的重文資料，主要是用以驗證異體字。但是在檢驗異體字的同時，可以
發現不同的字形所組成的字音偏旁，如第一例中的罅、墟即以「虖」為得聲偏
旁。可貴的是，方氏並不只是採用《說文》資料，《箋》、《注》與《爾雅》等釋
義都是他的取材方向。

表八：方以智考古音「異文」法簡表

三曰異文，經傳文同字異，漢儒注某讀為某者是也。
先天本從眞轉，古通一韻。……何謂眞天通？曰：「《國策》陳軫，《史》作出軫。」（頁 1499）
伯犕即伯服，周襄大夫，犕音避，牛八歲曰犕。有讀服匿為避匿者，籯一作鞴，可知古人服與避為一聲。（頁 687）
仿，古仿字，《左傳》祊，《公》、《穀》作邴。會于防，《公羊》亦作邴。可證从方从丙，古有通音。（頁 412）

異文是方以智考證古文字與古音的主要方法，他通過同一文句的不同字形，對
文字進行字音與字義的研究。如第一例之田軫、陳軫即為一人，而證田陳通音；
第二例的伯犕即伯服，而求得服避一聲。此二例後來也為錢大昕分別用作推論
舌音類隔之說不可信，與古無輕脣音的資料。顯見方氏在考證上的卓見，以及
多元的考證古音之方法。

表九：方以智考古音「音注」法簡表

四曰音讀，漢儒注某讀如某，某讀若某者是也。
譙詬，言譙讓垢辱也，譙讓，一作誚讓。○……《說文》：「譙，嬈譊也。讀若嚼，才肖切。誚古文譙。」《書》曰：「未敢誚公。」（頁 198）
《荀子》「愇詭」，《注》「變異感動之容」，直翁引《說文》愇音革。今按《說文》無愇，有諱，飾也、更也，讀若戒。北人讀革為戒耳。（頁 199）

> 離婁，轉爲麗廔。○……《說文》「瞴，莫浮切」，瞴婁，微視也，讀若眸婁。
> （頁 269）

許瀚此種方式主要以「讀若」來考證古音，據陳新雄《訓詁學》中對「讀若」的定義曰：「讀若、讀如二術語主要用途爲擬其音，即爲漢字注音。」〔註17〕是以方以智之用讀若，亦是爲求古代文字之音讀，如例三中瞴之以無爲聲，而讀若眸，可知輕重脣的類隔現象。

表十：方以智考古音「音訓」法簡表

五曰音訓，如仁人、義宜、庠養、序射、天神引出萬物、地祇提出萬物者是也。
《禮》言：「春，蠢也；夏，假也；秋，愁也；冬，中也。」韻義有由來矣。可知始因聲生名而義起，義又諧聲，聲義互用；久訛義晦，而況聲先表聲乎？形容之疊語，平仄抑揚，無非就聲配字，後乃典故耳。（頁 1513）
眞即貞。（頁 79）
證礷即証向，徵辭即證辭。（頁 297）

其實方以智並非全然同意藉音訓考證古代音義，他認爲音訓的結論多半「以己意牽合」，未必能夠逆推本義，是以他特別說明音訓之失，其文云：

> 以韻訓字，不可執一。○漁仲言：「武從亡，戰從單，戮從蓼，戢
> 從咠，戣從癸，是矣。」……智謂：「古人解字皆屬借義，如歌、《詩》
> 斷章，自《左氏》止戈已然，不必責以正體也。若周末至漢，皆以
> 韻解之。如韓嬰曰：『君，羣也；王，往也；先生，先醒也。』鄭
> 玄、賈逵、劉向、班固、劉熙、杜預諸人皆襲此以爲正訓。如父，
> 矩也；母，枚也；……。率以已意牽合，此弱侯之所以痛恨也。然
> 亦有闇合者，皆屬借意，不爲不可。如祖之爲且，且乃借聲助詞，
> 其諧馬韻，乃是周末漢初之音。若古之且夫之且，亦音祖，猶藉古
> 音籍。……其用迺字亦讀同爾，故賦中有爾乃之語。其用且字常使
> 即字，今《史》、《漢》中語猶然。」〔註18〕

方以智認爲音訓在探求意義之成效多是臆測，縱有暗合，亦爲借意，因此在

〔註17〕陳新雄：《訓詁學》（臺北：臺灣學生書局，1994 年），頁 333。

〔註18〕《通雅》，頁 134～135。

意義的提取上必須格外小心。但是音訓仍揭示了古人的用韻習慣，因此方氏
是抱持著謹慎的態度在引用其音讀，而意義的使用則要更加仔細求證。究密
之對音訓的認識，主要在於「因聲生名而義起，義又諧聲，聲義互用」〔註19〕
的基礎上，音訓的音、義方有價值，所以非在此條件下者，方氏弗錄，所列
第二、三例即見方以智之用音訓以釋詞。

表十一：方以智考古音「疊韻」法簡表

六曰疊韻，如崔嵬、𩑢頹、傴僂、汙邪是也。
崔巍，一作陒隗、㟳隗、崒隗，或用畏隹。○平聲，亦卜聲。崔別作崥、陮、嶊。嵬別作隗、虺、畏。《莊子》「山林之畏隹」，乃倒用嵬崔也。司馬《注》隹如崔字，可知皆聲通形狀之辭也。（頁321）
軥錄，拘摟之轉也；拘摟，傴僂之轉也。○丁度曰：「拘摟，聚也，言卷聚也。」《荀子》「軥錄力病」，正言拘摟用力之疾也。傴僂或在語韻，或在尤韻，古多通用。（頁217）
汙邪，猶甌窶也。○〈滑稽傳〉：「甌窶汙邪。」甌窶音樓，高地狹小之區；汙邪，下地也。智謂：「汙邪當音汙與。古家麻韻歸魚模韻。〈曆書〉：『歸邪於終。』邪音餘。此明證也。」（頁208）

考古音不只疊韻，擴及謰語、重言亦皆可通。蓋疊韻可以探古韻通轉，雙聲則
可以求古聲變遷，重言正是同音相疊，又稱駢字，據形體之異，可以得假借的
變化。而謰語正是雙聲、疊韻之組合，即今之連綿詞。上表第一例正引用自《通
雅・謰語》，因此方以智在諸例證前為謰語作了定義般的說明：

> 謰語者，雙聲相轉而語謰讀也。《新書》有連語，依許氏加言焉。如
> 崔嵬、澎湃，凡以聲為形容，各隨所讀，亦無不可。……以便學者
> 之因聲知義、知義而得聲也。〔註20〕

在方氏前已有許多紀錄連綿詞的典籍，但他認為有所缺漏，故增設三卷的〈謰
語〉，以補充前人未備。值得注意的是，他編輯謰語是為了使學者「因聲知義、
知義而得聲」，是以在方氏的觀念裡，音義必然有著極為密切的關係，因此「因
聲求義」正是密之最重要的研究方法，他特別重視語音的內容，並藉此開展其
因聲求義的音學理論。

〔註19〕《通雅》，頁1513。

〔註20〕《通雅》，頁241。

表十二：方以智考古音「方言」法簡表

七曰方言，子雲所錄，是其專書，故書雜記、亦多存者，流變實繁，宜慎擇矣。
古庚韻通于陽韻，橫讀曰黃，訛爲光耳。吳人至今呼橫爲黃。（頁1156）
風別猶分別。○……今山西及旌德，皆謂風如分，古有此音。升菴亦云：「古孚金切，《詩》、《騷》韻可據。」（頁306）
古已呼鼠爲施矣。今吳中呼水爲矢，建昌人呼水爲暑，即此可推古鼠施之通聲。（頁136）

第一例的橫黃通音，即以明代方音之吳語正古語；《詩》、《騷》可證分風相通，考之方言則有山西與安徽旌德；吳中與江西建昌兩地證鼠施通聲。因爲方以智古今語言相應的理論認爲究方言可以證古音、古音可以得自於方言，因此他常用古語和方言的對比作爲論述之用，同屬明代的語言學家陳第亦有方言和古語相應的理論，曰：「一郡之內，聲有不同，繫乎地者也；百年之中，語有遞轉，繫乎時者也。」〔註21〕兩位明代的古音學家不約而同地認爲語言會隨著時間和地域的變遷而有所不同，因此其中變化的遲速，正可以見語言轉變的遠近，是以方言保存古語，而可以考證古語，是以成爲求古音的方法之一。

表十三：方以智考古音「韻語」法簡表

八曰韻語，九經、《楚辭》、周秦諸子、兩漢有韻之文是也。
歷代訓詁、讖緯、歌謠、小說，即具各時之聲稱，惟留心者察焉。（頁22）
張叔皮論曰：「賓爵下革，田鼠上騰；牛哀虎變，鯀化爲熊；久血爲燐，積灰生蠅。」則熊皆以能叶韻。然《左傳》葬敬嬴，《穀梁》作傾熊，古熊亦在庚韻。如〈天官〉三能即三台，《楚辭》以能叶佩。（頁1365）
丁，東聲也，珮聲弦聲皆稱之。又作丁當者，蓋東、當二音古通用也。《詩》「小東大東」叶「可以履霜」，空亦如匡，可證。（頁940）

方以智在〈方言說〉中以理論建立求取叶音資料的論點，認爲面對古韻分期的議題裡，主張從經傳諸子與歌謠韻語等素材證古音。考察他所引用的資料，亦可以符應其說法。上述三例，他先引《左傳正義》的文句，證明騰、熊、蠅諧音；再以《詩經·大東》之韻腳，檢驗東與霜的押韻，又用漢代歌謠判定嚼、鐃可以叶音，這些在《廣韻》中分屬異部，卻可以在古經籍裡找到相對應的叶韻關係。證明方以智求古音手法之豐富。

〔註21〕明·陳第著、康瑞琮點校：《毛詩古音考》（北京：中華書局，1988年），頁201。

除了上述八種方法之外，方以智還突破舊思維，在語言材料中擷取新觀點而使用譯語對音來考察古音，即如：「所以能知前代之音者，如允吾音鉛牙，中國竟譯以鉛牙，而乃作允吾乎？譯南模爲南無，亦其類也。」〔註22〕又曰：「『休屠』音除，蓋中國以所習字譯之，譯時不作休除而作屠，以當時讀屠如除也。」〔註23〕此二例用中外譯音以考證古音的內容，須知使用譯語對音考察古音在民國初年猶爲人所疑慮，但方氏卻早在兩百年前就已注意到這素材的重要性並進行研究，是可見方氏考證資料的深度與廣度，多樣的研究方法也爲他的論述添加更爲有力的材料。

不過，方以智採用的資料中，主要還是從異文與形聲等方面著手考究古代語言的內容，因此在取材上多展現經籍用語的通轉，以及從諧聲偏旁論述聲義的關係。是故他提出了「聲義相因」的說法，以作爲他研究古音的基本概念，而因聲求義除了在同源詞中可以求得之外，還有從諧聲偏旁以供論述。故研究方氏因聲求義，則需從此二方向切入，其中探求同源詞又可以得諧聲偏旁之效用，是兩種研究方法的綜合成果。

貳　方以智之「因聲求義」

方以智在他的音義理論中，從諧聲字得來者甚多，由於當時並未有同源詞的觀念，因此他在面對相同的諧聲偏旁時，常有音同義近的想法，例如他判定名物的稱呼以爲其中必然有音義上的關係，曰：

> 上古造字，必先近取，而後及遠。開口喉聲，莫如王字，从人正坐，與天相比，故成三畫連中之象。皇爲晃象，从白，似自形也。後乃追尊帝號曰皇，而天皇之皇，與鳳皇皆因此起，乃反據以解有虞之皇邪？大氏古自有取象通聲之原，而後因稱配字，不得不別注釋，不知其故，隨字鑿說矣。聲稱相因，而分用當別。〔註24〕

方以智申說名物取象先以聲相通，再因稱配字，是以聲先起而字隨之，並且聲稱相因，可知方氏認爲文字的繁衍是依循著聲音而來。而文字的聲音往往伴隨

〔註22〕《通雅》，頁 23。
〔註23〕《通雅》，頁 1498。
〔註24〕《通雅》，頁 1092。

著文字的意義，是故他又說：

> 韻義有由來矣。可知始因聲生名而義起，義又諧聲，聲義互用；久
> 訛義晦，而況聲先表聲乎？形容之疊語，平仄抑揚，無非就聲配字，
> 後乃典故耳。〔註25〕

因為聲在意先，卻因久訛義晦，所以要就文字的聲音來尋求其意義，因此「欲
通古義，先通古音」〔註26〕，文字最早的意思當從最原始的音讀求得，其概念
為「『聲⇔義』→字」。

由於方以智主張「聲義相因」〔註27〕，認為文字音讀相近的字，其意涵多
有關連，而諧聲偏旁相同者，則有著必然的音讀關係，是以方氏在解析文字音
義時，常以「音義同」或「聲義同」論二者的相互牽涉，這都是著眼於聲音與
字義有結構性的關聯。而王聖美右文說，其意即在諧聲偏旁的形音義關係，然
對聲音的認識不足，故僅只以形視之、以「類」稱之。王子韶之說據沈括《夢
溪筆談》所述：

> 演其義以為右文。古之字書，皆從左文。凡字，其類在左，其義在
> 右。如木類，其左皆從木。所謂右文者，如「戔」，小也：水之小者
> 曰「淺」，金之小者曰「錢」，歹之小者曰「殘」，貝之小者曰「賤」。
> 如此之類，皆以「戔」為義也。〔註28〕

從此則知右文說所重者在形義的關係，但是方以智較右文更進一步擴展至聲義
的連結，因而推展出後代的同源詞研究。茲就方氏所論音義關係，以說明其「因
聲求義」之說。

一、方以智音義關係論

方以智使用「因聲求義」的方法時，其作法多是直接列舉一組音義相同的
文字、詞彙，而後論證其音義關係，最明顯的是他用「音義通同」，與「聲義相
通」等詞語說明字詞間的聲義同源，而多數的案例集中在〈釋詁・謰語〉裡，
亦即闡明連綿詞與同源詞之關係。

〔註25〕《通雅》，頁 1513。

〔註26〕《通雅》，頁 22。

〔註27〕《通雅》，頁 1512。

〔註28〕宋・沈括撰：《夢溪筆談》（北京：中華書局，2009 年），頁 492。

表十四：《通雅》「音義相通」釋字簡表

音義相通
彫刓，本作彫觬，弊也。《魏・蔣子通傳》：「彫刓之民，倘有水旱，不爲國用。」葛洪《字苑》：「刓作觬，音九爲切。」……按：孫恤《唐韻》即《廣韻》本，止有「觬，瘦極也」，而媿字下無刓字，則知彫刓本作彫觬，即彫匱之音義也。（頁278～279）
逶迤一作委蛇、蜲蛇、逶蛇、委佗、遺蛇、委它、倭遲、倭夷、威夷、威遲、郁夷、……逶迤、委池各異，其連呼聲義則一也。○……「委壖土起眉垮」，徐廣音壖爲羊誰反，則委壖音義與委迤通。（頁243）
鹿鹿、陸陸、躤躤、瑑瑑、睩睩、蠲蠲、先先、坴坴、彔彔、逯逯。○毛遂曰「公等錄錄」，《廣韻》引作「公等娽娽」。〈灌夫傳〉「帝在，即錄錄」，〈注〉「猶碌碌」，〈蕭曹贊・注〉：「師古曰：『猶鹿鹿也，言在凡庶中。』」〈馬援傳〉「陸陸」，音義並同。（頁350）

上述三例是以「音義同」來說明文字的音義關係。可以發現方以智在論音義時，皆引用古籍資料以證明其關連性，而且方氏不受字形的限制，直接從字音的根源推斷二者的關係，在一、三例中所呈現者，正是不同字形而有相同音義的字。由於方氏在證明音義相同的情況下，所探究的是文字意義本源的相同，在方氏的觀念裡，字義是由字音所決定，因此所考究出的字詞群裡，含有多數的同源詞。究同源詞的形成原因，據王寧所述：

> 隨著社會的發展和人類認識的發展，詞彙要不斷豐富。在原有的詞
> 彙的基礎上產生詞的時候，有一重要的途徑，就是在舊詞的意義引
> 申到距本義較遠之後，在一定條件下脫離原詞而獨立，有的音有稍
> 變，更造新字，因他成詞。〔註29〕

同源詞的產生是由於社會的進步和人類知識的發展過程中，必然出現的現象。對於同源詞的產生方式，是源於以「某一概念爲中心，而以語音的細微差別（或同音），表示相近或相關的幾個概念」〔註30〕。因此語音的相同或相近是同源詞的中心，而相同的孳乳源流，即是以義相傳。是故方以智所搜尋的各種音近、音同的例子，就成爲研究同源詞的資料來源。除了上述以「音義」通、同考證音義關係的範例之外，方氏又用「聲義相同」來表達音義關係。

〔註29〕王寧：《訓詁學原理》（北京：中國國際廣播出版社，1996年），頁128～129。

〔註30〕王力：《同源字典》（臺北：文史哲出版社，1991年），頁1。

表十五：《通雅》「聲義相通」釋字簡表

聲義相通
蕲蕲、棧棧、殘殘、戔戔。○息夫躬詩「叢棘棧棧」，音仕山反。今諸韻書皆仕限切，當與嶘通，嶘一作巉。《易》「戔戔」，《子夏傳》作「殘殘」，《說文》引《書》「戔戔巧言」，此戔戔之本音也。《尚書大傳》曰：「微子過殷墟，見麥秀之蕲蕲兮，禾黍之繩繩也，曰：『此父母之國。』乃作歌。」蕲亦平聲，升菴引作「蠅蠅」，誤。智按：「《子貢詩說》『漸漸』作『嶄嶄』，杜牧之〈杜秋〉詩『嶄嶄整冠珮』，與『蕲蕲』及『漸漸之石』，聲義皆通。」（頁372）
泜泜，猶蚩蚩也。蚩蚩，即癡癡。……《詩》言「蚩蚩」，即癡癡之聲義也。（頁383）
嗃嗃，一作確確、熇熇、謞謞。○《考異》「家人嗃嗃」，苟作「確確」，劉作「熇熇」。《爾雅》「謞謞」，音虛各反，則亦嗃嗃聲義。从言从口，何分乎？（頁384）

上述三例是以「聲義同」來說明文字的音義關係，第一例的「蕲蕲、棧棧、殘殘、戔戔」，與第三例「嗃嗃，一作確確、熇熇、謞謞」，都是引用古籍以說明字詞間的音義關係，藉以考證出聲義同源的結論，只是方以智用不同的詞彙表達同音，但都考證出聲義相同。因此胡婷在其論文《通雅「同」、「通」、「近」、「轉」研究》中，認為方以智採取「同、通、近、轉」的方式解析字詞間的音義關係，絕大多數都是音義相近的情況。〔註31〕

然而不論是聲義同或是音義同，方氏之所以論述這些同源字詞的理由在於要破除典籍之中所常見的文字音義之「假借」現象，是以破除這些「有本字之假借」成了方氏研究聲義相通的首要工作。究方氏認為假借起源於音義相通，《通雅》雖未明言假借之說，但方以智大讚鄭樵假借當依於聲義的關係，是可為代表。〔註32〕對於古人好用假借，方密之以為：

〔註31〕按：方以智在古今音變的情況下，未必能夠明辨每個字詞的語音關係，因此有些字音與現今對古代語音的考究與分析結果相抵觸，但是方氏仍視作語音相通，因此不該以今律古，直斥其非。（胡婷：《通雅「同」、「通」、「近」、「轉」研究》，杭州：浙江師範大學碩士論文，2007年。）

〔註32〕按：鄭樵說：「就假借而言之，有有義之假借、有無義之假借，不可不別也。曰同音借義、曰協音借義、曰因義借音、曰因借而借，此為有義之假借。曰借同音不借義、曰借協音不借義、曰語辭之借、曰五音之借、曰三詩之借、曰十日之借、曰十二辰之借、曰方言之借，此為無義之假借。」（宋・鄭樵著：《通志》，頁503。）足見假借必依循著聲音的關係，而意義只是次要條件，此亦是根源自許慎

霵、渝、溮、湒、霤、霅、霎、溜、霝。○霵，子集切，小雨不輟
也。……其聲相近者有渝、溮、湒、霤、霅、霎、溜、霝。子入、
阻立、七入、丑入、似入、仕戢、是汁、色立、失入、直立，凡
數音。……諸書一義而有數字，一字而有數音，形容雙聲，率不
過假借，何必強為分析乎？〔註33〕

在形容「小雨不輟」的現象，方以智標舉了九個聲義相近的字詞，證明文字假借的普遍現象，並且說明「形容雙聲，率不過假借」，即是表明這類形容場景與狀況的字，在不同的時空環境下，會有不同的書寫方式，但是仍會紀錄下相近的聲音，此等假借則無須一一判分，而被這群假借字給困在音義的迷障中，是以他另強調要能持守「約通」，以破假借，故曰：

古人說理事之音義，轉假譬喻為多，不可執後人之詳例以論也。況
有厄寓附會者乎？……自子思荅樂朔觀之，訓詞喜于深厚，加以上
古方言，後世屬文，襲取生割。是用約通其故，以助讀書者，但會
其意，勿為刻畫讕語所迷。〔註34〕

假借現象的普遍性，造成讀書釋字辨析上的困難，且後世好古語、喜深言，則多用冷僻字以展現個人讀書功力，方以智深為痛斥，以為不是學術的正軌。此外這類冷僻字詞，多非經史所傳，乃民間自造，是故他極力反對文人學韓愈之慕古，而主張尊古用今，曰：

退之深于古而好古，嘗自以意用之，而闇有古意，然吾不願人學其
臆造也。柳州「仡仡還環」，正用力貌。……大凡字書奇字無連文，
經、傳、子、史未用，則多是俗所累別增加者，用自不必。〔註35〕

以韓愈的學識，方可以暗合古意，但近人所學，則不能仿效其間，故有畫虎類犬之失，且奇字人多不用，故冷僻過深，非可以傳之永恆，實非必要，故方氏又有論曰：

假借之「本無其字，依聲託字」的論點而來。而這些帶有同源關係的字詞，會在不同的典籍中出現假借現象。

〔註33〕《通雅》，頁103。
〔註34〕《通雅》，頁2。
〔註35〕《通雅》，頁396～397。

> 余嘗謂伯喈碑文，最無古意，况其下乎。郡邑之撰文書碑者，不盡
> 皆漢之學者，何足責也。慕古太甚，雖古之敗筆、訛文，皆奉之若
> 神工，沮、頡復生，能無笑邪。〔註36〕

方以智從時人仿古碑上說起，認為撰文書碑者，不止文辭不能模漢之古意，於
筆畫亦失漢代典型，這一切皆是盲目崇古所造成的流弊，是以不足學。因此不
論是語音，甚至是在文字音義處，方氏主張要人突破傳統界線，追求正確的論
證內容。顯現在讀書上，則是要破除古人用語中的假借現象，建立起讀書釋字
的新方式，不再為假借所困。並且在創作文章與解讀經義時，要能「用今」，而
非一味崇拜古人用字，這也是他特別尊崇當時代韻書《洪武正韻》的原因，故
曰：

> 大約古多轉假，後多增加，綴文之士，隨手通書，推論之家，分別
> 專主，中有異而同、同而異者，不能盡引。在學者因此而通之，通
> 之仍遵《正韻》，好古屬文，經史連引可也。〔註37〕

既然古書充斥著假借的現象，而學者又通讀之，那麼要如何在所學與所用之間
取得平衡？方以智提出遵《正韻》以為通讀經史之正道，因為韻書所記在音同，
所以同音的假借字可以從韻書中得到解答，而且身為明遺民的方密之，抱持著
對故國的崇敬，是以他在《通雅》中屢次倡導《正韻》的價值，認為通讀《正
韻》可以「使萬世奉同文之化」〔註38〕，並將之作為聯絡古今音韻的代表。

二、方以智諧聲說

既然假借現象如此普遍，而方以智認為要破除假借、通讀經史，必當依《正
韻》而步讀書之正軌。但這並不能從根源上認識古今造字的原則，而且也無法
從根本上解釋所有的假借狀況，《正韻》只是明代的工具書，只能提供資料查詢，
對千年以前的造字始末幫助有限，因此方氏因聲求義的線索來源，自然是從字
音字形的通轉為起點。宋代王聖美右文說之「其類在左，其義在右」，認為字形
與字義的關係較為切合。右文說影響後世甚大，後來考究文字者莫不根源於此，
然而此說從形義著眼，未可以求取音義的關連，因此不能解釋必有音義關係的

〔註36〕 《通雅》，頁333。

〔註37〕 《通雅》，頁320。

〔註38〕 《通雅》，頁29。

假借。而訓詁的發展至戴侗始主張音義相通之說，認爲「因聲求義」可以破除文字間的假借現象，其《六書故》理論說道：

> 至於假借，則不可以形求、不可以事指、不可以意會、不可以類傳，直借彼之聲以爲此之聲而已耳。求諸其聲則得，求諸其文則惑，不可不知也。……訓故之士，知因文以求義矣，未知因聲以求義也。夫文字之用，莫博於諧聲，莫變於假借。因文以求義，而不知因聲以求義，吾未見其能盡文字之情也。〔註39〕

戴侗主張「因聲求義」乃是爲求釐清假借現象，而他認爲假借的重點在於音同，是故必須求其聲，而非探其文、考其形。方以智《通雅》屢屢引用戴侗《六書故》之說，則知方氏大幅度地繼承戴侗「因聲求義」的理論，故其考索音義本源，亦是爲求破除文字讀音相互形容之假借，因此必須從字音著手，逐一尋求「音同而假」的文字之源。〔註40〕方氏之論假借，其說見於〈六書形聲轉假說〉，其根源上求自鄭樵，以爲假借多起於偏旁相同，方氏文曰：

> 用脩曰：「六書當分六體，班固云：『象形、象事、象意、象聲、假借、轉注是也。』四象爲經，假借轉注爲緯。漁仲論假借是，以偏旁諧聲爲轉注則非。」老從匕，音化；考從丂，音巧，非反考爲老也。……弱侯曰：「轉注爲六書之變。」而趙古則所云：「雙音並義，旁音協音，又轉注之變也。」……夾漈乃明假借，攝謙、楊、焦乃明轉注。〔註41〕

據此故知方以智「因聲求義」即爲通讀假借之字，並求得文字音義的本源。而其破假借，正是從偏旁諧聲而來，故當究其諧聲理論，而後可以明方氏之「因聲求義」。

然而方以智在《通雅》中，就已經出現諧聲偏旁與音韻關係的論述。宋代的右文說只著重在義符，只有形義間的討論，卻鮮少解釋聲義關係，但方氏明

〔註39〕元・戴侗著：《六書故》（北京：中華書局，2012 年），頁 12。

〔註40〕按：方以智說：「音義相沿，則自有源流假借之故。」（《通雅》，頁 1067。）另在「蘙蘙」條中，說道：「假借以形容其聲。」（《通雅》，頁 414。）則見他明顯認知到假借必須有音義上的相關，無可疑也。

〔註41〕《通雅》，頁 14。

確認知到文字的聲符與意義的連結，即聲符有義符的作用，因此相關的字形，其聲義關係自當相同。欲明此理，當舉方氏之論諧聲，茲製「《通雅》諧聲偏旁考古音表」〔註42〕於下，以證其旨。

表十六：《通雅》諧聲偏旁考古音表

《通雅》文例	諧聲偏旁
汝南郡有酮陽縣。應劭曰：「在酮水之陽。」孟康曰：「酮音紂紅反。」……戴氏定爲徒紅、篆蛹二切，《韻會補》定音冢，則緣紂紅而改爲上聲也。酮從同，自音同，推因古人口齒同、重相混，如種、橦通用，衕、衝、鐘、鍾皆是一聲，《後漢書》引爤燧爲炯炯，可證。今人所爭而是正者，皆守晉、唐之音釋也。（頁86）	「酮從同，自音同」，方氏以此語明形聲之用，且同童重蟲皆源於一音。
沴字本當音「章忍切」，其義則戾也，妖氣也。《說文》「水不利也」，孫氏音「郎計切」，與戾爲一字。又即繫字，故今人有用沴戾、沴繫者，博古之士皆咲之，以爲是重用戾戾也。不知沴原從戶，戶乃「止忍切」，故軫、胗、畛、紾，……皆以戶諧聲。……《說文》、《廣韻》但以沴有戾義，遂入霽韻，此明是前人之誤，而後人泥古不覺耳。（頁89）	章止皆是照母，正聲十九紐屬古端母。故沴爲軫、胗、畛等字之諧聲偏旁。
沉寥，一作沉瀏、沉廖、窋膠，猶寂寥也。寂寥一作寂廖、寂飂、寂瀏、……，通作寂聊、淑湫。○……智按：「廖本寥留二音，鍬乃音操，湫本音劋，戉有叔、宋二音，猶軸笛之有逐廸音也。倜儻即俶儻，故《增韻》寂寥讀作寂歷。唐詩『空山寂歷道心生』用之。古時四聲通轉，此異代所難解者，《莊子》『刁刁之翏翏』，翏亦音留，則刀亦音丟，丟轉入爲笛，笛與逐近，故古笛作篴，可證。……推原論之，寂寥本有啾翏、焦寮、宋歷三轉，旁通則有寥落、寥歷、嘹戾、薊汰、嘹亮、勞利諸轉聲。」（頁246）	寂從尗得聲；寥從翏得聲。方以智以爲寥歷相用，雖幽錫韻遠，方氏以爲平入相通。另又轉諸聲。
參差，一作摻差、參縒、篸差、柴池、差池，又轉爲蹉跎、崔隤之聲。相如賦「柴池茈虒」，柴池即參差，作差池。《說文》有摻差、參縒、篸差之別，實一字累加也。差池轉爲蹉跎，古池、佗互從，可證也。《左傳》子產曰：「何敢差池？」《注》「一音蹉跎」，又作蹉跌，趙壹曰「蹉跌不面」，蓋失與池轉也。又轉爲崔隤，一作摧頹。《漢·廣川王傳》曰「崔隤時不再」，《注》「崔隤，猶言蹉跎」。（頁256～257）	方氏考證「參差」在古今中的用法。參差一轉爲三。差池跎同古歌韻，聲屬舌音。崔蹉同屬清母，韻是歌微旁轉；隤跎同定母，韻亦歌微旁轉。

〔註42〕表格引文皆出自《通雅》，是以直接列出頁碼，不一一作注，徒增篇幅。另凡分析古音時，於聲母處一概採用黃侃正聲十九紐之說，韻母則遵陳新雄古韻三十二部，其後再用，不另爲注。

智又怪《本草》於紫草既引《爾雅》之「藐」，而柴胡又引「藐茈草」，唐本《注》云：「茈是古柴字。」竟作茈胡，又證以相如之茈薑，且云此根亦紫色，不亦誣乎？又有茈蘺。晉傅咸劾令史新立茈籬，此當讀爲柴籬，此茈柴通借證也。（頁1238）	茈柴從此，唐本茈柴互注可通。
鶉，非鶉也。○鶉爲鷁鶉，淳鳥也，不越橫草，不亂其匹。又《詩》「匪鶉匪鳶」，毛氏曰「鵰也」。公紹〈寒韻〉引《說文》「鶉，鵰也」，音團，故戴侗改《詩》「匪鶉」爲「匪鶉」，欲別于鷁鶉也。《集韻》作鷟。智按：「當音敦，敦、鵰同母也，敦淳皆从享，古皆通諧。」（頁1345）	敦鵰古聲同爲端母，敦淳以享爲偏旁，故亦可通諧。
蓋古瓜亦音孤，如孤、狐、弧、笟、柧，皆从瓜得聲；……欠口僕姑，即不姑之聲也。古讀僕如逋，齊地薄姑，亦作蒲姑。又〈吳都賦〉「建祀姑」，《注》「幡名，言其幡于也」。發語蒲口爲姑，故爲姑且之辭，爲辜負之語。……規模作規橅，無有模音，則摹姑之聲，亦從無辜來；辜之爲罪，正謂其粗惡堪憐也。讀書解字，不必如此；然其音義相沿，則自有源流假借之故。（頁1067） 蘱解、拔契、土伏苓，一類而二物也。土中塊生者多以苽名。茹藘、瓜蔞、澤姑，括樓之轉，括樓，又果蠃之轉也。○……蓋以土中得成塊者名瓜。古瓜姑通聲，如苽音菰，以瓜諧聲。（頁1270）	此例皆从瓜得聲。方以智另舉音義相沿與假借的關係。此外，瓜姑通聲，古音同屬見母魚部。姑以古爲偏旁，而生姑、故、辜諸字。
《史正義》：「絲之羽山，化爲黃熊，入于羽淵。熊，乃來切，下二點爲三足也。」……熊皆以能叶韻。然《左傳》葬敬嬴，《穀梁》作傾熊，古熊亦在庚韻。如〈天官〉三能即三台，《楚辭》以能叶佩。大約古人方音，隨讀而借也。（頁1365）	熊以能爲偏旁，能熊古韻蒸部，故諧。又能有奴來切，故可以叶台、佩之音。
《博雅》曰：「拫，攄引也。」《韻會》引〈灌夫傳〉「引繩枇拫」，拫與拫通。……愚按：「從艮，當以痕、狠、艮爲聲者近。」（頁224）	方氏此言，即三字以艮作偏旁之意。
鵬即鳳，訛爲鵬。○《說文》：「𩚏，古文鳳，象形，𩙡亦古文。蓋鳳飛，羣鳥從以萬數，故借爲鵬黨。」今朋字橫斜，非二月字，因𩚏也。戴侗謂：「崩、弸、棚、鬅、輣皆諧朋，而無鳳聲。」夫安知鳳、風从凡，縫脣轉爲齲脣乎。（頁1333）	藉《說文》與諧聲定戴侗之失，並指出朋、鳳音異在輕重之別。
董子曰：「仁，人也；義，我也。」古義我、蟻蛾通用，猶吾爲余，余爲台也。（頁1513） 蓋古蟻蛾通，多有怡音。（頁243） 旖旎，本作猗難、阿那、阿儺。……古旎讀儺，猶蟻蛾、儀俄也。（頁247）	蟻蛾皆以「我」爲偏旁，故古音相通，儀俄亦然。吾余音近義同，台余同聲，之魚旁轉。

古邪音余，如《漢書》歸邪音歸餘。牙音吾，故與互通，允吾縣音鉛邪，本外國之呼，中國以字配之，何不竟配牙字而配以吾字？則漢人猶有讀牙爲吾之音，此可證也。（頁133）	夕，古定母鐸部；邪余，古定母魚部。斜邪音同。則夕邪、余斜，聲紐同屬定母，韻部鐸魚對轉爲近。牙吾，古疑母魚部。戶，古匣母魚部，聲近韻同。兩者因此產生音韻相通的關係。
齟齬，因有鉏鋙、鉏鎁、岨峿、齲齬、鉏牙。○牀呂、魚呂切。……古吾與牙聲通。（頁260）	
《呂覽》：「正坐于夕室」，謂宮斜而正其坐也。夕與邪同。〈鵩賦〉：「庚子日施。」《漢書》作日斜。（頁130）	
鳳翔府郿縣，云是古邰國，有邰城，一作氂城、釐城、駘城。見《左傳》注。此古人字形相通，台、怡之音亦通也。（頁598）	台爲怡之根，俱屬定母之部，故兩字可通。怡余同音，屬之魚旁轉。
褒斜谷〈漢碑〉作余，古怡、余同音也。（頁130）	
姚姚，猶繇繇也；亦與遙遙、陶陶通聲。○《說苑‧指武篇》曰：「孔子以由爲憤憤，謂賜儜儜，謂回曰：『美哉德乎，姚姚者乎。』」姚姚謂繇繇然也。繇古通搖音。《禮記》「猶猶」，訓如「繇繇」。《說文》：「歙，繇繇，气出貌。」又引《詩》「悠悠」作遙遙，則古之通讀也。〈祭義〉「陶陶遂遂」，《注疏》：「陶音遙，遂一作燧。」（頁375）	繇、遙、搖皆以舀爲偏旁。悠隸影母幽部，遙屬定母宵部，其間相轉是通過定母幽部的猶，亦即是以「遙猶悠」相轉而成。陶遙古在定母，故幽宵旁轉。
智謂：「諼从虛聲旁轉，遂有虛泡之意，故曰詐、曰忘。諼艸言忘憂也，因作萱。『終不可諼』，因作諠，或作愃。實一字相生也。」（頁240）	諼萱音義相通。萱從宣得聲；諼從爰得聲，故諼、諠、萱、愃即屬同源。而宣又從亘得聲，故爰亘相通，因此以二者爲偏旁者，聲意多通。
暅、暵、煖、煗互用。○煗本與暖同，皆「乃管切」，在上聲旱韻；而〈大宗師〉「煖然似春」，音暄，豈漢末音異邪？諼、諠皆音暄，宜煖之从爰當有暄音也。暄又作暅，皆「許元切」。按：「《書傳》暅、暵、煖、煗多互用，大氏从奐者當『乃管切』，从爰从亘者當『許元、況晚切』。煖、暄之相通，則以意通。」（頁99）	
詵詵、駪駪、駪駪、甡甡、莘莘、侁侁、觪觪、奜奜、觪觪、侁侁、狝狝、駪駪、駪駪。○……湛若曰：「王柏言：『駪駪，侁侁之訛。』此因《集韻》，或作侁侁也。」孫恬又收狝、駪、駪，此等皆漢人用《詩》之「駪駪」而造者；或分篆做複篆而爲之，許氏收入耳。以人眾盛用侁侁；草木用莘莘；馬用駪駪；角用觪觪，字學家之分別也。今韻書，駪在眞韻，觪在庚韻，依《說文》俱从羊，有何分音	方氏認爲駪觪韻雖異，但偏旁俱作羊。雖然今日古韻分析以先在諄部、辛在眞部，屬旁轉關係。但先、辛同屬方氏之先天韻，故

乎？朱子注「騂騂角弓」，亦「息營反」，因德明，德明因炎、恬也。漢〈玄儒婁先生碑〉「有朋自遠，冕紳莘莘」，則正謂往來伭伭眾多之意；此以知注疏所引「弜弜」、「銑銑」必當時有別本《說文》。子厚〈晉問〉「師師銑銑」，則取孫恬韻。（頁346～347）	音義相近，即取以相通。
醳榮，即釋榮。○〈楊著碑〉「醳榮投骸」，即釋字。〈景君碑〉「農夫醳耒」，〈郙閣頌〉「醳散關之嶙漖」，皆用作釋。智按：「《戰國策》『王欲醳臣，則臣請歸醳事』；《史記·魏世家》『與其以秦醳魏，不如以魏醳魏』；〈淮陰傳〉『醳兵』。蓋古人讀繹、醳、譯，皆如釋，射之為言繹也。『重譯來朝』，謂釋其語言也。以此推知之。」（頁308） 澤澤、釋釋、郝郝。○《詩》「其耕澤澤」，《注》「猶釋釋也」，《爾雅》「郝郝」，《注》引此詩。郝從赤，故音近之，澤有鐸音，郝亦近之，古人無往不通也。（頁403）	醳釋異文，方氏以為一字，故「古人讀繹、醳、譯，皆如釋」，而且釋譯古音同義通。另澤、釋、鐸又義通音近，以上皆屬鐸部。赤郝亦屬鐸部，實有偏旁關係。
虛霩，即虛廓。○《淮南》「道始虛霩」，即廓。古霍、廓、豁，聲近相借。高誘以為「虛霍」，可徵。（頁313）	霍、豁、廓皆屬鐸部，霩廓同諧於郭，故可相通。
諓諓，乃戔戔之轉也。茸茸，乃晶晶、聑聑之原也。○……智以《公羊》曰「諓諓善竫言」，自是從戔戔得音，與息夫之棧棧，《子夏》之殘殘同。……《說义》又引《詩》「茸茸幡幡」，聶語也。今人作囁囁，即聶聶也。茸從口、耳，聶從三耳，會意最確。自以聶聶為聲，或加口，或加言。（頁389～390）	諓、棧、殘皆從戔得聲，囁聶從聶，方氏以偏旁關係證其相生。
古之詹詹，猶沾沾也。其後，呫呫與喋喋通，佔佔與襜襜通，而喋喋之聲，分為聶聶、帖帖。○……詀讘音占，詀讘音帖，此因用者假借，故音者亦兩存之。大抵口旁、言旁，多相通也。有謂中行說謂漢使：「顧無多辭，令喋喋而佔佔，冠固何當。」喋喋、佔佔並用。……喋自借呫，而呫、佔、沾本音占。（頁393）	詹沾古同屬端母，談添旁轉。沾、呫、詀以占作偏旁，帖則對轉，喋亦屬帖部，聲則部位相同，故可假借。
旖旖，厭厭也。揭揭，偈偈也。愔愔，有懕懕、抑抑之聲義。○《淮南·兵略訓》曰：「因其怠亂涷喝，推其旖旖，擠其揭揭，此謂因勢。」旖音諳，欲臥也，揭揭，欲拔也。旖字諸韻書不收，蓋旌旗偃臥之意，當是字加音耳，夶音偃。……《韓詩》引《詩》「愔愔夜飲」，《列女傳》引《詩》「愔愔良人」，則愔有懕音。而升菴乃以旖為愔，讀作〈祈招〉「愔愔」之音。智按：「意音抑，愔亦音抑，轉為平聲，入詩歌之調耳。以古人簪鐔淹黔之音考之，愔可讀懕、可讀諳、可讀音、可讀抑，無碍也。」（頁349～350）	愔懕同屬影母，古韻侵談旁轉。愔抑亦屬影母，然侵職旁對轉。方氏以其聲母（影母）相通而轉入他韻。

錄錄、娽娽、磏磏、鹿鹿、陸陸、踛踛、琭琭、睩睩、鼀鼀、先先、坴坴、彔彔、逯逯。〇毛遂曰「公等錄錄」，《廣韻》引作「公等娽娽」。〈灌夫傳〉「帝在，即錄錄」，《注》「猶磏磏」，〈蕭曹贊·注〉：「師古曰：『猶鹿鹿也，言在凡庶中。』」〈馬援傳〉「陸陸」，音義並同。《淮南》作「踛踛」。《老子》曰「琭琭如玉」，馮衍用作「磏磏如玉」。又《詩》訓「歷錄」，言歷歷錄錄也。王逸〈九思〉曰「衰世兮睩睩」，言視貌磏磏也。升菴引《說文》：「先，詹諸也。」又《博雅》：「逯逯，眾也。」智按：「《說文》作『先鼀，詹諸也。其鳴詹諸，其皮鼀鼀，其行先先』。又坴字，訓『土塊坴坴也。一曰坴梁』。彔字，訓『刻木彔彔也』。逯字，訓『行謹逯逯也』。升菴何止曰逯逯出《博雅》，而不言《說文》，又不載《說文》之坴坴、彔彔邪？此類借聲，不必論字。」（頁350）	彔爲錄、娽、磏、琭、睩、逯之偏旁。諸書亦多假借，故方氏總結爲「此類借聲，不必論字」。另經籍異文相借，唯鼀古音清母覺部，其他古音來母屋部，韻部雖可旁轉，但聲類相遠。

方以智的音韻相近已經擴大語音的使用，在同音、聲同、韻同中都有相對應的諧音字，如表中「愔愔，有懕懕、抑抑之聲義」條，愔懕古音同屬影母，而古韻則侵談旁轉，故兩者相通；愔抑之通亦爲古聲影母，雖然古韻分別是侵、職二部，屬於旁對轉的關係，但方氏從字形與詩歌押韻的角度，認爲愔與意一字，而抑之音與意近，故亦近於愔。

表中尚可見方以智已經清楚地認知到諧聲的作用，因而能夠作爲探求古音的根本，並且通過此偏旁的關係，達到考索「音義同源」的可能性，是故方氏在《通雅》各卷中，及其他的篇章裡，頻繁地使用「因聲求義」的方法以考證字詞間的音義聯繫。雖然他未能有如現今一般完整的古音學知識體系，但是方氏已經能用音義間的關係，考察其同源與否、和破除假借，是以擴大了研究的方向，並爲後代的同源詞研究提供了良好的素材。

方以智在《通雅》中用來求證的材料，其根據多源自於經籍異文，以及偏旁假借，除了作爲論證其古音七部的理論之外，還有當成考究古聲母與古聲調的證據。雖然方氏身處古音學理論的起始點，但他率先在明末之際提出考證所得到的結果，卻可以和百年後的清代古音學家所證明的結論相比，突顯其見識超越同時代的諸多學者。除了論證音義關係以外，方以智更通過諧聲偏旁探求文字的孳乳發展，並藉以追溯本源，尋本字、求語根，其實正與後代訓詁學者從音韻的角度探求本字、語根一般，可見方氏研究的劃時代意義。

第三節　方以智之音韻分期論

　　考方以智所引證的資料既廣，則要探求古音，必須先分析資料的時代，才可以知道何者爲古，其古爲何。尤其方氏小學研究的首要目的是「考古所以決今」〔註43〕，則更要明其「古」之所指。他作爲生在《爾雅》千百年後的學者，有繼往開來之志，要從對古代的認識建立其時代的知識內涵，亦即通過學習古典而開創未來，故其「古」乃是「非今」，所指正在今之前。時代今古設定如此，但在語音研究的部分，他並非籠統地將二、三千年之語音視爲單一的古音，而有著判然的時代劃分。方以智既重視《詩經》、《楚辭》的音韻結果，卻又不受侷限地一味以古爲尊。在研究對象裡，過去的語音資料皆是方氏考察的內容，他尤其重視歌謠韻語、反切等韻、以及方言韻書，這些都是他考究二三千年以來語音的根據。

　　方氏既是以考證爲準則，因此他在面對古代語音資料時，有著還原本來面目的想法。他明白語音會因時代和地區而有變化，所以他說：「可知鄉談隨世變而改矣。不考世變之言，豈能通古今之話而是正名物乎？」〔註44〕即證明方氏瞭解時間對語音變遷的影響。並且方以智所引用的鄉談、方言、俗語，就是在於他知道古今南北對語音發展的重要性，因此方氏在〈方言說〉中強調音義的關係、和語音在不同的時空環境下所發生的效應，方密之說道：

> 欲通古義，先通古音。聲音之道，與天地轉。歲差自東而西，地氣
> 自南而北，方言之變，猶之草木移接之變也。歷代訓詁、讖緯、歌
> 謠、小說，即具各時之聲稱，惟留心者察焉。〔註45〕

其中東西南北正代表時間與空間的不同，因此要考察其中差異，就必定要通過訓詁、讖緯、歌謠、小說以觀察其變化。因此方以智又提出「周漢之聲，與今自異」〔註46〕、「智謂漢晉時方言相通」〔註47〕二語，皆是說明時空在語音上的同異變化。既知各代語音自有異同，則其分期狀況如何，自是方氏必須討論的

〔註43〕《通雅》，頁7。

〔註44〕《通雅》，頁22。

〔註45〕《通雅》，頁22。

〔註46〕《通雅》，頁84。

〔註47〕《通雅》，頁110。

議題。而語音在時空中的變化關係，亦可以從方言中探查，即是他古音方言相通之思想。

壹　方以智音韻分期及其音證

方以智在〈凡例〉中已強調方言是考察語音變化的重要根據，此類語音資料與時空的發展有所關連，則古音的分野該如何界定，即是後代語音學家所關注的焦點。明清古音學研究者討論語音與時代關係之議題，其中最富影響力者當推段玉裁，不過早在明末，方以智即已針對音韻的分期有著獨特的看法。他在〈凡例〉中說明語音的內容時，便提及關於音韻的分期觀念，其文云：

> 智考古今之聲，大概五變，此事無可明證，惟以經傳諸子、歌謠韻語徵古音，漢注漢語徵漢音。叔然以後，有反切、等韻矣。宋之方言與韻異者，時或見之。至德清而一改，終當以《正韻》為主，而合編其下為一書。〔註48〕

此段文字隱含將古代語音分作先秦、兩漢、魏晉、宋、元明五個界線。不過方以智大概是這個議題的發明者，因此他說「此事無可明證」，即是前人未嘗論及，故資料證據有限，方氏為求謹慎，故一步步地闡述他對語音的「變」，和分期的理念，而曰：「方音乃天地間自然而轉者，上古之變為漢晉，漢晉之變為宋元，勢也。」〔註49〕此間明確說到語音的兩次變化，並分成上古、漢晉、宋元三個時期，然分野仍大，故舉以他例證方氏分期之說。他又有：「音變者轉也，變極反本。且以今日之音徵唐宋、徵兩漢、徵三代，古人多引方言以左證經傳。方言者，自然之氣也。」〔註50〕上古、三代是最古之音，其下有兩漢、唐宋之別，則其間分別明顯可見。然兩漢、魏晉之音，在方以智的認知中常見混一，於是他在〈漢晉變古音沈韻塡漢晉音說〉一文中，說明漢晉音讀與古音的關係，曰：

〔註48〕《通雅》，頁6。按：今人研究方以智古音分期者，多因其「五變」，故作五期，然依方氏之論古音，其原本是一期，而後始變，既有五變，故當有六期，是以不從五期之說，而更之以六期，並在《通雅》的各則按語裡，以驗六期之證。

〔註49〕《通雅》，頁1439。

〔註50〕《通雅》，頁79。

自服、鄭、應、許之時，已變古音，廣等沿之。及沈韻出，特取漢、
晉之音填入耳。挺齋盡恨休文用四明土音，能無誣乎？然嚴切始于
孫炎，講求見于東晉，《釋文》所載，《史》、《漢》注所取，皆本于
此時之書。是其音響，江左爲多。杭州呼負爲阜，三吳呼家麻，皆
與沈合是也。所以能知前代之音者，如允吾音鉛牙，中國竟譯以鉛
牙，而乃作允吾乎？譯南模爲南無，亦其類也。康成鉏牙即齟齬，
景純迕牙即錯互，孟堅規橅即規模，則漢、晉時猶有牙如吾、無如
母之聲。〈羅敷行〉「言可共載不」，不與敷叶，則不歸尤韻，可知矣。
「洚水者，洪水也」，周末已具二音，而孟子合之。……浮本從孚，
雟本從佳，狻、竣本從夋，其音涪、剪、酸、旋者，皆方言之轉；
一儒偶注，而後人典據也。〔註51〕

方以智認爲東漢的語音已經非上古的本來面目，因此各家的經典注疏不能還原
最初之音讀，而徐廣與後代解經注疏的學者不明於此，遂以當時注疏所釋音讀
爲原作之音義。甚至沈約又將東漢注經的讀音帶入所作韻書〔註52〕，因而使後
來學者不能釐清古音。此外，方氏認爲沈約釋音定韻多雜吳地方言，因此要考
定古音必須多方援引材料，即需從古代譯音、經傳諸子與歌謠韻語處得來，才
不致爲經學家所限。

兩漢語音已變上古，魏晉注疏家又添入時音以爲音注，目變兩漢之音，故
爲三期。既已說明了漢晉語音的內容與取材，方以智在其理論著作〈切韻聲原〉
中，將這五變的內容與素材之來源作了更爲精細的說明。他於〈切韻聲原〉裡
強調研究語音不能割斷古今，並且必須體認到語音會隨著時間和空間而有所轉
變，因而有言：

古音隨自然之氣，至有《七音韻鑑》，而叔然之反切始明。東晉謝安

〔註51〕《通雅》，頁23。

〔註52〕按：閻若璩於《尚書古文疏證》中考定沈約韻書既已亡佚，則元明兩代學者所以
爲的沈韻，當是劉淵《平水韻》。而《平水韻》當上推至陸法言《切韻》，《切韻》
之音多屬金陵、洛下，則有同於沈約之吳音。且當時集會有顏之推、劉臻、蕭該
三人爲南人，故綜合江南音韻，應屬必然。更何況《切韻》之「論南北是非、古
今通塞」，收錄各地語音，除金陵、洛下，另外參合南北語音，不獨有吳音可明矣。
（詳參清·閻若璩：《尚書古文疏證》，頁267～268。）

> 乃屬徐廣兄弟作《音釋》，因取江左之方言，而沈約增定之。陸法言、
> 陸德明、孫愐因之，宋《廣韻》因之，故自沈韻行而古音亡矣。然
> 使無沈韻畫一，則唐至今皆如漢、晉之以方言讀，其紛亂又可勝道
> 哉？〔註53〕

方以智首先說到語音的變化是自然趨勢，因此從上古到魏晉的音韻情形必有很
大的不同，於是孫炎定反切，將以明其時音讀。後來南朝沈約整理前人讀音，
並增之以江左方言，才有百年以後的《切韻》系韻書。方氏認為沈約之功在統
一音讀，使後人讀書釋音時有可以遵循的方向，但是他也間接破壞後人求取上
古音讀的可能，因此說：「古音之亡於沈韻，猶古文之亡於秦篆也。然沈約之功
亦猶秦篆之功。」〔註54〕沈約統一音讀，則上古音韻如何可見，方以智便提出
幾個相對應的線索，將用以考察古人音讀：

> 音韻之變，與籀楷同，天地推移，而人隨之。今日之變沈，即沈之
> 變上古也。上古之音，見於古歌三百；漢晉之音，見于鄭、應、服、
> 許之論註傳註歌謠，同事援引，訛誤可證。；至宋漸轉，元周德清始起而暢之。
> 《洪武正韻》，依德清而增入聲者也。〔註55〕

〔註53〕《通雅》，頁 1500～1501。

〔註54〕《通雅》，頁 1500。

〔註55〕《通雅》，頁 1501。按：就音系內容而言，《中原音韻》、《洪武正韻》聲韻調三者
俱異，不過方以智認為「《洪武正韻》，依德清而增入聲者也」，而且崔玲愛研究《洪
武正韻》的沿革，發現其體制及內容和毛晃《增修互注禮部韻略》有著極大的重
複，因此認為劉文錦研究《洪武正韻》所得的聲類三十一，並未關注到這項學術
傳承。此外根據《洪武正韻·序》所述「壹以中原雅音為定」，因此在語音的呈現
應該反映當時「中原雅音」之現象。是以崔玲愛特別從《洪武正韻》裡不合中古
《廣韻》三十六字母的例外字，與《增修互注禮部韻略》相較，得出《洪武正韻》
的聲母應是劉文錦三十一聲類中除去十個全濁聲母而作二十一項，正好與《中原
音韻》聲母系統相合，只是礙於體制，才呈現出沿襲傳統的存濁聲母之韻書，是
以聲母的擬定當更加謹慎，而有所增刪。（詳參崔玲愛：《洪武正韻研究》，臺北，
國立臺灣大學中國文學研究所，1975年。）而韻母系統的議題上，《中原音韻》共
作十九韻，《洪武正韻》再分出三個韻，共作二十二，唯兩部著作分韻猶有相似之
處，故張世祿稱《洪武正韻》為「北音韻書南化的開始」。既然聲韻兩者彷彿，而
可以驗證方以智講《洪武正韻》和《中原音韻》的相異只在入聲的增減，故於方
氏的音韻學說中，當以二者為增減之標的。

方以智不僅將音韻的發展訂立界限，並且爲此中的音讀資料提供線索，先秦語音從《詩》、《辭》、歌謠中求得；漢獲取自漢注漢語、魏晉語音則從經解注疏考取；隋、唐則採於韻書；宋有《廣韻》、等韻可以明其時音韻；元、明則是將《中原音韻》、《洪武正韻》並列〔註56〕。至此方氏的音韻分期說「從分論之」，即爲上古（先秦）、兩漢、魏晉、隋唐、宋、元明，而可以符合方以智之「五變」，並得六期之證，且其中分界與研究材料，證明所設界限實有憑據，非臆測而得也。

貳　與近現代學者之音韻分期比較

　　音韻分期的議題，明代以前討論甚少，故方以智以爲前無可徵。然自清代段玉裁〈音韻隨時代遷移說〉起，後人論述甚豐，段氏文曰：

> 唐、虞而下，隋、唐而上，其中變更正多。……音韻之不同，必論其世，約而言之，唐、虞、夏、商、周、秦、漢初爲一時，漢武帝後洎漢末爲一時，魏、晉、宋、齊、梁、陳、隋爲一時，古人之文具在，凡音轉、音變、四聲，其遷移之時代皆可尋究。〔註57〕

雖然段玉裁對古音的分期只到隋代，又未能說明檢驗的文獻證據，但所分三期爲後來學者所沿襲、增廣。究段玉裁將古音析作先秦西漢、漢武至東漢末，以及魏晉至隋三期。至民國初年，有劉師培在〈字音總論〉中將古音分作四個階段，其文云：

> 一曰：周秦以上之音，凡《詩》、《易》及周代古隸所用之韻是。二

〔註56〕　按：方以智於音韻上尊崇《洪武正韻》，而周德清《中原音韻》將平聲分作陰陽，爲方氏所襲，只是改以哐喤替陰陽。另方氏以爲《洪武正韻》之作，實承《中原音韻》而增入聲，〈正叶序〉中亦如此言，因此方氏論兩書異同時說道：「《中原音韻》，高安周德清著以呇蕭存之，托張漢英作詞之問也。學士虞集序之。其平聲分陰、陽，前所未發也；入聲派入三聲者，廣其韻耳。張萱謂之『北雅』。智謂：『北人未嘗無入聲也。《洪武正韻》，宋濂、王僎、趙壎、孫蕡等定正，本高安而存入聲。』」（文見《通雅》，頁 53。）此外，《通雅·切韻聲原》中所收錄的《洪武正韻》韻目，四聲相配的方式異於今傳本，乃陰聲韻配陽聲韻，即是《中原音韻》的配列方式，可見方以智將兩書作爲一脈相承的音韻作品，故應當將元明視作一個與宋代分立的時期。

〔註57〕　清·段玉裁注：《說文解字注》（臺北：洪葉文化事業有限公司，1998 年），頁 825。

曰：六朝以前之音，凡漢、魏詩文所用之韻是，中多古音。三曰：
隋、唐以降之音，凡《唐韻》、《廣韻》所列者皆是。四曰：近代通
行之音，以今官話爲準。〔註58〕

劉師培之說在後代又有損益，同期學者章太炎承其旨，於第二期中析出漢武
至三國爲一期，兩晉、南北朝另爲一期，並將劉師培第四期的近代通行之音，
其範圍訂爲元代迄於清代〔註59〕。後來錢玄同《文字學音篇》，再爲細分作六
期〔註60〕：

第一期　紀元前十一世紀——前三世紀（周、秦）

第二期　前二世紀——二世紀（兩漢）

第三期　三世紀——六世紀（魏、晉、南北朝）

第四期　七世紀——十三世紀（隋、唐、宋）

第五期　十四世紀——十九世紀（元、明、清）

第六期　二十世紀初年（現代）

錢玄同分六期之後，又接續說明此分期的文獻憑據。以爲第一期的音韻資料當
從《詩經》、《楚辭》、諸子、秦碑用韻和《說文解字》中考取。第二期的內容可
求於漢人所作韻文。第三期的音韻素材多保存在陸德明《經典釋文》的反切。
第四期中最有價值的韻書即是《廣韻》，欲考究此時音韻，必參考此書。第五期
的韻書爲《中原音韻》和《洪武正韻》，所代表的是六百年來的普通口音，是以
研究元明之音必依於此二部著作。〔註61〕自段氏起，大範圍討論古音分界的內
容多以此四人說法爲憑據，其中或有更精細考證者，然多不脫錢玄同之說，是

〔註58〕劉師培著：《劉申叔遺書》（上海：江蘇古籍出版社，1997年），頁2144。

〔註59〕按：章太炎《國學略說》中敘述：「韻分古音今音，可區別爲五期，悉以經籍韻文
爲準。自〈堯典〉、〈皋陶謨〉以至周秦漢初爲一期，漢武以後至三國爲一期，兩
晉南北朝又爲一期，隋唐至宋亦爲一期，元後至清更成一期。」（章太炎：《國學
略說》，頁22。）此即章氏音韻分期始末。

〔註60〕錢玄同著：《文字學音篇》（臺北：臺灣學生書局，1969年），頁3～4。

〔註61〕按此段內容詳述於錢玄同《文字學音篇》，然其文章內容甚繁，僅擇其中論及音韻
研究的取材方向，作爲補充。錢氏另外論述各期的異同之處以及包含第六期的說
明，因爲非論述重點，故省略之。

可知論音韻分期，段玉裁之〈音韻隨時代遷移說〉有其不可撼動的原創性與權威性。

　　方以智生在明末清初，自然不能知二十世紀的現代音，但是卻能夠將古音分作五變六期，與錢玄同所說類似，兩間差異只在唐宋的分合，縱然與今日分期觀念有異，但是方氏開創此議題之功，以及分析的內容，都與近代研究有著極為相似的結果，可以明白方氏在語音研究上的銳利眼光。下表乃方氏之分期說，配列其他四家說法，以顯他分期說之劃時代的價值，作「古音資料分期之諸家異同表」。

表十七：古音資料分期之諸家異同表

	方以智	段玉裁	劉師培	章太炎	錢玄同
第一期／取材	先秦（上古）／歌謠、《詩》、《辭》	先秦西漢／缺	先秦／《詩》、《易》及古韻	先秦西漢／經籍韻文	先秦／《詩經》、《楚辭》、諸子、秦碑用韻、《說文解字》
第二期／取材	兩漢／漢注漢語、經解注疏	漢武至漢末／缺	六朝以前／漢魏詩文	漢武至三國／經籍韻文	兩漢／漢人所作韻文
第三期／取材	魏晉／當時代經解注疏	魏晉至隋／缺	隋、唐以降／《唐韻》、《廣韻》	兩晉南北朝／經籍韻文	魏晉南北朝／《經典釋文》的反切
第四期／取材	隋唐／《切韻》、《唐韻》	唐以後／缺	近代通行／今官話	隋唐宋／經籍韻文	隋唐宋／《廣韻》
第五期／取材	宋／《廣韻》、等韻		無	元明清／《中原音韻》	元明清／《中原音韻》、《洪武正韻》
第六期／取材	元明／《中原音韻》、《洪武正韻》			無	無

第四節　方以智論考古音之方法與方言語音

　　由於語音隨著時代發展而有所改變，因此方以智在音韻分期上，主張分作五變六期。不過對語音變化的認識，不只有時間上的發展，他所關注的除了歷時性的語音變遷，同時還著重共時性的地方差異。方氏認為這樣的變化是不可更動的必然，是以他每論聲音之原，即與其論氣之說相配應，而氣之演變，於

聲音上則化作古音與方音。〔註62〕他論方音，總是爲了描述古音的發展，故有
「智謂漢晉時方言相通」〔註63〕之語，以陳述時空對語音所造成的影響。是以
論方以智古音理論，當先瞭解其人對方音的論述。

壹　方以智論方言

　　方密之以爲今音之可以上推唐宋、兩漢、三代的原因，在於空間的差異
保存了時間上的變化，因而使語音留存在方言以及民間流傳的俗諺裡，所以
方氏在〈疑始〉與〈諺原〉中，多說明考察方音與上求古音的關連性，如〈諺
原〉前的小序中說：「方音乃天地間自然而轉者，上古之變爲漢晉，漢晉之變
爲宋元，勢也。」〔註64〕顯示語言在轉變的過程中，古代語音跟著時間一同
發展，並在音讀上轉變、流傳，這過程正可以作爲考察古音的資料來源。然
而方以智所謂的古音，除了可以在歷史語言的發展中求得，還可以在不同空
間裡所造成的方音差異中覓其蹤跡，因此他在論方言時說：「聲音之道，與天
地轉。歲差自東而西，地氣自南而北，方言之變，猶之草木移接之變也。」
〔註65〕因爲聲音會隨著時間與空間的遷移而變化，所以造成了古音與方言互
異的現象，但是二者皆反映出語音演變的過程，是故他另在〈疑始〉的小序
裡強調古音與方音的關係，方以智說道：

> 世變遠矣，字變則易形，音變者轉也。變極反本。且以今日之音徵
> 唐宋、徵兩漢、徵三代，古人多引方言以左證經傳。方言者，自然
> 之氣也，以音通古義之原也。〔註66〕

方氏要人觀察今日之方言音讀，藉以判讀古代語詞，也正是兩者關係密切，
才能夠就方音以考古音。方氏認爲通過考察地方語音的差異，用以追溯語詞
的古音、古義之根源，而可以探究其原初意涵。不僅古音與方音可以互考其
中變化之痕跡，甚至古今方言亦多相通，故曰：「就今之方言可推古之方言。

〔註62〕王松木：〈知源盡變──論方以智《切韻聲原》及其音學思想〉，《文與哲》第 21
　　　　期，2012 年，頁 290～292。

〔註63〕《通雅》，頁 110。

〔註64〕《通雅》，頁 1439。

〔註65〕《通雅》，頁 22。

〔註66〕《通雅》，頁 79。

惟人遵字説之音釋，反不察本來大原委耳。」〔註67〕因爲方言語音可以考究古
今音讀的變遷，以及地方音讀的差異，是以方以智特重此等方俗語音的材料，
以資訓詁名物之用。

　　考察方氏對方言的紀錄，他不只從各種典籍中擷取地方語音，還與他的遊
歷經過有著極大的關係，他在《通雅》書中所記方言地點超過二十三處〔註68〕，
並且多方引用方言資料以訓詁古籍名物，是以他説：「可知鄉談隨世變而改
矣。不考世變之言，豈能通古今之詁而是正名物乎？」〔註69〕語音既是通考古
今訓詁的重要路徑，而語音研究的基本功夫在考察方言，於是〈凡例〉申之：
「草木鳥獸之名，最難考究，蓋各方各代，隨時變更。……須足跡徧天下，
通曉方言，方能核之。」〔註70〕且古代訓詁亦多由方言而成，「古人名物，本
係方言，訓詁相傳，遂爲典實」，〔註71〕因此方以智的遊歷適足以完成他考究
方言的基礎工作，而他豐富的藏書與淵博的學識，正好形成創作《通雅》的
先備條件。依此可知，他在書中「因聲求義」的功夫，實與方言語音有著密
切的關係。

　　方氏既然如此推崇方言語音的重要性，那麼他如何選取其中素材，以考究
文字音義？他對古籍的資料來源，特別講究非官方的語言材料，例如他論緯書
的內容與時代之關係，以爲「緯書雖僞造，然可以察漢人之方言，以證古音之
轉變」〔註72〕。縱使是作者不明的僞作文字，但只要是保留古代音讀的資料，
依然可以作爲考證方言的素材。

　　方氏之所以會有這樣的取材方向，與他對古人創作的想法有關。他對古

〔註67〕《通雅》，頁111。

〔註68〕按：《通雅》所記今語，其中有「北人、江北、江左、山東、吳下、江南、南人、
　　　　吳門、吳中、吳越、建昌、閩人、閩中、江東、山西、旌德、遼東、四川、松江、
　　　　楚人、蜀語、北京人、兩廣、廣中、吳方言、青登萊人、南康、齊、秦」等地區，
　　　　其中尚不包括方以智可能隱含的桐城方音，可見方氏遊歷的廣泛，並成就出《通
　　　　雅》豐富的方言資料。

〔註69〕《通雅》，頁22。

〔註70〕《通雅》，頁6。

〔註71〕《通雅》，頁6。

〔註72〕《通雅》，頁401。

人注書的認知是「大約古人方音，隨讀而借也」﹝註73﹞，以及「漢人注書，偶以方言注之，後人別無所考，遂據爲定案。既知其原委，仍之可也」﹝註74﹞。亦即在未有統一的語言環境下，古人讀書乃採取最熟悉的語言，因此傳注亦不脫於此，故取材此類資料，必知其語言使用之始末，方可選用，是以方氏又曰：

> 傹傹，從從也；稷稷，總總也，因恖恖而轉也。○〈華爆爆章〉曰
> 「般傹傹」，音才公反，言騎從沓沓也。……陸、孫收入腫韻，走貌。
> 又用總總撙撙，皆眾貌。……皆以恖遽之義，即生茸亂之意，其平
> 聲、上聲，則各隨方言轉耳。﹝註75﹞

方以智認爲傳注中的聲調變換，其實只是方言的表現而已，隨人所熟悉的音調解讀即可，古人傳注並非有著極爲嚴謹的依據，與必不可改的音調。在另一例中，方氏再次重申古人著作時對音讀的寬容性：「智按：『今《唐韻》淞在平聲，別有淞在送韻。……淞字爲凍，反在平聲，此則前人未盡載通轉之音，而各時方言異也。』」﹝註76﹞平聲、去聲只是方言之別，韻書所記主在韻腳，因此部分非韻腳的字未必收錄在韻書裡，故方以智評之爲「前人未盡載」，而字音之異則是方言音的展現。

相關的案例不只在名物訓詁，又考究〈姓名〉時，方氏藉方音的差異考證古人名稱不同的原因，其「有姓名異音」條中，方氏說道：

> 《左·哀二十一年》，有史黯，音於咸切。升菴曰：「汲黯，亦當
> 讀平聲。」智以古每字四聲，亦當旁轉，特不盡用。黯之平聲，
> 是古時之讀法，或注者之方言。重其聲，則爲上聲，何必爭長孺
> 之名乎。黯與闇、暗俱通。亮陰作諒闇，康成讀鶴，則闇即菴音，
> 古讀暗上聲，今《中原》呼暗去聲。凡如此類，學者但當知其原
> 委，不在強從舊讀；即用之詩賦，亦不必以古叶爲奇也。咸亦有
> 上聲，漢咸宣，即減宣。﹝註77﹞

﹝註73﹞ 《通雅》，頁 1365。

﹝註74﹞ 《通雅》，頁 160。

﹝註75﹞ 《通雅》，頁 357。

﹝註76﹞ 《通雅》，頁 431。

﹝註77﹞ 《通雅》，頁 697～698。按：長孺乃漢臣汲黯之字。

方以智認爲古代讀音裡有很大的方言因素，因此不必以古人注音爲典要，當以「今音」爲讀書的根本，所以他在論古音與今音的取捨時，說：

> 勿泥鄉音，少所習熟，然後可以知古今萬國之時宜矣。音有定，字無定，隨人塡入耳。各土各時有宜，貴知其故，依然從之。故以《洪武正韻》之稱謂爲概。〔註78〕

讀書宜摒除鄉音所帶來的侷限，而且古人創作注疏，音讀變化甚多，既有可能是作者的方言，讀之又容易爲假借所困，因此音讀當以今音爲準，而今音的代表即是《洪武正韻》。這不僅顯示方以智「考古以決今」的創作意念，也隱含了他不忘明代的心意，因此在音讀上，他將《洪武正韻》視爲最重要的參考書籍。

　　雖然方氏以方音作爲極重要的古音參考來源，但是他主張要能辨別資料的正確性，也並非一味地以方音爲正，因而在考證「殷」字條中強調此觀念：

> 殷，本隱也。加殳，轉爲殷勤、殷色。○《六書正譌》竟曰「反身爲依」，而廢依字，此大謬矣。子才主之。智按：「經傳及金石古文無作依字用者，不過古方言有依聲耳。〈中庸〉『壹戎衣』，《注疏》：『衣讀爲殷，聲之誤也。齊人言殷聲如衣。』……然呼殷爲衣，漢時有此方言明矣。……《史》、《漢》稱古文未改，皆用依字。辰亦從衣，負、依通用，此最明顯。衣即有依身之聲義矣，乃反舍之，而因古人一處之方言，穿鑿定說，以爲典要哉！」〔註79〕

方以智認爲周伯琦《六書正譌》據「反身爲依」之義，取負廢依，而駁斥相關的文字音義，是大謬誤。考據應當綜觀歷史，而不是據一語而武斷立論，穿鑿附會，如此將失文字音義的本來面目，因而方氏要人能夠統合音義的縱向演變，如此才能得出完整的意義，絕不是僅憑方音資料而著說。

貳　方言考古音實例舉隅

　　方以智認爲方音紀錄，實包含了古代音讀，其用意在從當時代不同地方的方言裡「考古以決古」，即就方言音以探查古代音讀。因此他的遊歷，以及對各

〔註78〕《通雅》，頁 1471。

〔註79〕《通雅》，頁 113～114。

地讀音的記載，皆成爲他訓詁的素材，也幫助他推求古今音變。由於所收錄的方音內容，與方氏推求古音有密切的關連，茲列表記載其方音紀錄，以及方音資料所呈顯出的各項音韻用途。

一、藉方音以考古音

方以智作《通雅》之主要目的在「考古以決今」，即以爲訓詁是爲今人通達古籍而服務。因方音多保留古代音讀，是以通過方音則能夠考究古代音讀，進而釐清古籍音義，而可以解決古今疑義，亦是決今之法。是以方氏之誌方音，有藉方音以考古音的方法。

表十八：《通雅》「方音考古音」簡表

方 音 紀 錄	備 註
思「鞴董」聲近，觀成甫因得董爲得寶可知。唐人方言，呼寶爲鞴，而得董紇那之音，即今骨董二字之原。……《唐宋小紀》又有骨篤犀，故轉爲骨董。（頁 1007）	鞴董聲近，而唐人寶鞴音同。
古煖音暄，《莊子》「煖然」，音暄是也。煖或作暖。師古以爰書爲換，爲其音近。今吳人讀援如玩。（頁 683） 今吳中讀援如玩，而江、楚讀元，據師古以換訓爰，可知唐時方言合古。《詩》「無然畔援」，即畔換，古有此音也。《說文》「爰從于ᚷ，于元切」，陸德明讀援去聲。（頁 874） 陳孔奐，《公》作孔瑗，以古讀援如玩。（頁 690）	煖暄同音、異文作暖。顏師古以爰換音近相通，方以智因而判定此合其時方音，故從《詩》中求證。此條又可見諧音偏旁之互通。且其他例中直言古音相同，是以方音可正古語。
介特，言單身也。○左个即左介，……按《方言》：「結、挈、儓，介特也。物無耦曰特，獸無耦曰介。」个音又轉爲奇，古隻字，即奇字。詳見〈算數〉條。今閩中呼个如基字，可想古音。（頁 636）	由閩中之个音如基，以推古音之个轉爲奇、爲隻。
古已呼鼠爲施矣，今吳中呼水爲矢，建昌人呼水爲暑，即此可推古鼠施之通聲。（頁 136）	由吳中、建昌之音，考鼠施通聲。
《方言》：「遒、苦、了，快也。」郭曰：「今江東人呼快爲愃，相緣反。」考今江東語惟以風快爲風愃，行路快者謂之愃燥，愃音上聲，燥如掃去聲。（頁 1461）	由郭注《方言》，正古今語之來源。

詳考經傳、《史》、《漢》、《注》、《疏》、《說文》，沈、孫以至《藏》、《釋》，皆屬音和，但於粗細不審，而舌齒常借，脣縫常溷耳。此各塡其方言，或各代之口吻然也。（方以智小字注：吳越子紙、專礡不分，南康匡腔反用，麻城建昌以荒爲方，建昌勸鐖爲一，江北都兊不分，齊秦率帥不分，山西分風反稱，廣中頭桃、留樓、元完不分，閩中尤缺。然古已有之，如砥柱音止，《孟子》作周道如底，字家分底底，鑿說也，提音題，而「好人提提」與朱提縣音時。方旁、無模之相轉，則以諧聲譯語知之。〈灌夫傳〉「首鼠兩端」，〈西羌傳〉、〈鄧訓傳〉皆用「首施兩端」，《注》「猶首鼠也」，則今之吳語也。《詩》「混夷兊矣」，即昆夷，而又作串夷，如此之類甚多。）存舊法，考古今，可也。豈守其混與借以立法哉？（頁1498）	方以智認爲古人標音盡爲音和，不合者乃是方言注音。因此他採用各地方音中相混者爲證，並且從古代典籍之通用例，用以解析方言音對考察古音的重要性。所以他要「存舊法，考古今」，尊古而不泥古。了然於此，則創立〈新譜〉當避免重蹈此過失。〔註80〕

二、知諧音

方以智對方音的認識，除了用在考究古今音讀的變遷，還藉以證明諧聲的關係。由於方氏繼承了戴侗《六書故》中「因聲求義」的研究方法，是以他用諧聲偏旁闡發古音相通的道理，於考察方音的過程中，也使用相同的方法，以論音讀的變化。

表十九：《通雅》「諧聲方音以探古音」簡表

方　音　紀　錄	備　註
平谷，音裕。○《問奇集》曰：「裕、峪同。」今屬順天府。梅氏「峪，音育」，《廣韻》、《韻會》諸書，皆無峪字。智按：「北人呼谷爲裕，猶呼綠爲慮也。」（頁571）	谷爲裕之偏旁；錄綠的偏旁同爲彔。《中原音韻》代表北音，其綠、錄、慮三字於書中同音。戾綠北人音近而通。三種音在聲母相同的情形下，可互推而得，是以方以智借方音以推古音。
慮事，錄事也；慮囚，錄囚也。○〈雋不疑傳〉：「錄囚徒。」《注》曰：「省錄之，知其情狀有寃滯與不？今云慮囚，本錄之去聲，力具切，遂訛爲慮囚。」北京人呼綠布爲慮布，菉豆爲慮豆，是可推也。（頁838）	
北人呼綠爲戾。（頁1278）	
楚人謂相笑爲哈，《楚辭》曰「眾咷所哈」，舊音胎。余按：「即是嗤字，古台音怡，觀今治、怡之音，則可想矣。」（頁202）	由古台音，推治怡之音，並通胎嗤之音。

光門即橫門。……蓋古庚韻通于陽韻，橫讀曰黃，訛爲光耳。吳人至今呼橫爲黃。（頁1156）	橫以黃爲諧聲，故音同。
汶、嶓、文、免之音。○汶有三音，岷多作汶，注去聲。遼東汶城讀如文。此皆各處方言分別耳。……古人皆讀汶如民，轉而讀文。文音近亹，轉而爲問，故免亦讀敏，敏轉而穩，故分免爲穩，因轉而讀免爲娓。（頁83～84） 有遼東之汶城，盛輔之曰：「即孤竹國也。」遼東音文，山東音問，四川音民。（頁491）	四字皆明母，方以智對脣音字有諸多論證，其意以爲脣音輕重相混，故可相通。〔註81〕然文汶偏旁相同、民嶓亦然，是可知方氏隱然從諧聲關係考古今音韻。
《荀子》「怛詭」，《注》「變異感動之容」，直翁引《說文》怛音革。今按《說文》無怛，有誖，飾也、更也，讀若戒。北人讀革爲戒耳。（頁199）	怛誖以革爲偏旁，革古核切，見母麥韻；戒，古拜切，見母怪韻。古音同在職部，聲韻皆同，可相通轉。
白鷳，白韓也。○……韓、鶾、翰一字，音寒。《本草》作「鶾」。南人呼閑如寒，則鷳即韓音之轉也。（頁1349）	南人閑音寒，而閑爲鷳之偏旁，寒韓音同，則鷳韓之音可轉。寒閑同爲匣母，皆在山攝，故南人音近可據也。
韋莊〈應天長〉詞云：「想得此時情更切，淚沾紅袖驈。」字書並無此字，惟元詞中「馬驈驈，人語喧」，北音作平。韋詞意則浣，而叶韻必轉入。智按：「乃黦字耳。黦見《唐韻》，於月切。蓋以古宛有菀音，從鬱轉越，《詩》菀柳，苑結，《荀子》宛喝，是也。」（頁95）	宛有於月（鬱）、紆勿（越）二切，而爲菀、黦之偏旁，故方以智說「從鬱轉越」，即見其諧聲。

三、通聲調

各地方音不同，有些呈現在文字的聲母，部分反映在字韻的不同，有的則是顯示在聲調的差異。方以智對方音的紀錄裡，對於不同聲調的字詞，其考察目的在爲同一字的不同音讀尋找歷史上的來由。因此他通過方音資料，求得文字異音的根源，其中也有典籍的輔助，顯示方氏在紀錄語音時，除了考察實際的音讀，也禁得起文獻資料的檢視。

〔註81〕周遠富整理方以智對脣音的討論，認爲方氏未能系統地比較同類例證，以及參考活的語言痕跡——方言語音，因此只能提出古代脣音輕重相混，不能與錢大昕的「古無輕脣音」成果相比。（詳見周遠富：〈方以智通雅與上古聲紐研究〉，頁48～53。）

表二十：《通雅》「方音考古音四聲通轉」簡表

方 音 紀 錄	備 註
韋莊〈應天長〉詞云：「想得此時情更切，淚沾紅袖駹。」字書並無此字，惟元詞中「馬驟駹，人語喧」，北音作平。韋詞意則浣，而叶韻必轉入。智按：「乃虪字耳。虪見《唐韻》，於月切。蓋以古宛有菀音，從鬱轉越，《詩》菀柳，苑結，《荀子》宛暍，是也。」（頁95）	宛有鬱、越二音，而爲菀、虪之偏旁，故方以智說「從鬱轉越」。而駹爲虪之借，韋詞採取本音，北音作平，則是換調。
《史記·魯世家》「觩觩如畏」，即謹懾之意，音窮。……又曰「與佝通」。則北人讀曲爲平耳，實則曲躬之狀。（頁397）	觩與佝通，並音窮，則曲之音平，故偏旁的曲由入聲轉平。
《楚辭·漁父篇》：「安能以皓皓之白，而受世俗之塵埃乎？」《史記》作溫蠖。朱子曰：「白音薄，與蠖叶韻。然或漢時楚人改之，必當時解溫蠖爲塵埃也。」智謂：「北人讀白爲幫該切，則正與埃叶，不必以此正《史記》之是也。」（頁196）	從古籍資料的押韻，查驗字音的變化，進而判斷本爲入聲的白轉爲陰平聲叶埃。
偃佒即偃仰，古作偃卬。○《莊子》「緣循偃佒」，佒音恙，郭璞曰：「偃佒，不能俯執者也。」智謂：「仰有去聲，北人呼仰爲養，則通佒矣。《詩》『或栖遲偃仰』，《釋文》作『偃卬』，此古仰字。」（頁279）	從偃佒之詞，異文作偃仰，故知去聲佒與原作上聲之仰相通，進而考方音，得仰之去聲音讀。
江北人呼虹如懺，今泗州虹縣去聲。（頁430～431） 虹縣，今呼爲絳。○《水經注》：「溝首對獲，世謂之洪溝。」〈昭八年〉「蒐于紅」，杜預曰「沛蕭縣有虹亭」，即〈地理志〉之虹縣，王莽所謂貢也。漢碑曲紅即曲江，貢、虹、紅、洪相通可証。以知北魏時三江猶屬東、冬同音矣。（頁580～581）	方以智有鑑於王莽時曾改虹縣作貢縣的歷史資料，而虹、貢皆從工，實爲偏旁相通。於此其聲則爲平聲虹轉去聲貢。另證北魏音與漢代相合。
史照改彊上聲爲去，蜀音也。（頁1193）	彊上聲，蜀音作去聲，是濁上變去之證。
《說文》「餢，粉餅也」，即餌，後謂之粉角，北人讀角如矯，遂作餃餌。（頁1184）	《中原音韻》角本入聲，後作上聲同矯。

四、釋區域

　　方以智的方音紀錄，或有另外加註音義，然而在部分的內容裡，他列出方音資料，只爲說明語音的多元性，並未深究其中差異的來源，以及發生變化的過程。不過在不同的條目中，方氏所列出的方言資料或精或粗，顯示在考察古籍的音讀之外，方氏或有親身體驗，才能一一列出這樣豐富的方言語音，只是內容過於分散，未能有共同的方音主題。以下即列表說明其所錄方言語音，可

合併者即同一討論。

表二十一：《通雅》「時音通古音」簡表

地　方	明　代　方　音　紀　錄	備　　註
山西、 旌德、 吾鄉	風別猶分別。○……今山西及旌德，皆謂風如分，古有此音。升菴亦云：「古孚金切，《詩》、《騷》韻可據。」（頁 306） 風。○山西人鄉語皆讀若分，吾鄉涇縣旌德呼風亦爲分，向嘗笑之。《六書故》本載專戎、專今二切，則可爲汾晉旌涇解嘲。（頁 1439～1440）	分：府文切，非母文韻；風：方戎切，非母東韻。故知山西文東二韻偶有相混，安徽涇縣亦混，然方以智慣常所用則分之〔註 82〕。古籍亦有混析之證。唯方氏非敷奉三母不分，故所引楊愼、戴侗切語，與古讀稍異。
山東、 江北	今山東方言以路平行便爲町疃，讀如汀湯，江北則呼爲汀湯。白子皮爲余言之。（頁 614）	山東呼町疃爲汀湯，白子皮言江北亦然。
余邑、 北人	花蕋謂之蓓蕾，亦謂之葧。○……余邑謂之桲留，或轉爲叵羸，北人謂之孤薄，音若孤都；即宋景文所云胍肛。〔註 83〕（頁 1271）	蓓蕾作桲留，桲留轉叵羸。桲叵聲母本是清濁之別，全濁聲母清化後則無不同，而二字韻屬旁對轉〔註 84〕。留羸同是來母，唯留尤韻、羸果韻，音讀稍遠。 北人孤薄，即從宋景文胍肛而來。孤胍音同，薄肛只是平仄之別。

〔註82〕 按：方以智於《通雅》自認屬於桐城人，是以他以「敝邑」稱「桐城」，如：「龍舒，〈地理志〉在廬江縣西，今爲敝邑桐城。」（《通雅》，頁 510。）《物理小識》亦如此稱，另〈考古通論〉中「王化卿先生長於吾桐」，明白說明桐城乃方氏之根據地。於皖（安徽）的其他地方則有稱吾鄉者，即「吾鄉徐守和，賞鑒好古士也」（《通雅》，頁 421。）。同屬皖地，而有遠近之異。至於又有稱「余邑」者，方氏未明言管轄位置，當可以視作敝邑的另一種說法。

〔註83〕 按：方以智於〈器用〉中，另外說明「孤都」之義：「推古人于凡物頭員謂之孤都，宋景文所云胍肛也。花蕋曰荂，《淮南》曰皇荂，《爾雅》曰黃華也。可以後世之語，推測上古而得其彷彿者，此類是也。」（《通雅》，頁 1067。）說明了孤都的用法及其意義，並擴展了原本的含意，而增加使用的層面。

〔註84〕 按：蓓於《廣韻》屬上聲海韻並母字，桲在《廣韻》是入聲沒韻並母字，叵乃《廣韻》之上聲果韻滂母字。蓓、桲古音分屬之、沒，屬於旁對轉，聲同韻近；然叵與蓓、桲聲韻畢異，故方以智稱「或轉爲」，乃純粹記方言音，音韻原理當是「歌、沒」之旁對轉，聲母是清濁之別。

北人	《爾雅》「貗子貍」，《注》「乎各切」也。貉之與貍，古音相借。……北人謂之皮狐子。又曰㹠子，讀若嫖。〔註85〕蓋北人讀貉字入聲轉而成㹠音耳。（頁102）	貉貍二字相通。貉下各切，匣母鐸韻；㹠呼毛切，曉母豪韻。明代濁音清化，然韻遠難通，是純記音讀。
江北	底有篤音。○江北人呼物之底，其音近篤，呼凡物之底下則曰篤下。……《韻會·屋韻》有「底，都木切」，即此音也。（頁1456）	《韻會》當是《韻補》之誤。吳棫《韻補》底隸屬於屋韻「椓，都木切」下，且屋韻與沃韻通，是底篤音近之文獻證明。
吳人	于諸，寘也；于遮，即于諸之聲也。○……智謂：「諸者古人語詞，猶今之言這、言著也。著又轉而為子，今吳人多曰子，是也。」（頁227）	諸：章魚切，照母魚韻，古魚韻。這：止也切，照母馬韻，古歌韻。諸這魚歌旁轉、諸著二字偏旁為者，故可通。子：即里切，精母止韻。與三字聲韻畢異，是方以智純屬記音。
吳人	「治音稚，奉道之家靜室也。」智推治乃處字之轉聲，吳人猶作此語。（卷38）	處：昌據切，穿母御韻，古魚韻。治：直利切，澄母至韻，古之韻。雖聲母俱為舌音、古韻魚之旁轉，終屬聲韻畢異，此則只純屬記錄方音。
江左、嶺南	《禮記》與《漢書注》引《詩》「威儀逮逮」，朱稷注引「威儀棣棣，不可算也」。古棣、逮聲近，江左呼堤為棣，《南史·何胤傳》「北棣之遊」是也。今嶺南以堤為棣。（頁386）	棣、逮音同徒耐切，定母代韻；堤有都奚、是支二切，分別是端母齊韻、禪母支韻，古聲雖同為舌音，然韻遠難通，此則純是記錄方言音讀。
河北、廣東、江、楚	智按：「河北讀沒為『門鋪切』，而江、楚、廣東則呼無曰毛。黃綽幡賜緋毛魚袋，則信古有此語矣。」（頁95～96）	沒音從明母，北人無入聲，故音近無，南方方言則音毛，即因明母而轉。
紹興、江右	侵鹽覃凡，皆聲將盡而閉，如今紹興、江右為甚，即咳嗽之聲皆閉口也。（頁1507）	閉口韻，部分音系已漸消失，然紹興、江右為甚。
閩中、廣東、江右	《說文》有喫，古通用食。○……今閩中呼即甲切，廣東呼亦甲切，江右呼怯甲切。（頁1454）	三地韻同，閩中為精母、廣東音即食，江右作溪母。此則記方音之異。
閩中	卉乃花之聲，花古作華，讀如夸，作荂，轉而為輝音，如今閩中之讀花為輝也。花既近輝，或轉為卉，遂作蕙字、蔿字，蓶字，後人乃分用，若則從卉，而聲則從花蔿轉也。（頁138）	考證花卉的語音發展，並且擴增其音義相同之字詞，即是探究其同源發展。〈新譜〉之花即從此。

兩廣	蒟醬即蒟醬，其藤曰浮留，今謂之蔞。○……兩廣呼留爲蔞，借字也。（頁1288）	留：來母尤韻；蔞：來母尤韻。古韻侯幽旁轉。
松江	𥨊即突。○式鍼切。《說文》曰：「深也；一曰竈突，从穴从𣏌省。」《類篇》：「又所禁切。俗謂深黑爲窨突。」……升菴考舊本音森。智謂：「森深音近，即是一字。古人釋字，口齒微粗耳。如今松江人森深有別否邪？」（頁143）	《類篇》深有平聲審母式鍼切、去聲疏母所禁切二種。森則爲疏母所今切。深、森二字聲母審疏不同，方氏以爲音近，而松江（今屬江蘇）人則無別。由於方言莊照二系難辨，故曰「口齒微粗」。
方語	磊𡺲。○……智按：「今方語皆作累堆，累字平聲。」（頁1449）	磊：落猥切，來母賄韻；累：力追切，來母脂韻。二者皆古微韻。磊與礧異體，偏旁通累，二字可通。𡺲：都罪切，端母賄韻；堆：都回切，端母灰韻。二者皆古微韻。二者聲調雖分屬平上，亦有相通之淵源。故此語有音義根源。

方以智在《通雅》裡，有著爲數不少的方言語音紀錄。其中除了記載各地語音之外，還包含了方氏考察古代音讀的方法，並顯示出他對方音與古音的認識。此外，他藉方言以考證古音的理據乃是著眼於方音保留了古代的語言，因此考古的方法不再侷限於文獻證據上，還包含了活的歷史語言，擴展了資料的來源。只是如周遠富所言：「用這些材料由今音直推古音，以期『一變而至於道』，而忽略了《切韻》系韻書在記錄古今音變上的價值。」〔註86〕方以智考古音過於依賴方言，未能仔細考究其中變化的過程，但方氏的音學研究與方音的關連，仍是研究時不可忽視的焦點。

第五節　方以智之古音學說

　　方以智論古音，於分期上作五變六期，分別是先秦、兩漢、魏晉、隋唐、宋、元明。既分時期，則必有分別語音階段的參考依據，因此他對此六期的資料取材，分別從押韻和韻書獲取音韻材料。然而，不論《詩經》、《楚辭》，甚至是其他歌謠韻語，常有不能協韻的情形。早期學者對此現象，則有「改

〔註86〕周遠富：〈通雅與古韻通轉〉，《南通大學學報》（社會科學版）第 26 卷第 6 期，2010 年 11 月，頁 80。

讀字音」、「更動經書」、「古人韻緩」之說。另有吳棫《韻補》之立古韻九類，以示通轉，最後有項安世從方言與形聲切入制字定音的本原之本音說，與元朝戴侗所倡古音與今相異，實爲古本有此音，絕不僅止於叶韻的古正音。

此六說啓發後世甚深，尤其項安世與戴侗二說影響至大，吳棫所著《韻補》改變韻緩的觀念，擴大了押韻的範圍，提出古韻可通之說，繼而成爲後代古韻研究之先驅。而項安世與戴侗的說法，更奠定了後世對古韻的研究，認爲古人押韻本於自然之聲，因此探討古韻成爲可能，是以後世必然發展訂定古韻的分部。

壹　方以智論古代押韻

面對古籍中的諧音狀況，偶有今音難協的情形，方以智採用兩種方式以解釋之，以爲有「隨用而書之」和「古人韻粗」兩項，下文即分述之。

一、隨用而書之

方以智對古音的認識，與方音有著密切的關係，他認爲韻書的紀錄未必能反映整體的音韻狀況，是以在個別一字多音的情形裡，方氏會從字音變化的角度著眼，要從方言中找尋一字多音的緣由。因此方氏在韻文裡，對於不能入韻的字，多從方言的想法切入，認爲直是古人用方音讀之，而造成破讀的現象。另外，他又認爲此一字多音，與古人的著書態度相關，以爲古人隨文假借，因而有各種不同的音韻面貌，故有例曰：

> 《山海經》二神，神荼、鬱壘。升菴引《風俗通》作鬱律。陸法言
> 《韻》：「壘音律，神荼者，神舒也。」沈休文曰：「鬱壘者，屈律也，
> 又爲鬱肆。」……鬱壘，屈律音轉，隨人分合，隨人書名耳。〔註87〕

方以智以爲鬱壘、屈律的音字有異，是因爲隨人所作，訂定並無確切的根據，只是韻書的著錄不察，故任由後人所錄，而隨意收字於作品中，因此他在另一處繼續說道：

> 嶔崟，一作礒碒，轉爲欽巖、欽啽。又轉爲嶃巖、嵌巖。又轉嶻嵲、
> 暫巖。○……總之侵、覃、鹽、咸，聲皆相通，或詞賦家隨用者，

〔註87〕《通雅》，頁718。

韻書因而收之。﹝註88﹞

此條內容收錄嶔崟之同義詞，其中方以智說有侵、覃、鹽、咸四韻者，或洪細不同，故收韻有異，然俱可相通。考詞條所收之字，茲列「『嶔崟』條侵、覃、鹽、咸音通表」於下，供說明其文字音韻情形，證古人相通。

表二十二：『嶔崟』條侵、覃、鹽、咸音通表

嶔崟、磁碒，轉為欽巖、欽嵒。又轉嵁巖、嵌巖，又轉巉嵒、嶄巖。	
上字相通	下字相通
嶔：去金切，平聲侵韻，溪母字。(嶔、磁、欽乃一字之異體。)	崟：魚金切，平聲侵韻，疑母字。(崟、碒為異體字。)
嵁：口含切，平聲覃韻，溪母字。	
嵌：苦咸切，平聲咸韻，溪母字。	巖：五咸切，平聲咸韻，疑母字。(又與嵒為異體字。)
巉：鋤銜切，平聲銜韻，牀母字。(又同嶄。)	

據表可知所收字韻皆屬閉口[-m]，而方以智視之為相通的原因正在此閉口音的性質。後方氏所謂「或詞賦家隨用者，韻書因而收之」的理由，正在聲韻相近，因而語音可通用。不過方氏所認為的音韻相通，主要仍是建立在對方音的考察，即如「能即熊，又為三足鱉之名」條中所述：

> 《史正義》：「鯀之羽山，化為黃熊，入羽淵。熊、乃來切，下三點為三足也。」……張叔皮論曰：「賓爵下革，田鼠上騰；牛哀虎變，鯀化為熊；久血為燐，積灰生蠅。」則熊皆以能叶韻。然《左傳》葬敬嬴，《穀梁》作頃熊，古熊亦在庚韻。如〈天官〉三能即三台，《楚辭》以能叶佩。大約古人方音，隨讀而借也。﹝註89﹞

不論是所謂「隨人分合，隨人書名」或「詞賦家隨用者，韻書因而收之」，其根源皆來自於「方音」，是依於「古人方音，隨讀而借也」，所以他說「古人多引方言以左證經傳」﹝註90﹞，亦即說明古書傳注有相當的方言素材，並且為後來編著者所用。另外尚有以為詩賦讀音取諧聲，非當時正音的說法，究方氏說道：

﹝註88﹞ 《通雅》，頁 322。

﹝註89﹞ 《通雅》，頁 1365。按：《史正義》當是《史記正義》之簡省。

﹝註90﹞ 《通雅》，頁 79。

是古時之讀法，或注者之方言。重其聲，則爲上聲。……知其原委，

不在強从舊讀；即用之詩賦，亦不必以古叶爲奇也。〔註91〕

在觀察古人著作後，發現常有一字多音的現象，其中讀音的差異，有根源於方音的關係，因此可以多種字音並存之，不必特重古音，而失今音之正，此正是方以智「考古決今」之旨。

二、古人韻粗

由於韻書所收語音，實兼賅古今方國之音，因此方以智認爲其中部分帶有从方言語音的角度出發，顯現「古人方音，隨讀而借」〔註92〕、以及「漢人注書，偶以方言注之」〔註93〕的情形。然而方以智在論出韻現象時，還有以爲「古人韻粗」的狀況，因爲古人押韻未必如後人嚴謹，使得後人讀到韻文作品，不能掌握其中用韻。對於這個情況，方以智如是說：

謏　詢即㗤詬。○……《説文》有「謏詬」語，故竝存之。《莊子》

「失玄珠，使喫詢索之而不得」，喫音口懈反。契古通刻，加口，契

聲，稷、高借音可證。蓋古人韻粗，殆㗤詬之通稱也。〔註94〕

方以智以爲謏詬即喫詢，故據此而論謏、喫之音義。考詢即詬，而謏、㗤、謏二字音義同，俱火懈反，曉母卦韻，占支部；喫口懈反，溪母卦韻，古支部。則謏、喫二字聲近韻通，可作假借。而契有刻義，劉熙《釋名》有：「契，刻也。」〔註95〕故方氏以爲二字聲義相通，契又與高通，則古字相通轉如此，只是稷與諸字音韻相去甚遠，故方以智視此條爲「古人韻粗」也。

他不只一次申明古人韻粗的觀念，在〈地輿〉中，方氏再次說到古人用韻並不嚴謹，其文云：

班固〈泗水亭碑〉曰：「文昌四友，漢有蕭何，序功第一，就封于酇。」

合溪曰：「孟堅必知封地，則南陽之酇有嵯音。」智直謂古時韻粗，

班固亂叶耳。……班固之韻，乃古通轉之口齒，猶攢之从贊，難之

〔註91〕《通雅》，頁 697～698。

〔註92〕《通雅》，頁 1365。

〔註93〕《通雅》，頁 160。

〔註94〕《通雅》，頁 277～278。

〔註95〕清・畢沅：《釋名疏證》（臺北：廣文書局，1971 年），頁 47。

讀娜也。恕先云：「江淮以韓爲何。」京山云：「閒介之轉爲个。」

此可推矣。〔註96〕

文中將班固碑文中之「何」協「酇」，因此戴侗釋之以爲有嵯——「昨何切」之音讀，而方以智在〈新譜〉中並將「酇」之二讀並收，以示其音協之狀況。方氏視此破讀的現象，認爲是古人用韻較寬，對韻的概念較爲粗略，因此不若後世可以循著韻書的設定，用以創作詩文，故又稱曰：「《易遡》曰：『直方爲句，叶履霜。含章、黃裳、玄黃韻，大不習爲句。孔子〈象傳〉可證。』……陳第有《易韻》，古人亦隨口叶之，非若後之拘也。」〔註97〕方以智引其師王宣《風姬易遡》之說，證〈易傳〉叶韻的情形。此處隨口叶之，意同韻粗之旨。因爲古人「隨用」的不拘謹之態度，是以有辯證的必要，所以最終方以智在音韻理論作品〈切韻聲原〉中，說到古人的用韻直到南北朝沈約以後才稍稍定型，方氏云：

> 古人平仄互通，其韻但龘叶耳。沈約始定平上去入四聲，《韻鑑》入
> 始明橫有脣、舌、腭、齒、喉、半喉舌（半喉、半舌）之七聲，其
> 爲初發聲、送氣聲、忍收聲之三迭也。〔註98〕

因爲古人不明音韻結構，用韻純屬天然，但爲求音韻和諧的美感，沈約設立了四聲的名義，聲調才被定了下來，也才有後來的以調統韻、以韻統字的韻書。而聲母發音部位的設立，是從《韻鏡》後才開始通行，最後方以智再根據發音方式統整作發送收三種類型。方氏於〈切韻聲原〉裡整理了聲母、聲調與韻母的結構，制訂了他的歷史語音之說、並闡述了其古音學理論。

三、方以智之說古韻

其實方以智的「隨用而書之」及「古人韻粗」兩種說法，與古人討論古韻，自有相承之處。前文所述古人論古韻，有六種說法，自宋代項安世之論古代押韻，始倡古韻本於自然之聲，其《項氏家說‧詩音》論曰：

> 古人呼字，其聲之高下，與今不同。又有一字而兩呼者，古人本皆

〔註96〕《通雅》，頁 482。

〔註97〕 明‧方孔炤著、明‧方以智編：《周易時論》（臺北：文鏡出版社，1983 年），頁 90。

〔註98〕《通雅》，頁 1471。

兼用之，後世小學，字既皆定爲一聲，則古之聲韻遂失其傳，而天
下之言字者，於是不復知有本聲矣。雖然，求之方俗之故言，參之
制字之初聲，尚可考也。……夫字之本聲，不出於方俗之言，則出
於制字者之説，舍是二者，無所得聲矣。〔註99〕

項安世所謂「求之方俗之故言，參之制字之初聲」，亦即古人押韻本於諧聲字與
方言音，此言已將研究方向導入形聲與方言。方以智雖以爲古人韻粗，意與陸
德明韻緩觀念相近，然他對韻粗的認識，其旨當與項安世之從方言、形聲以分
析古人用韻相同。

另外，項安世以前有吳棫《韻補》，以通轉的方法分析韻文中的押韻現象，
書中創九部以論古韻，可謂古韻研究之始。方以智認爲「吳棫《韻補》乃集
協古韻者，王安石《字説》則臆解耳」〔註 100〕，直以爲吳棫於古韻學之功，
過王安石於古文字學多矣。方氏之定古韻爲七部，亦是承吳棫的通韻方法而
來。據此推論方氏之論古韻，乃認爲古人注書用韻，雖有破讀，只是古人韻
粗，並且常是隨人所定，並無遵循著某種特定使用語音的情形，因此古人的
習慣讀音就顯得格外重要，所以原本認定的破讀和方音的關係便極爲密切。
爲了解釋其中的用韻狀況，他設立了古韻七部，以闡明古人的音讀與用韻習
慣之通則。

方以智古韻學說在吳棫之後，顧炎武之前，所著《通雅》又先於顧炎武
《音學五書》，他對古韻發展的認識，也有他的一套說法。所訂定的古韻七部
理論雖著錄於〈切韻聲原〉，然研究方法、應用及創作理路則散見《通雅》之
中，須爬梳其間，方能明之。以下則續說方氏定古音七部之方法及其內容。

貳　方以智古韻七部

方以智分古韻七部之說見於〈切韻聲原·韻考〉伊始。究其所著〈韻考〉
的範圍，自古韻至金尼閣、陳藎菴，上下縱橫千年，以時間爲順序，辨考古今
音韻的內容。茲列七部之說於下「〈韻考〉古韻列表」中，以作解說之證。

〔註99〕 宋·項安世：《項氏家説》，《四庫全書珍本》第 165 冊（臺北：臺灣商務印書館，
　　　　1975 年），頁 132～134。

〔註100〕《通雅》，頁 51。

表二十三：〈韻考〉古韻列表

古韻 或分為九，為十二。			
中通 中與旁通，亦與正通。	天人 天古叶人，真先通韻，青蒸侵併此。	亨陽 庚陽通。	知來 齊知皆來通，知亦與多通。
无多 麻車歌魚互通，知亦與諸通。	道咎 蕭尤通，尤亦與疑通。	寒還 寒山監咸通。	
（方以智注）「吳棫、陳第皆以《易》、《詩》定古韻，韓退之、蘇東坡、黃山谷知古所通，而一韻隨通，皆此故也。」〔註101〕			

方以智古韻七部之說，於〈切韻聲原〉中只得結論，而未能明晰其推論源由，爬梳《通雅》內容，始可以得古韻之說，方氏於其中論述古韻互通之旨：

> 《說文》顛、蹎、闐，以真為聲；煙、咽，以甄為聲；馴、紃，以
> 川為聲：詵、駪，以先為聲。此皆先、真韻中互為聲也。如天亦叶
> 人，田之音陳，可知古先、真多通，亦猶覃、侵，東、蒸之通，麻
> 多入虞，灰多入微，庚多入陽之類也。〔註102〕

方以智以時音真、先；覃、侵；東、蒸多互通。麻多歸虞、灰多入微、庚多通陽。於此可知方氏對古韻歸部，並不將每一個韻部視作不可分割的整體，因而以為「多」入某韻，這已脫吳棫《韻補》的分部方式，而與顧炎武之分韻有著相同的妙用。不過方氏分古韻，並未有著嚴謹的條例與細則，因此常見相互混淆的情形，如「天人」中可併青、蒸、侵，直是鼻音韻尾的相混。此類相通之說可以從另一例中得知，其文云：「古皆來與淒支相通，寒山先天相通，歌麻相通，陽庚相通，蕭尤相通，侵覃相通，鹽咸相通，為其連也。歌麻又統通于烏者。」〔註103〕方以智於此論述韻目名稱與古韻之說相異，然考之二說，可以知其概，此當配以《中原音韻》與方氏之〈旋韻圖〉，其「皆來」、「淒支」正屬「知來」；「寒山」即「寒還」；「先天」通在「天人」，「侵覃」亦通於此；「陽庚」即「亨陽」；「蕭尤」乃「道咎」，而「歌麻」隸於「无多」；「鹽咸」相通，古在「寒還」。

〔註101〕《通雅》，頁1052。按：方以智初列七部，自注曰：「或分為九，為十二。」周遠富認為七部是方以智自創，分作九部則是沿自吳棫，因為方氏論及古韻，極為推崇吳棫，以為吳棫乃「明古而叶今」者。十二部則是從七部中自注的「亦通」與「併此」析出，故得十二。（周遠富：〈通雅與古韻分部〉，頁43。）

〔註102〕《通雅》，頁132。

〔註103〕《通雅》，頁1509。

此二說已初步揭示方以智的古韻內容，然方氏的古韻分部，當需從《通雅》的其他篇章探尋，而可以得方氏古韻的內涵，不只有其粗略之說，故今將剖析《通雅》中論古韻者，試以察其推論，而可以得此七部分列之由。雖或有引自他書之證，然因證據主在《通雅》故表以《通雅》稱之。茲以七部順序分別列表於下，供作論述之用〔註104〕。

一、中通韻

表二十四：《通雅》證「中通韻」表

中通 中與旁通，亦與正通。
莔莔，即萌萌，通作薨薨、夢夢、儚儚、瞀瞀。○……古萌亦通東韻，非如今在蒸韻也。（頁353）
《說文》顛、蹎、闐，以眞爲聲；煙、咽，以甄爲聲；馴、紃，以川爲聲：詵、駪，以先爲聲。此皆先、眞韻中互爲聲也。如天亦叶人，田之音陳，可知古先、眞多通，亦猶覃、侵，東、蒸之通。（頁132）
丁，東聲也，珂聲弦聲皆稱之。又作丁當者，蓋東、當二音古通用也。《詩》「小東大東」叶「可以履霜」，空亦如匡，可證。（頁940）
虹縣，今呼爲絳。○《水經注》：「溝首對獲，世謂之洪溝。」〈昭八年〉「蒐于紅」，杜預曰「沛蕭縣有虹亭」，即〈地理志〉之虹縣，王莽所謂貢也。漢碑曲紅即曲江，貢、虹、紅、洪相通可証。以知北魏時三江猶屬東、多同音矣。（頁580～581）
〈象〉曰：「艮其輔，以中正也。」程子以得中爲正；朱子以韻衍正；揆曰「初僅木失正，五以中爲正」。古庚韻小與東通。〔註105〕（《周易時論》，頁1123）

方以智論韻，所採韻目名稱不一，蓋與其選材來源不同，因此有取自《平水韻》之「七陽、八庚」，又見稱爲「東韻、蒸韻」等《切韻》系韻書的韻目名稱，尚有選取自《中原音韻》之「東鍾、皆來」諸號。考方氏設古韻，其韻目名稱主要採周德清《中原音韻》，其「中通」一部，是「東鍾」之同實異名，即中通盡屬

〔註104〕 按：本節引作證據之例，爲《通雅》中可以直接發現者，以通過「同通近轉」而解析《通雅》，或恐流於以今律古，方氏當時未必有如此聯想。且分析其「同通近轉」之義，或是據於義，或是依於聲，或是同於韻，方氏於術語未能精確，縱使分析有理，亦非第一手證據，故此處引證，必先採第一手資料，若不得，則取分析資料，以供論述。

〔註105〕 此文摘自明・方孔炤著、明・方以智編：《周易時論》（臺北：文鏡出版社，1983年），頁1123。按：表中如有引自《周易時論》者，即引其頁碼，不另爲註。

《中原音韻》之東鍾。又有東、當古通，則東韻、唐韻或可相叶。此例說明，方以智古韻東與蒸通。其所謂與旁通者，意指以孫愐《唐韻》之劃分作依歸〔註106〕。則東與多、鍾、江相通，於此又東可通蒸。故定此「中通」包有東、多、鍾、江、蒸、唐韻字，而江韻、蒸韻、唐韻只有部分字例列在其中。

二、天人韻

表二十五：《通雅》證「天人韻」表

天人<small>天古叶人，真先通韻，青蒸侵併此。</small>
（天）體因、體先二切，按古眞先通韻，《易‧辭》天皆叶人，天乾通聲，後乃分別也。（《周易時論》，頁8～9）
《說文》顚、蹎、闐，以眞爲聲；煙、噎，以甄爲聲；馴、紃，以川爲聲：詵、駪，以先爲聲。此皆先、眞韻中互爲聲也。如天亦叶人，田之音陳，可知古先、眞多通。（頁132）
先天本從眞轉，古通一韻。……何謂眞天通？曰：「《國策》陳軫，《史》作田軫。……《左傳》『渾良夫乘衷甸兩牡』，陸德明『音甸，之證反』。《說文》顚、蹎、闐，以眞爲聲；煙、噎，以甄爲聲；馴、紃，以川爲聲；詵、駪，以先爲聲；孫堅謂甄井同名，後乃呼甄，《華嚴字母》第八列，『因年天田』竝列，可知西音亦然。」（頁1499）
桺玭，《問奇集》音駢，因《廣韻》也。智按：「《說文》『玭，步因切』，孫愐云：『又作蠙。』而蠙珠，姘嬪，有讀駢者，以古眞、先韻通也。」（頁699～700）
平平、便便、辯辯。○〈采薇〉詩「平平左右」，《左傳》引作「便蕃」，《韓詩》作「便便」。京山曰：「《論語》『便便言』，即『辯辯言』。《尚書》『平章』，作『辯章』。『剡牀以辨』，牀面版，與平同。《漢‧武紀》『便門橋』，即平門，古音通也。」（頁407）
「牀下足，其面辨」，即平也。《尚書》「平章平秩」，《史記》作便，《索隱》云：「今文《尚書》曰辨。」故知平辨聲通。（《周易時論》，頁532）

〔註106〕按：方以智所用的孫愐《唐韻》爲二百零二韻，其自注：「孫愐天寶十載編，于沈所分不敢合，而不安者又細分之，然麻不分，則當時方言也。自孟蜀丁度、司馬光、黃公紹、毛晃等皆依之，宋名《廣韻》。惟吳棫明古而叶今。」（《通雅》，頁1509。）今《唐韻》已佚，方氏所錄者乃天寶十年之作，與王國維所考究的蔣斧本時代相同，不過蔣斧本的二百零五韻乃唐代開元間所編，異於方氏所論，版本仍屬不同。此外，方氏所列韻目，其同用獨用之例，一於《廣韻》，只是韻目名稱或有差異，故方氏所謂「中與旁通」，即東與冬鍾相通。其他仿此。方氏設古韻亦廣用之，於所受同用者，只列其首，則其結果如《平水韻》，唯「嚴」、「凡」二韻歸在「咸」韻下，方以智《唐韻》韻目列在表三十七中，可詳參。

魂魄亦稱營魄。……《老子》「載營魄抱一」，京山曰：「即魂魄。」《焦氏翼》訓營爲魂。《太玄》告「魂魂萬物，動而營冲」。智按：「古讀魂爲云，以韻解義，故曰魂，營營也。」（頁620）
眞先，侵覃之合。（頁1501）
智曰：「乾聲轉乾濕之乾，故又爲幹，天干亦取其幹也。……聲占以乾當先、眞、侵、寒四韻，古天眞同韻，華嚴可考，《易》韻盡然。旋韻侵閉口值後天乾，此心音也。乾本音爲角，屬腭送氣聲，以類萬物之情。」（《周易時論》，頁1682～1683）

天本在先韻，方以智屢言眞先通韻，以上舉例可知。後又補充，認爲侵覃與眞先合，故侵併於此。魂之通營，是以韻解義，由眞义之魂，通青；平平、便便、辯辯，亦因於此。蒸於前說，已列中通，方氏在此又另提出，可知方以智的古韻，亦是離析《唐韻》而得，並不將每一個韻部視作不可分割的整體。於此將天人部內容析作「眞、諄、臻、文、殷、元、魂、痕、先、仙、侵、蒸、登、青」，其中諸韻只有部分字例，並不得視爲整體字韻皆入其中。

三、亨陽韻

表二十六：《通雅》證「亨陽韻」表

亨陽_{庚陽通。}
古庚韻通于陽韻，橫讀曰黃，訛爲光耳。吳人至今呼橫爲黃。（頁1156）
智以古庚合陽，根小讀倉，故與棠近。《考工》之堂即樘，可証。（頁688）
古先、眞多通，亦猶覃、侵，東、蒸之通，麻多入虞，灰多入微，庚多入陽之類也。（頁132）
楚子城不羹，《注》「音郎」。……本作更，古陽庚通，更讀如岡，又轉爲郎耳。（頁563）
羹音郎之原。○《左傳》：「楚城陳、蔡、不羹。」《注》：「羹音郎。《漢書》作更。」蓋古八庚多通七陽，更字讀如岡，岡又訛轉爲郎耳。諸公但知《楚辭》皆讀羹爲郎，而不知其爲更，古人韻粗，更郎相近，則直音爲郎，或此之故。（頁86～87）
古亨享一字，聲亦如七陽與八庚之相轉。（《周易時論》，頁353）
古庚入陽，則疢可讀敨，〈急就〉下文「病響讓」相叶，足證。（頁632）
智按：「古庚皆合陽，孟津作盟，古讀明爲芒也。孟卯爲芒卯，其證更明。孟今在徑韻，《中原》在送韻，轉而漾韻，與浪相應，與放浪、蕩漾同例，此其常也。」（頁288）
以舤即古《周禮》之轆字，古庚皆陽韻也。（頁400）

> 「洚水者,洪水也」,周末已具二音,而《孟子》合之。〈紫玉歌〉雙協凰光,
> 則已江、陽合韻矣〔註107〕。(頁23)

亨陽韻內容只以庚、陽古通,以及江、陽合韻。然所引之「古八庚多通七陽」,
是王文郁、劉淵《平水韻》一百零六韻之韻目順序。方以智曾說「王文郁、
劉淵皆有《韻略》」〔註108〕,據此可知方氏明白古代韻書的韻目排列,因而引
作論述之用,雖然對其書與其作者的眞實性仍有疑慮,但參考古韻書而立證
的資料並不假。於此方氏之合江陽,乃是從叶韻的角度出發,認爲二者相通,
故不當以爲兩韻完全相容,只能是部分入亨陽韻。所以韻的內容有「陽、唐、
庚、清、耕」及「江」之半。

四、知來韻

表二十七:《通雅》證「知來韻」表

知來 齊知皆來通,知亦與多通。
痹轉爲牌音,故罷轉爲擺音。……古罷但音羆,借爲疲;今讀罷爲彼駕反,亦後來之轉也。……隓本音踦,而轉爲愷,猶矮本从委,而今呼爲藹也。隓有愷音,痹有擺音,故痿有矮音。……足徵古齊微韻,而後轉皆來韻也。(頁637～638)
升菴解卦字曰:「圭聲、卜義。……古文圭音挂,本挂字從手。」智按:古皆來韻皆合齊微韻,則卦亦讀圭明矣。(《周易時論》,頁9) 皆來歸齊微(頁1501)
古無皆來韻,哀字作衣音,如傻俙讀爲依稀。(頁434) 智按:「古皆來作支微,如『傻俙』即『依俙』,哀有衣音之類。」(頁1450)
古皆來與淒支相通。(頁1509)
〈隱十一年〉會時來,《公羊》作祁黎。《左》文作郲。《注》:「滎陽縣東有釐城,鄭地也,釐音來。」此不知來字古音黎,又豈知釐音來之故?……蓋古佳、來、皆與齊、微通。(頁99～100)

〔註107〕 按:《紫玉歌》有:「羽族之長,名爲鳳凰。一旦失雄,三年感傷。雖有眾鳥,不爲
匹雙。故見鄙姿,逢君輝光。身遠心近,何曾暫忘。」(宋·郭茂倩編:《樂府詩集》,
《國學基本叢書四百種》第207冊,頁949。)當中韻腳爲「凰、傷、雙、光、忘」,
於《廣韻》則爲唐、陽、江韻的不同,然亦相諧,因此方以智論之以爲古江陽合韻。

〔註108〕 《通雅》,頁51。按:閻若璩考定沈約韻書已然亡佚,故元明兩代學者所以爲的
沈韻,當是劉淵《平水韻》。方以智於此所舉的「七陽」、「八庚」很有可能就是他
心目中一統古音而化作今音之始的沈韻。

> 天下之隤不可惡也。（注有「荀爽本惡作亞，智按：『家麻、魚模古通，亞夫印作惡可證。』」）（《周易時論》，頁1442）

《通雅》說明此韻部名稱，其內容包含「齊微」、「皆來」、「支微」、「淒支」之互通，齊微與皆來是《中原音韻》的韻目名稱，支微是方以智對齊微的另一種稱呼，淒支更是方氏爲《中原音韻》所定的韻目名稱。考周德清《中原音韻》的「齊微」、「皆來」，其中包含了微、齊、佳、皆、灰、咍等韻，淒支則是支、脂、之的變換。以此考之，可以得到所屬音韻之內涵。

五、无多韻

表二十八：《通雅》證「無多韻」表

无多 麻車歌魚互通，知亦與諸通。
古呼姐如姊，漢或謂孟；晉呼姊如市。○……智按：「姊即姊字，古少麻韻，讀姐爲姊。」（頁656）
薄借、不借，乃舄之轉聲。○……借字古少家麻音，亦讀爲昔，昔與鵲、腊、錯通聲。（頁1118）
《周禮・形方氏》：「正其封疆，無有乖離之地。」《注》：「乖讀爲佹哨之佹，止之使不佹邪離絕。」佹，苦蛙切，古無麻韻，正合今之歪音。（頁1453）
升菴曰：「『誰謂荼苦，其甘如薺』，即茶。」信然。但未發明古音家麻入魚模耳。如家爲姑，街爲予，野爲墅，下爲戶之類。（頁1305）
多、夕皆有宜音。○多有移、侈之音，台有怡、蚩之音。……夕亦有平聲，如宜從多，亦從夕也。《呂覽》「正坐丁夕室」，謂宮斜而正其坐也。夕與邪同，〈鵬賦〉「庚子日施」，《漢書》作日斜。褒斜谷漢碑作余，古怡、余同音也。（頁130）
《說文》：「誃，離別也。簃，閣邊小屋也。」徐鉉引《爾雅》「樓邊小屋」，解誃臺。《集韻》：「簃通作誃。」則誃即《爾雅》之簃乎？如此，止當讀移，而音侈、音多，則古多有迤、池二音也。（頁1149）
差池轉爲蹉跎，古池、佗互從，可證也。（頁257）
胥、疋、雅，相通之原。○……智按：「古無家麻韻，疋有胥音，胥有斜音，或曰古雅字省作牙，牙訛爲疋也。」（頁113） 智又按：「《說文》有疋字，音胥，古無家麻韻，則雅當爲予，予近胥邪？抑雅省牙用疋，而訛疋邪？」（頁1026）
鄭康成注《易》「甲拆」，曰「拆，呼也」，正以呼爲罅，古家麻韻多歸魚模。漢去古未遠，猶有此聲。《爾雅》注孔罅之語，《廣韻》取之。陸德明以當時方言定其讀，不知古人从虖甚明。如「純嘏」本音古，與魯、許、宇叶。……嗟乎！聲音之道，變極反本，何苦止守晉、唐之泥格，而強自然之原乎？（頁236）
古多魚模，漸轉家麻。（頁683） 家麻歸魚模。（頁1501）

> 擩亦從需，音濡，後轉爲耨音，又轉爲懦音，乃轉爲拿音。初以儒、汝、孺、弱四聲輪之，故知搦即挐字，而後人口角漸分。郭璞注《方言》「渠挐，音諾豬反」，此呼挐爲奴也。魚、麻韻通，故奴轉爲拿，而搦有捻音，猶今青、登、萊人，呼那爲寧借反也。（頁293）

> 古染、擩、捼、頓通聲，考《歸藏》以需爲溽，可證音轉。濡、需爲一，明矣。今音須、需皆撮脣也，儒從之。（《周易時論》，頁170）

> 智以古無麻韻，遮與庶音近，故後人合諸蔗稱之。（頁1314）

> 古人少家麻音，皆入他韻，智前論之詳矣。《詩》曰「不吳不敖」，吳音話，亦家麻入魚模之一端也。（頁81）

> 俁俁，一作個個，通作扈扈。○……蓋古吾、吳、衙、魚、虞、娛爲一聲。（頁380）

> 吾之聲多通爲于，古稱我爲吾，亦爲予。〈瓠子歌〉「吾山，即魚山」。騶虞一作騶吾。吾丘壽王《文選》作虞丘，可證也。……又按：「吾于之聲，嗋脣點舌，則爲都盧。唐人以觜尖爲都盧。……凡圓者謂之盧，古語因吾于而轉也。」（頁190）

> 撐小舟曰划，音華，今俗呼小舟爲划子。按漢有戈船將軍，音划，合溪主之。漁仲「划，胡瓜切」。……古麻與歌通，當轉華音。（頁1466）

> 《周官·春人》「女春扰二人」，康成注引《詩》「或春或扰」，《詩》本作揄，可知虞尤韻通矣。（頁89）

> 軥錄，拘摟之轉也；拘摟，傴僂之轉也。○……傴僂或在語韻，或在尤韻，古多通用。（頁217）

> 母聲之轉。○滿鄙、莫古、莫后、莫假四切。古書母、馬同音，皆莫古切；今俗馬、母同音，莫假切。（頁123）

此部所考者爲古韻「无多」，於此當分作三個部分解析。第一，方以智對韻部的發展有著他的特殊見解，他認爲「古少家麻音」，甚至是「古無麻韻」，而且「古音家麻入魚模」，顯見在語音的發展上，古本只有一個「魚模」的韻部，然後因爲語音的變遷，才有「家麻」韻的出現，因此他說「古多魚模，漸轉家麻」，並且對於過往以叶韻關係看待此二韻是「何苦止守晉、唐之泥格，而強自然之原乎」〔註109〕？顯示他並不支持改讀叶韻，因此用古韻之說來證明古人例外押韻是韻部的變換所導致，而韻部的變換是源於後人「口角漸分」。

　　第二，古韻在入聲「鐸」部的「借」，方氏以爲古歸魚模，並且相同偏旁的「昔與鵲、腊、錯通聲」〔註110〕，此等陰入相轉的認識，是方以智對語音的重

〔註109〕《通雅》，頁236。

〔註110〕《通雅》，頁1118。

新審定，這還出現在他所作〈韻考〉中標舉之韻目，亦是與《切韻》系韻書通行的陽聲韻配入聲韻不同，他另外訂定《洪武正韻》的入聲配位，除了按照原書安排在陽聲韻下列其入聲以外，又與陰聲韻相應，是可見他的觀念裡，以陰陽皆可配入聲韻才符合他對語音的認識。第三，在釐清家麻與魚模的關係之外，方以智在此「无多」韻中，尚有其他的韻部內容，以為魚和虞模相通。

　　另外，根據母、馬之通，陳新雄以「母」在之韻，「馬」在魚韻，則方氏此處所謂相通，即是「知」亦與「諸」通之例。另怡與余同音、多有迤池二音，則是支魚、支歌之通。於此可以考定「无多」韻的內容包有「魚、虞、模、歌、戈、麻、尤、侯、幽、支、脂、之」。

六、道咎韻

表二十九：《通雅》證「道咎韻」表

道咎_{蕭尤通，尤亦與疑通。}
檮杌、檮音稠。……師古「檮，直由切」。獨《孟子》「檮杌」音濤杌，蓋因陸德明《九經釋音》而誤也。智按：「古蕭、尤二韻相轉。」（頁698）
陶弘景記：「比者情志，何甚索索。」元結詩：「令櫹櫹以梴梴。」皆借聲狀之。〈揚都賦〉「櫹槮」即「楸杉」，因《山海經》之櫹，以肅之平聲為蕭，蕭尤通聲也。（頁356）
《詩》「風雨所漂搖」；鮑照詩「飄颻無所定」，則以漂搖近於剝落，故專作飄颻，從風。馬融〈廣成頌〉「羽毛紛其髟飍」，章懷注「飛揚貌，音必由、羊救切」，此拘沈韻耳，實即飄颻。古尤、蕭固通音也。（頁249）
蚴蟉，本作窈糾、夭蟜，一作蚴蟉。○……總之蕭尤二韻，古通。（頁292）
智按：「『膠膠擾擾』，舊說『膠膠猶攪攪』。以此觀之，膠膠與糾糾，固通聲也。……如以彪、蕭入尤韻例之，則膠亦可讀糾，明矣。」（頁386）
（方以智）按：《莊子》『刀刀之蓼蓼』，《注》『蓼亦音留』，則刀亦音丟，蕭、尤二韻無不相轉。蕭音修，凡從攸者有條、修二音，聊勞皆音留。升菴曰：『《爾雅》「條條秩秩，智也」，條音由。』余亦以為然，蓋丟轉入為笛，笛之從由本此。此未可與拘膠刻舟之人道也。」（頁384）
《伽藍記》曰：「沙門寶公曰：『把粟與雞呼朱朱。』」猶喌喌。程大昌曰：「紹興中，有詩曰：『呼雞作朱朱，呼犬作盧盧。』」古人尤與虞有相借者。喌又音祝，故喔喔為雞聲。（頁416～417）

方以智多次將陰聲韻與入聲韻相配，確切證明了他認為這樣的組合才符合語音的真實情形。此外，於詞條中，方氏通過諧聲偏旁的認知，說明肅的平聲為蕭，肅與蕭在陳新雄三十二部之古音系統古聲同屬心母，於韻則為幽、覺對轉。又

《周易時論》有「《國策》講皆讀媾,可知古通」〔註111〕,方氏從經傳注疏的例證,並偕以諧聲偏旁以證講媾古音相通,此以今法驗之,即屬東侯對轉,可見方氏立論之妙。此條例中多從異文、異音的方式證明蕭、尤古通,另證古人虞韻又與尤韻通借。最終小字所注尤與疑通,當是指與知來部的疑相通轉,然方氏未有明確的論證說明兩部關係,是以不另列於此,因此考定「道咎」韻之內容爲「蕭、宵、尤、侯、幽」。

七、寒還韻

表三十:《通雅》證「寒還韻」表

寒還 寒山監咸通。
耽耳即儋耳。○《淮南》曰「耽耳在其北方」,《注》「耳垂肩上」,漢南海有儋耳郡,《注》作「瞻,大耳」。《說文》「耳曼無輪廓曰聃」,老聃以此名。子長疑太史儋即老聃,則儋、瞻、聃一字,今儋州即儋耳。(頁 627)
嶔𡸧,一作礹砛,轉爲欽巖、欽喦。又轉爲嵁巖、嵌巖。又轉巉喦、嶄巖。○……總之侵、覃、鹽、咸,聲皆相通,或詞賦家隨用者,韻書因而收之。(頁 322)
古南、耽、鐔、簪皆與侵、心同叶,今取諳南,恰應歡桓。若讀堪、三、監、談,則叶咸韻。(頁 1496)

此例所示,乃「談、嚴、添」諸韻合一部,《中原音韻》作監咸。方以智制訂韻目名稱受周德清影響甚深,不惟監咸而已,前文所列中通本於東鍾、天人之由眞文先天併,此稱寒還亦然。其韻目名稱採自周德清,古韻歸部則多受吳棫《韻補》的影響,方氏曾盛贊吳棫「明古而叶今」,亦瞭解吳棫有古韻分部的記載,因此在資料的選材,與分部的內容上,都可以看見與《韻補》相近的痕跡。方氏所釋耽、詹同部,另於〈新譜〉自注以爲諳南一譜恰應歡桓,其中有侵韻、覃韻字,故考此部內容,計有「寒、桓、刪、侵、覃、談、鹽、添、咸、銜、嚴、凡」等韻。

除了受周德清與吳棫的影響外,據周遠富研究,方以智之作早於顧炎武《音學五書》,加以二人交往多時,《通雅》又曾爲士人所習,則顧炎武理當知道方以智的分部內容,因而其十部分類可與方氏之古韻七部作對比,以看出二人分部的關連性。據以上推論,作「吳棫、方以智、顧炎武古韻對照表」,

〔註111〕《周易時論》,頁 131。

以明三人古韻分部之異同。

表三十一：吳棫、方以智、顧炎武古韻對照表

吳棫九部	方以智七部	顧炎武十部
東（冬、鍾通、江或轉入）	1. 中通（東、冬、鍾、江、蒸、唐）	東、冬、鍾、江第一
		蒸、登第九
眞（諄、臻、殷、痕、耕、庚、清、青、蒸、登、侵通、文、元、魂轉聲通）	2. 天人（眞、諄、臻、文、殷、元、魂、痕、先、仙、侵、蒸、登、青）	*眞、諄、臻、文、欣、元、魂、痕、寒、桓、删、山、先、仙第四*
先（仙、鹽、沾、嚴、凡通，寒、桓、删、山、覃、談、咸、銜聲通）		
陽（江、唐通，庚、耕、清轉聲通）	3. 亨陽（江、陽、唐、庚、清、耕）	陽、唐第七
		耕、清、青第八
支（脂、之、微、齊、灰通，佳、皆、哈轉聲通）	4. 知來（支、脂、之、微、齊、佳、皆、灰、哈）	支、脂、之、微、齊、佳、皆、灰、哈第二
魚（虞、模通）	5. 无多（魚、虞、模、歌、戈、麻、尤、侯、幽）	魚、虞、模、侯第三
歌（戈通、麻轉聲通）		歌、戈、麻第六
蕭（宵、肴、豪通）	6. 道咎（蕭、宵、尤、侯、幽）	蕭、宵、肴、豪、幽第五
尤（侯、幽通）		
先（仙、鹽、沾、嚴、凡通，寒、桓、删、山、覃、談、咸、銜聲通）	7. 寒還（寒、桓、删、侵、覃、談、鹽、添、咸、銜、嚴、凡）	*眞、諄、臻、文、欣、元、魂、痕、寒、桓、删、山、先、仙第四*
		侵、覃、談、鹽、添、咸、銜、嚴、凡第十

表中可以看出，方以智的古韻分部近似吳棫《韻補》的分類，甚至天人、亨陽、知來的內容與吳棫全然相同，可見方氏在分類上的繼承情況。而顧炎武的分部，在知來、道咎二部，也與方氏有著相近的現象。其實在方密之前的古音學研究，其理論尚未完整，縱使是被視爲古韻分部的前驅之顧炎武十部，卻也仍舊爲後人一步步地超越。然而在方以智之前的學者，雖有「鄭庠作《古音辨》，分陽、之、先、虞、尤、覃六部」〔註112〕，乃歸納《詩經》韻腳、離

〔註112〕清‧戴震：《聲韻考》，《叢書集成新編》第 40 冊（臺北：新文豐出版社，1986 年），頁 376。按：鄭庠之說，宋代熊朋來有所著錄，但六部內容直至清戴震後才有明確的記載。然熊氏之說並不全面，在明代的影響極不明顯，而清代考古韻者亦多

合《廣韻》所得，唯其說終不存。宋代另一位語音學者吳棫從「韻緩」的角度出發，將中古音「通」、「轉」成九部，以爲古音多通轉而作九類，亦屬古韻研究之先河。只是古音研究要到明代的顧炎武才算正式建立起一套較爲完整的理論，方以智卻能在顧炎武前提出古韻七部，並且打破過往韻書的入聲配位，而將陰聲韻與入聲韻相配，在一定程度上爲顧炎武開了值得遵循的道路，並且此理論亦爲後世研究者所認同，是可見方氏在古韻學議題上的價值。

參 方以智古聲母論

　　古韻研究始於宋代吳棫、鄭庠，所分九部、六部，皆成爲後人研究古韻的典範，數百年後有明代的方以智、顧炎武皆是承襲並打破吳棫《韻補》之古韻界限，創建自己的古音韻學說。然考古人對「韻」的研究，主要資料來自韻文中的押韻關係，此類資料來源廣大，易於擷取素材。只是聲母的研究時程遠較古韻爲晚，縱使是精於審音的江永，亦以爲三十六字母乃「總括一切有字之音，不可增減、不可移易，凡欲增減移易者，皆妄作也」〔註113〕，是以方氏之「尊今」，並深受時音影響，故仍在未明古今聲母變異的啓蒙階段中，或有倒果爲因，以爲三十六字母的傳承爲不可移易的成果。待錢大昕出，古聲母始有完整的討論與研究。由於此類資料的來源須通過多方考核，不若韻語之易於剪裁，縱是以類隔音和作爲研究開端，猶不能爲人矚目，至於《切韻指掌圖・檢例》，亦只點出類隔二十六字母有著互相通用的情形，未能明白說出何爲古，何爲今，是以聲母研究不能與古韻研究的時代並行。

　　方以智《通雅》中有言「古皆音和」、「縫脣常混」、「口齒微粗」等關於古今聲母不同，卻相近互混的情況，因此方氏將此解釋爲古今音相混。考錢大昕古聲研究，其成就在建立〈古無輕脣音〉以及〈舌音類隔之說不可信〉，和「古人多舌音，後代多變爲齒音」三項，而主要的資料取材是來源於先秦異文與形聲字。此二者古籍資料甚多，且韻書、韻圖所示類隔，亦是標舉脣音與舌音的分別互通現象，是以研究古聲的取材來源最先起源於此二類。方氏錢大昕百餘年，雖然未能如錢大昕一般確切地提出「古無輕脣音」，或是「舌音類隔之說不

不引用，故方以智之說古韻，其沿襲自吳棫處多，於鄭庠者幾乎未見。

〔註113〕清・江永著：《四聲切韻表》（臺北：廣文書局，1966年），頁1。

可信」的結論，但是他的論證方式與過程，亦足以成爲後人研究古聲母議題的重要依據。

一、古皆音和之觀念

方以智在面對古人切語資料，認爲古人採用反切，應當合於使用者對語音的認知，如果遇到聲調或押韻不合者，則是受到了方音的影響，因此他曾解釋例外押韻的狀況爲：「其平聲、上聲，則各隨方言轉耳。」〔註114〕對於不同聲調的情況，他採取較爲寬容的方式來面對這樣的歧異，因此在說法上婉轉地表明韻語使用不該有例外的押韻現象。然而韻文僅能處理諧音的韻，而不能夠反映古音中的聲，於是方以智在研究古聲母時，大多採取經籍異文與形聲資料，但面對反切聲母未能與當時語音相和者，方氏則分別發現了「脣縫常混」、「口齒微粗」等現象。此外他還從韻圖的門法中，認識到古今音韻的不同，因而提出「古皆音和」的說法，並反對門法之亂人耳目。究方氏之論等韻門法，他說：

> 遞用則名音和，傍求則名類隔。同歸一母，則爲雙聲；同出一韻，則爲疊韻。同韻而分兩切者，謂之憑切；同音而分兩韻者，謂之憑韻。無字則點窠以足之，謂之寄聲；韻闕則引鄰以寓之，謂之寄韻。
> 〔註115〕

方以智分別解釋門法的內容，認爲可以直接取得反切的音讀爲音和，需要輾轉相求才能切出字音的爲類隔，已是初步對門法的認識。然而他認爲古人切語不該有類隔的現象，甚至反對一切門法的設置，因此作〈論古皆音和說〉，以明古人方音影響後人切語的情形，其中記載：

> 切響期同母，行韻期叶而已。今母必麤細審其狀焉，韻審哐噇合撮開閉焉。……詳考經傳、《史》、《漢》、注疏、《說文》、沈、孫，以至《藏》、《釋》，皆屬音和。但於粗細不審，而舌齒常借，脣縫常溷耳，此各塡其方言或各代之口吻然也。……存舊法，考古今，可也。豈守其混與借以立法哉？〔註116〕

〔註114〕 《通雅》，頁 357。

〔註115〕 《通雅》，頁 53。

〔註116〕 《通雅》，頁 53。按：由於方以智尚不能夠析出古聲母，因此他論古人類隔的現象時，以爲當照切音讀之，故曰：「以類隔門言之，謂以端母切知，知母切端，如

此文表明方以智尊古貴今的立場，以及重視文獻證據的想法，他縱觀古人切語定音，認爲反切上字與下字必當合於被切字，但是卻因爲方言而造成開合洪細上的矛盾，如「見與官同母，古時粗細不分，則相轉耳」〔註117〕，並且又有舌齒、輕重的相混。

由於方氏未明古今聲母變異，所以他將此分化之源推導到是因爲方言所造成的現象。但據此他已關注到兩項切語上字所造成反切定音的困擾，因而在〈切母各狀表〉中，將聲母設定成粗細二狀，用作反切上字的根本。而後改良傳統反切可能產生的門法限制，改以「今母必麤細審其狀焉，韻審啌嘡合撮開閉焉」的方式，用粗聲切洪音，細聲切細音，作爲〈新譜〉的基本格式。

二、方以智古聲說

方以智雖然認爲「古皆音和」，所以古代等韻所設三十六字母的總數，方氏並未提出增減數量的說法。但是面對層出不窮的類隔現象，他仍舊需要解釋，以回應大量出現音切不符的情形，於是方氏分出脣縫常溷、舌齒常借等論點，來面對古今聲母混淆的狀況。脣音的部分，方以智以爲古人「脣縫常溷」，是明知有輕脣與重脣的差異，故曰：「俯伏輕唇，匍匐重唇，故古人之字通轉。」〔註118〕然而方氏認爲這樣的現象是「此皆各處方言分別耳」〔註119〕，以及「門法初出時，輕重交互門，以輕切重之所誤也」〔註120〕等語，是古人對發音部位的認識不夠精確的關係，因此並未以古聲母相同的角度視之。然而他在《通雅》中所提出的資料，正顯示了古代的輕脣音與重脣音的互混現

都江切椿字，丁恭切中字，濁甘切譚字，陟經切丁字。此不過因孫愐椿字一切也，然四切已違其三矣。《唐韻》椿都江切，而中則陟弓切，譚則徒甘切，丁則當經切。都江切椿，非古；讀都如諸，則訛耳。……凡字从唐、从單、从亶，皆有舌頭、舌上一種之聲。考《說文》『椿，啄江切』；《韻會》『椿，株江切』，非確證乎？至于陟經切丁，則尤可噴飯。《詩》『伐木丁丁』，陸德明《釋文》『丁，陟耕切』，蓋讀如錚也。」（《通雅》，頁 1498。）因爲主張音和，所以面對過去以爲類隔的字音，他直接保留多種不同聲母的讀音。不過仍然發現舌頭、舌上多通的現象。

〔註117〕《周易時論》，頁 935。
〔註118〕《通雅》，頁 248。
〔註119〕《通雅》，頁 83。
〔註120〕《通雅》，頁 129。

象，也啓發錢大昕在百餘年後所提出的「古無輕唇音」之理論，二人所列舉的資料亦多雷同。今分析方以智之「唇縫常溷」現象，茲列表以說明。〔註121〕

（一）唇縫常溷

表三十二：「唇縫常混」明微相混表

明微互混
怐愁一作怐瞀，穀霿，怐愁、傄傲、區霿、備霿、溝瞀。○……古蓋務、貿、霧、雺、蒙、眊、翌俱通。（頁283）
蒠蒠，即萌萌，通作薈薈、夢夢、儚儚、瞀瞀。○……古萌亦通東韻，非如今在蒸韻也。薈轉爲貿，猶無轉爲沒，沒轉爲毛也。（頁353）
牟光即務光，見〈人表〉，伯昏無人即瞀人，蓋古務、牟、無、模通聲。（頁687）
無，通爲无、亡、勿、毋、莫、末、沒、毛、耗、蔑、微、靡、不、曼、瞀，蓋一聲之轉也。○……智按：「河北讀沒爲『門鋪切』，而江、楚、廣東則呼無曰毛。黃綽幡賜緋毛魚袋，則信古有此語矣。……古蓋毋轉爲沒，沒轉爲無耳。此郝公所彙，因而詳之，謂其相轉則然，謂其共是一字，則不可也。故竝舉相類者數則附于左方，其始本一音也。因有一音則借一字配之，學者知此原委，則解書省力，可免費辭。」（頁95～96）
古冒、務、無、毋、牟、莫、勉皆一聲之轉。……漢人用閔免，密勿即僶勉，即《爾雅》之蠠沒，《方言》之侔莫，故知晃、帽、貌、甫相通。（頁1091）
慔慔，猶莫莫也，迪作沒沒。○《詩》「君婦莫莫」，《爾雅》有慔慔，而《說文》立慕字，去聲；立慔字，入聲，因《爾雅》也。升菴以慔慔音慕，凡夫爭以慔爲禁止之莫。智按：「慔慔即莫莫，言靜也。借爲禁止，何礙？……蓋古蠠沒，與黽勉、侔莫通聲。」（頁378）
閔勉，閔免，僶勉，一也。轉爲密勿，蠠沒，又轉爲侔莫，文莫。○……蓋古讀勿如末、如昧、如沒，故「昧爽」作吻爽，沒身作物身。（頁274）
汶、嶏、文、免之音。○汶有三音，岷多作汶，注去聲。遼東汶城讀如文。此皆各處方言分別耳。……古人皆讀汶如民，轉而讀文。文音近氳，轉而爲問，故免亦讀敏。敏轉而穩，故分免爲穩，因轉而讀免爲娩。（頁83～84）
武敏，拇文也。○《詩》「履帝武敏」，《爾雅注》「拇，迹也」，武與無、曼、莫、毛通轉，而岷汶、砥砬通用，故知武爲拇，敏爲文，蓋謂足拇之迹文也。《禮》「布武」，謂步也。「詔侑武方」，即無方。《呂覽》「凷桴瓦缶，武槖從之」，謂眊噪也。可推古之聲通。（頁622）
《詩》「周原膴膴」亦作「周原每每」，肥美也。左思〈魏都賦〉「腜腜坰野」，即每每也；〈注〉引「周原腜腜」。古人讀「無」與「模」音近；譯「曩模」爲「南無」，則以「膴膴」證之，非其驗乎？（頁347）

〔註121〕按：所列舉的資料是方以智所認定的「古讀」，而不是從「同通近轉」中求得，由於方氏古聲母研究取材的時代歷經數千年，並未有明確的斷代，因此只取所稱「古讀」，其他則不入表格，以反映其「古音」的內容。

以上諸例，在《廣韻》中有明母與微母之別。方以智就古聲母的角度論之，則見輕脣與重脣的差異，不論是「古蓋務、貿、霧、雺、蒙、眊、髳俱通」，或「閔免、密勿、倔勉、蠠沒」之更替，又有「汶、嶓、文、免」之互用，都顯示出方氏已經發現重輕脣間互相交替的可能性，而此例所示，專在明微的更迭使用。浮山除了研究明微兩個聲母以外，還觀察了其他輕重脣的差異，續列表以說明之。

表三十三：古音輕重脣相混表

輕重相混	《通雅》範例
陪、倍、負、背、北，聲母分屬輕重脣，古音則一也。	負宸，一作負依、背依、倍依。○……蓋古陪、倍、負、背、北皆相通。負尾，即陪尾；負郭，即背郭。（頁 282～283）
用異文的方式求得包孚一聲，是重脣與輕脣互通之證。	伏犧一作虙義，庖犧、包犧、炮義、伏戲，〈律曆志〉作炮義，〈帝王世記〉作包犧。……智按：「古包孚一聲，如枹桴、脬胞之類，孚甫付伏，故包伏亦相通。」（頁 686） 古孚包相通，脬即胞，枹即桴，故柴氏以泡字當之。中為舌上穿齒聲，字為縫脣聲。（《周易時論》，頁 1299） 古者包犧，孟喜、京房作伏戲，馬作虙義，或云庖犧，以獸網為食名。智按：「古四聲通轉，包與孚通、胞作脬、桴作枹、苹即苞、浮通泡。〈隱公八年〉，盟于浮來，《公》、《穀》作包來，可證包義即伏義。孚俯付伏，蓋古呼包如孚也。」（《周易時論》，頁 1531）
諧音關係，方為旁之偏旁，是古旁字。方為輕脣，旁是重脣，二者並存。	匚為古筐，方為古旁，口為古方。○《說文》：「匚，府良切。又有匸，巫禮切。」……古人筐方音近，如吳人之讀罔、無等字乎？非孫叔然之音非，則必門法初出時，輕重交互門，以輕切重之所誤也。如必方舟專用而不可通，則旁、放何以又從方得音，而不從匚乎？酈氏言方即防字，智以為古旁字。（頁 129）
方、丙字通音通，故幫非互通。	倂，古仿字，《左傳》祊，《公》、《穀》作邴。會于防，《公羊》亦作邴。可證从方从丙，古有通音。（頁 412） 「坤為地、為母、……為柄，其于地也為黑。」……智按：《周禮》枋即柄，古方、丙通聲，。（《周易時論》，頁 1686）
諧聲偏旁，韻通而輕脣出之，實一聲也。	彷彿一作仿佛、方佛、放弗、髣髴、倣佛、放愗，通作放物、方物，蓋因恍惚而輕脣出之也。……按：「放物，即方物也。然古讀物與弗近，古實相通。」……智謂：「虛呼其聲為恍惚，以輕脣出之為仿佛，實一聲也。」（頁 241）

古人輕重不分，相互通轉。	重俯伏之音爲匍匐，一作匍匐、扶服、扶伏、蒲服、蒲伏、匍匐。○俯伏輕脣，匍匐重脣，故古人之字通轉。（頁248）
幫並與非奉相混。窆音方驗切，幫母豔韻。鄭眾音梵，與氾凡通，則方氏不明古無輕脣，欲正二字音讀。其實封坿窆氾，方以智以一音讀之。另又音捧，而古音有異，是以見輕重之混。	封別爲坿、窆。○《禮記》「縣棺而封」、「請以機封」，皆讀爲窆字。窆，方驗切，下棺封土也，亦作坿。封之爲義，以手封土，《易》曰「不封不樹」，其義甚明。後人好分別而借音，則止當用坿。《廣川書跋》曰：「元祐二年，永城下得石如豐碑，其上刻銘曰：『沛國臨濰時窆石室，永建六年。』鄭眾曰：『窆謂葬下棺也，讀如氾祭之氾。』《左氏》謂之偏，〈檀弓〉謂之封，昔人謂其聲同也。蓋周漢之聲，與今自異。」……由此言之，則窆音方驗切，乃漢末方言之訛者也。智按：「賈公彥改音窆方驗切，又載劉音窆，後人止知仲師讀氾音梵耳，不知古氾亦通颮，凡亦生風，故氾駕造𩗗字，音捧。〈呂后傳〉：『自起氾孝惠后。』」徐廣音捧。今欲別封，則轉聲爲坿可也，正合仲師之訓。」（頁84）
古有輕重交互，今依時音定之。方氏改類隔作音和，故不從孫愐符鄙切，依《中原》作貧弭、邊美二切。	不有十四音。○……〈否卦〉音痞，德明備美切，孫愐符鄙切。否、痞同音，古切尙疎，其拘者又守門法；備美、符鄙皆輕重交互門也。……又讀爲比，孫愐卑履切。阮籍詩：「願爲雙飛鳥，不翼共翱翔。」不翼即比翼。蘇氏又采才老諸說，「何用不臧」，不臧即否臧，蓋恕先之說，否塞之否，與比聲近，宜其借也。智按：「《論語》『予所否者』，《論衡》引作鄙。《荀子·賦篇》：『簡然易知而致有理者與？君子所敬而小人所不者與？』謂小人所鄙也，蓋古人口齒如此。今依《中原》定音痞，貧弭切，音比，邊美切，不用門法，使人易知。」（頁105～106）
避、服，方氏依異文而證輕重一音之轉。	伯犕即伯服，周襄大夫，犕音避，牛八歲曰犕。有讀服匿爲避匿者，箙一作輔，可知古人服與避爲一聲。（頁687）
先有鳳，後生朋，是縫脣轉闢脣。	鵬即鳳，訛爲鵬。○《說文》：「……蓋鳳飛，羣鳥從以萬數，故借爲鵬黨。」……戴侗謂：「崩、弸、棚、鬅、輣皆諧朋，而無鳳聲。」夫安知鳳、風从凡，縫脣轉爲闢脣乎。（頁1333）

此表所示乃輕重交互。值得注意的是，方以智對於輕重脣的關係，以爲兩者並非古今的變化，而是並存的事實，因此他在「鵬即鳳，訛爲鵬」的內文中，說道：「夫安知鳳、風从凡，縫脣轉爲闢脣乎。」[註122] 認爲兩者在古聲母中

[註122] 《通雅》，頁 1333。按方以智之縫脣意指輕脣聲母，即如《廣韻》之非敷奉微四母。於闢脣則釋之爲：「幫滂合口非合口也，乃闢脣耳。」（《通雅》，頁1472。）不過幫滂等重脣音的開合，不易由聽覺直接判定，其圓脣性質容易讓開合產生混

已是相互通轉，因此未有孰先孰後的先後關係。此外，方氏雖然從方言和古語裡察覺輕重交互的現象，因而產生古代聲母使用相混的認知，但是他並未提出明確的說明古代聲母之確切內容，僅提出「情狀」，不若後人明白論證出「正聲十九紐」的觀念。

（二）舌齒常借

表三十四：古音「舌齒常借」示意表

簡　　析	舌　齒　常　借
阽、簷、廉皆屬鹽韻。古聲分屬端、定、來，發音部位相同。	阽危，壁危也；阽也，廉也，簷也，皆一聲也。○……阽、簷、廉一聲，而義亦因之。智按：「亦可去聲。」（頁239）
邪母古歸定、余屬喻母，古亦定母。韻則家麻入魚模，故邪餘古通。	古邪音余，如《漢書》歸邪音歸餘。（頁133）
篤、竺、畜、育古通音，古音篤、竺是端母覺韻、畜是透母覺韻、育是定母覺韻，四者古韻同部，發音部位相同。	亭毒，存養也。○《列子》曰：「亭之毒之。」《注》：「亭以品其形，毒以成其質。」此毒音餘六切，古毒與育同。《周易》「以此毒天下」，《歸藏易》大畜小畜，作大毒小毒，蓋毒亦畜也。……按：篤、竺、畜、育古通音，則音篤可通，而從毒之，原不可廢。（頁187～188）
古讀由如丟，又笛從由。由本喻母尤韻，古歸定母。油、丟同韻，笛古音屬定母覺部。從諧聲偏旁可探由笛古通。此外丟之平聲為笛，則方氏陰入相配，亦明白可知。	由之為笛，因由有丟音，丟入則笛矣。笛又作篴，古笛、逐聲近也。（頁113） 按《莊子》「刀刀之嘐嘐」，《注》「嘐亦音留」，則刀亦音丟，蕭、尤二韻，無不相轉。蕭音修，凡從攸者有條、修二音，聊勞皆音留。升菴曰：「《爾雅》『條條秩秩，智也。』條音由。」余亦以為然，蓋丟轉入為笛，笛之從由本此。（頁384）
陳，澄母眞韻；田，定母先韻。二者古皆定母眞部。方氏據異文考證二者之通，亦有音理可證。	蓋古田與陳通。《戰國策》陳軫，《史》或作田軫。（頁128） 《田子》二十五篇，名駢，游稷下，號天口駢。《呂覽》作陳駢。蓋古田、陳通音。（頁163）

清，因此方氏自辨其「合口非合口也」。因為方氏的聲母體系無濁音，故其縫脣應作「非敷微」，而後混成夫母與微母二項；「關脣」自例字觀察則是「幫滂」而無明母。

蠱、同屬方氏古韻「中通」部，聲母定澄古通，故二字同音。童重互用，亦是相同原理。	蠱蠱、爞爞、炯炯。○「蘊隆蟲蟲」，周應賓《考異》本載《韓詩》作「炯炯」、《爾雅》作「爞爞」。按：「《韓詩》作『炯炯』，《爾雅》『爞爞』，注引此詩。……古蟲同聲合，如童重互用。」（頁375） 《易》曰：「憧憧往來。」（注有：「京作種，智按：『古重童通用。』」（《周易時論》，頁1551）
同、重相混，本爲一聲。定澄古音同，而戴侗改紂爲徒，亦是泯類隔之證。方氏同、重相混，以爲古通，並以偏旁證之。	汝南郡有銅陽縣。應劭曰：「在銅水之陽。」孟康曰：「銅音紂紅反。」……戴氏定爲徒紅、篆蛹二切，《韻會補》定音冢，則緣紂紅而改爲上聲也。銅從同，自音同，推因古人口齒同、重相混，如種、橦通用，衝、衝、鐘、鍾皆是一聲，《後漢書》引爞爞爲炯炯，可證。今人所爭而是正者，皆守晉唐之音釋也。（頁86）
方以智遜將音涂，更作音除，故其認知中澄、定二母互借，無先後之別。	《爾雅》作「十二月爲涂」，《注》「涂，音徒」。愚謂：「當音除，蓋謂歲將除也。」（頁467）
荼，澄母麻韻；荼，定母模韻。麻韻古歸魚模，澄母古歸定，是二者古通。	荼陵屬長沙國，小顏音式奢反。○益知古人呼荼爲塗，而古之荼即荼字也。（頁577）
蚩，穿母之韻；鴟，穿母脂韻；祠，邪母之韻。三者於方氏古韻俱爲「知來」部，而聲母發音部位相同，故以爲三者相轉。	蚩尾，或作鴟尾、祠尾、鴟吻。○……此直一聲之轉。（頁1166）
繟、嘽，穿母獮韻；坦，透母旱韻。穿母古爲透母，而三者古韻皆在元部，故方氏之可通，有其語音根據。	繟然，與坦然、嘽然互通。○《老子》「繟然而善謀」，焦氏《翼》曰：「繟音闡。王作坦，嚴作默，不如作繟爲長。」智按：「王輔嗣《注》作『坦然』者亦通。蓋單與亶古通，猶嬗之于禪、僤之于嘽也。嘽音單，亦音善，緩也。」（頁326）
都有諸音。「字從詹、從單、從亶，皆有舌頭、舌上一種之聲。」此二例皆可證明方氏在面對所謂舌音類隔時，是將之視作並存的兩類語音現象。	者，古音諸，故諸翥等諧聲，如「休屠」音除，蓋中國以所習字譯之，譯時不作休除而作屠，以當時讀屠如除也。曹子建有〈都蔗詩〉，〈六帖〉云：「張協有〈都蔗賦〉。」《林下偶譚》曰：「甘蔗亦謂諸蔗。」[註123] 相如賦「諸柘巴且」，則證知古都有諸音。又旁推之《詩》「酌以大斗」，鄭玄音「主」，古文《易》「日中見丰」。凡字從詹、從單、從亶，皆有舌頭、舌上一種之聲。（頁1498～1499）

[註123] 宋代吳子良所著《荊溪林下偶談》有「甘蔗謂之諸蔗，亦謂之都蔗」之說，方以智採之以爲舌頭音與舌上音相混之佐。（宋·吳子良：《荊溪林下偶談》，《叢書集成新編》第12冊，頁533。）

方以智在「古皆音和」的概念下反對「類隔切」，於是他說：「凡字從詹、從單、從亶，皆有舌頭舌上一種之聲。」〔註124〕即是以爲舌頭、舌上二類聲母並存於古，而未有歸併的情形，因此毋須在不合於常用音讀時，更動其反切，以符時音之用。即如最後一例正是說明方氏「考古以決今」的編纂概念，好古而不崇古，又「何苦止守晉、唐之泥格，而強自然之原乎」〔註125〕？縱是漢晉注疏，亦多舛訛，「《爾雅》、《詩注》，漢、晉即多謬缺」〔註126〕，故考證後出轉精，此即「古今相續」之功也。

就方以智對「脣縫常溷」、「舌齒常借」的現象，雖未能明確提出「古無輕脣音」、「舌音類隔之說不可信」與「古人多舌音，後代多變爲齒音」等重大結論，但是這也啓發了錢大昕的學說〔註127〕。廖乙璇在《方以智通雅古音研究》中，曾列舉兩書相同的案例，分別爲十三件案例相同，與六個同樣的範例〔註128〕，是可見方以智與錢大昕之間的相承關係，因此陳澧論古聲母學說的先後發展時，曰：「陸氏沿用古書切語，宋人以其不合當時之音，謂之類隔。方密之《通雅》始辨其惑，錢辛楣《養新錄》考辨尤詳。」〔註129〕陳澧正是將兩人的古聲母研究，視作一脈相承的研究進程，於此可見方氏研究論題的前瞻性。

肆　方以智古聲調說

對於古聲調的討論，吳棫即有論述，據江永記載曰：「至宋吳才老作《韻補》，古韻始有成書。……程可久之言曰：『吳說雖多，其例不過四聲互用，切響通用二條。』則古書雖不盡見，可以推例。」〔註130〕此意概指字有四聲，

〔註124〕《通雅》，頁 1498～1499。

〔註125〕《通雅》，頁 236。

〔註126〕《通雅》，頁 6。

〔註127〕按：方以智「脣縫常溷」大致與錢大昕「古無輕脣音」的論題相近。另外，方氏舌上知系與齒音照系相併，故「舌齒常借」即兼包「舌音類隔之說不可信」與「古人多舌音，後代多變爲齒音」兩項。

〔註128〕廖乙璇：《方以智通雅古音研究》，中國文化大學中國文學研究所碩士論文，2006年，頁 202～206。

〔註129〕清·陳澧：《切韻考》（臺北：臺灣學生書局，1969 年），頁 200～301。

〔註130〕清·江永：《古韻標準》，《叢書集成初編》第 1247 冊（北京：中華書局，1985 年），

而四聲皆可相轉互通。至明陳第則以爲古人不辨四聲，曰：「四聲之辨，古人未有。《中原音韻》此類實多。舊音必以平叶平，仄叶仄也，無亦以今而泥古乎！」〔註131〕是方以智前之學者多主四聲通叶，以爲用韻不必受平仄所限。方氏對四聲的主張亦承吳才老、陳季立二人，以爲四聲相互通轉，是以方氏作〈四聲通轉說〉以闡明其古四聲相用之說，方氏云：

> 桓帝時謠曰：「嚼復嚼，今年尚可後年鐃。」鐃叶鐸。提之爲擲，毬之爲鞠，嘯或讀歗，亞烏轉惡。西方字母，阿或兼過，固已明矣。考許慎，召陵人；鄭氏，高密人；服虔，滎陽人；何休，任城樊人；……徐邈、徐廣，東莞姑幕人。沂、青相近，亦北人也，音皆有入聲。如：莽喹鰒魚，登、萊呼近報字，而注音「蒲角切」，可謂正矣。吾故曰：「古不似今，中原之入聲，皆寄入三聲也。四聲通轉，惟所用耳。」〔註132〕

四聲通轉的觀念延續至明清考據學家的理論中，後來顧炎武「四聲一貫」、江永「四聲通爲一音」等，都是此觀念的一脈相承。方以智〈四聲通轉說〉考證古今音讀，發現不論是南北的經學家，對《詩經》等韻文的用韻，皆有著四聲相轉的認知情形，而且入聲與平上去皆可通押，顯示縱使《中原音韻》所代表的北音入聲派入三聲，但古讀有入聲是不可更易，且超越南北地域限制的事實。而且此段文字所記相諧，皆是陰入相配，顯示在方氏的心目中，隱然認爲陰聲韻與入聲韻有著較陽聲韻更密切的關係。

不過方以智之論四聲通轉，是著眼於古人的用韻情形，對於四聲之發明，方以智認爲是從沈約開始，故曰：「古人平仄互通，其韻但麤叶耳。沈約始定平上去入四聲。」〔註133〕意即古人用韻雖有平上去入之別，但在觀念上，卻不若後代來得明白，而在使用上有所限制。然而從沈約定四聲以後，音韻的要求出現了「四聲八病」之說，這便牽涉到詩文創作的用韻狀況。因此這想法，與吳棫之「四聲互用，切響通用」，和陳第的「四聲之辨，古人未有」，

頁 11。

〔註131〕明・陳第：《毛詩古音考》（北京：中華書局，1988 年），頁 204。

〔註132〕《通雅》，頁 22。

〔註133〕《通雅》，頁 1471。

有異曲同工之效，古代四聲是有其實而無其名，至沈約始創建其名義。今檢錄方氏所論四聲之說，附於「古音四聲關係簡析表」中，用以檢驗他對古聲調的看法。

表三十五：古音四聲關係簡析表

簡　　析	《通雅》例證
心音作意、愔，可作平去入之調。	智按：「意音抑，愔亦音抑，轉爲平聲，入詩歌之調耳。以古人簪、鐔、淦、黔之音考之，愔可讀懕、可讀諳、可讀音、可讀抑，無碍也。」（頁349～350）
「凡字皆有陰陽平上去五聲，轉一韻即有十聲。」	凡字皆有陰陽平上去五聲，轉一韻即有十聲。但古人未盡借用，今方言未盡呼及也。我故曰：「音有一定之轉，而字隨填入；無如後世定爲典要，則不得不重考究以通古今耳。」（頁109）
古代每字四聲，故不必以古叶爲奇。一字之聲，或取自古讀、注家方音，知此原委，不必守舊。	《左・哀二十一年》有史黯，音於咸切。升菴曰：「汲黯，亦當讀平聲。」智以古每字四聲，亦當旁轉，特不盡用。黯之平聲，是古時之讀法，或注者之方言。重其聲，則爲上聲，何必爭長孺之名乎。黯與闇、暗俱通。亮陰作諒闇，康成讀鵪，則闇即菴音，古讀暗上聲，今《中原》呼暗去聲。凡如此類，學者但當知其原委，不在強從舊讀；即用之詩賦，亦不必以古叶爲奇也。咸亦有上聲，漢咸宣，即減宣。（頁697～698）
古時四聲通轉，而宵部的蓼、刁旁轉幽部，再對轉覺部。笛、逐、軸古聲定母。	《增韻》寂寥讀作寂歷，唐詩「空山寂歷道心生」用之。古時四聲通轉，此異代所難解者，《莊子》「刁刁之蓼蓼」，蓼亦音留，刁則亦音丢，丢轉入爲笛，笛與逐近，故古笛作篴，可證。又以笛管借車軸之管，兼指事而名之曰軸。（頁246）
古人平仄互通，是以泯四聲之異。	古人平仄互通，其韻但龘叶耳。沈約始定平上去入四聲，《韻鑑》入，始明橫有脣、舌、腭、齒、喉、半喉舌之七聲。其爲初發聲、送氣聲、忍收聲之三迭也。……究之數十年矣，而乃知其自然如此。約則止明開合，開合止是一陰一陽。（頁1471）
戾有列音，亦是一字二音、陰入相配。屬列同爲古來母月部，是以古通。	《玉篇》始收捩字，曰「抝捩也」，在屑韻。然今《唐韻》十六屑中亦收戾字，則古戾亦有列音。十二霽亦收捩字，解曰「琵琶撥」，則捩亦有麗音矣。古列、戾聲通，如〈祭法〉厲山氏，即烈山氏。（頁238）

聲音相通，故文字假借，是以在音調上兩存之。不論其平聲、去聲、入聲，古人注書多依方言，並為後人所誌，因此方氏要人讀書破文字假借之別，而洞察音義之本然關係。	古之詹詹，猶沾沾也。其後，呫呫與喋喋通，佔佔與襜襜通，而喋喋之聲，分為囁囁、帖帖。○……詀諵音占，詀諵音帖，此因用者假借，故音者亦兩存之。大抵口旁、言旁，多相通也。有謂中行說謂漢使：「顧無多辭，令喋喋而佔佔，冠固何當。」喋喋、佔佔並用。……喋自借呫，而呫、佔、沾本音占。……細論占有詹、貼二音。……蓋占之入聲為折，而帖、攝聲近，故借用之。其後字書，乃定呫為入聲，而佔、沾平聲耳。（頁393）
	阽、詹、廉一聲，而義亦因之。智按：「亦可去聲。〈馬援傳〉『踸踸墮水中』，亦當音占去聲。或音帖，乃當時注者之方言也。」（頁239）
古語五聲，分別轉入用之。而《中原音韻》為廣其韻，使入派三聲，故方氏以為北人未嘗無入聲也。而《洪武正韻》之作，正是肇基於《中原音韻》而增入聲，自有其相承之功。	《中原音韻》，高安周德清著以苔蕭存存，托張漢英作詞之問也。學士虞集序之。其平聲分陰、陽，前所未發也；入聲派入三聲者，廣其韻耳。張萱謂之「北雅」。智謂：「北人未嘗無入聲也。《洪武正韻》，宋濂、王僎、趙壎、孫蕡等定正，本高安而存入聲。」（頁53）
	中國上古固以入聲分諸聲，又能以諸聲轉入用之，不似今日《中原》之無入聲也。入無餘聲，聲短則音准；入聲之餘聲，皆平聲也。方言開口便有餘聲，故入最易混。（頁112）

據表可知，方以智對古代聲調的認識，和吳棫、陳第二人有著極大的連結。在「四聲」名詞與內容的設定裡，他認為沈約以後才比較明確地瞭解到四聲的名狀，在此之前對四聲的認知只是「古平仄通」[註134]，即這時的聲調明確可知當只有平仄兩種，因此方氏說：「五音止是宮、商，而商皆歸宮；平、上、去、入，止是平、仄，而仄皆歸平。」[註135]方中履《古今釋疑》解釋為：「蓋入聲為極聲，聲極則轉，轉復為平。」[註136]方氏說聲韻，與其《易》理思想相連結，因此在平仄、四聲的認知上，他主張以平統四聲、統陰陽，以為「平仄古通」，且「仄皆歸平」，則是將上古時代之平聲為體，仄聲為用，

〔註134〕《通雅》，頁1513。

〔註135〕《通雅》，頁30。

〔註136〕清・方中履：《古今釋疑》，《續修四庫全書》第1145冊（上海：上海古籍出版社，2002年），頁442。

而後方有沈約定「平上去入」四聲之名實,以及元代時的聲調作「陰陽上去入」五聲。表中最後一例,方以智把入聲作為聲調的基礎,入聲既可以分諸聲,而諸聲又可轉入為用,是故彼此相通。雖與前文所述不同,但一從《易》學開展,一從語音的角度出發,立基相異,故結論有別,但對聲調相互循環的看法,則無二致。

在方以智時代論音韻者,多有從《易》學的思想角度切入,他們藉此探討聲氣的起源,縱使並非帶有科學性的眼光,但仍是時代學術風尚下的產物。而方氏之論聲調與入聲的關係,與顧炎武「一字而可以三聲、四聲,若《易》爻之上下無常,而唯變所適也」〔註137〕,和「入聲可轉為三聲」〔註138〕之說,同屬古聲調研究歷程短暫,而產生錯誤的認知一般。不過方氏的古聲調觀念裡,最重要的是平與入兩種聲調,雖然他是從音《易》相參的角度強調平入二聲的原始性,但亦可視為後來研究者古無上去說的先聲。

方以智的古音學,其內容包含傳承自宋吳棫、明陳第以來的古音、古聲調學說,並且設定了古韻音讀的分期,還提出了古聲母的概念,啟發並奠定了古音研究的先鋒。雖然,方氏因為政治的因素,限制了他在清代的影響力,但《通雅》流通於清代的學者之中實在是無庸置疑的,因此段玉裁、高郵王氏父子於著作中提及此書,正代表著方以智考據工作上的價值。

第六節　考古態度之尊古用今

考察方以智論古音韻,可以知道方氏研究語音的動機,與創作《通雅》以考古語的用意相同。此二者目的本在考證,而考證首重破除音義上的假借,是以他研究的對象不僅有《說文》,還包括各種和語音關係有所牽連者,都是方氏論證的目標,是以《通雅》記曰:

> 《說文》本為諸家因殘補湊之書,其曰讀若某字者,或因上文而誤書耳。既曰「毟毟、䵂䵂爲秩秩矣」,又曰「讀若《詩》『威儀秩秩』」,豈非衣旁、禾旁,相似而誤乎?以凡夫酷尊許氏者,而猶不信,況

〔註137〕清・顧炎武:《音學五書》(北京:中華書局,2005年),頁42。

〔註138〕《音學五書》,頁43。

今日哉！駢書彙抄，恐誤後人，故表之。〔註139〕

在方以智的認知中，《說文》亦有其缺憾，因此他並不墨守《說文》成規。而且《說文》學在明代並不流行，所以方氏論說文字不以其爲典範。但這不以某書爲尊的態度，讓他所參考的資料更加寬廣，是可見他考證範圍之深度與廣度，甚至包含考證各類注解的「考證作品」，以豐富其資料蒐集的範圍。不過在探究古文字的過程中，他主張以古音作爲基礎的研究方法，因此他在《通雅》卷首定義古音的分期內容，再從不同的資料來源說明斷代的理據，並分別論述其中的相應資料，以證明其學說之不假，此研究開展了後代討論古音分期之先河。

由於方以智主要的研究方法在於「欲求古義先通古音」，是以必須明古音的界限與內容。然而明代的古音研究尚未發達，雖有宋代吳棫與明代陳第爲研究古韻的先鋒，但是在方氏的時空環境下，此研究卻未能形成一代學術風潮，因此他必須考鏡源流，從古音韻以求造字本原，而得古文字之音義關係。於是在古音只能從經籍等書面資料中求得之外，他將視野從縱向的歷史語言，擴展到平面的地區語言，亦即從不同的空間，尋求其歷史的發展痕跡，所以他特別關注方言資料。然而書面語言不能有實際語音證據，於是他爲破除時間與空間在語音發展上的限制，特別從各地方言中擷取與古語相當的素材，以作爲實際的語音例證。尤其方氏足跡遍中國，再加上他又重視實證，所以對各地語音皆能收錄。通過方言的內容論證古音韻，因而加深了對古音的認識，更能達到通解文字音義的功效。

由於方以智的古音材料不止有縱向的歷史語言，又有橫向的方俗語音，兩者奠定了良好的論證古音之基礎，因此方氏通過這兩種資料，提出他七類的古韻分部。方氏從詩文押韻等資料淬煉出七部的古韻內容，其成果承襲自吳棫而有所增減。聲母方面，因時代發展與研究歷程的短暫，他未能夠提出驚人的結論，但是方以智發現「舌齒常借」、「唇縫常混」兩種現象，並且羅列大量的資料以證明此兩項內容，無疑地啓發後來錢大昕的古聲母研究〔註140〕。在聲調

〔註139〕《通雅》，頁395。

〔註140〕關於《通雅》的古聲母學說如何啓發錢大昕的「古無輕脣音」與「舌音類隔之說不可信」，這可以從兩人羅列的材料中證明，另袁津琥亦在〈通雅研究二題〉中，

上，他提出一字皆有四聲並可相互通轉，因此文字的平仄得以互借。他另外用
《易》學循環的角度說明四聲的發展源由，自「入聲分諸聲」，復「聲極則轉」，
終於「仄皆歸平」。

這些通讀古語、解析古籍的方式，提供後人閱讀及詮釋古書的模範，亦是
方以智明古音的重要目的。計方氏的古音研究，重在打破字詞間的假借現象，
而直陳古人注書原意，其文云：

> 今好奇者采以屬文，毋乃強乎。列國有各國之書，宜其不同，古人
> 凡事通省，故多借用。漢人當秦焚之後，師承鈔筆，各守所傳，又
> 郡、邑之儒生，安能博考，偶爾爲文，就便襍陳，以意出之。今人
> 生諸儒辨別之後，字有可通，有不必通者，經、傳、《史》、《漢》或
> 連引其文可也，何必特搜殘缺之碑，取漢之無名鄉里之臆筆，施之
> 篇什，以爲奧內乎。然博雅者以備參考。〔註141〕

因爲知所通用，是以當辨別於後，而不爲古人通借所累，故著錄之以資後代文
人讀書所用，亦是方以智著作宗旨。今以方氏《通雅》證「公姓」一詞，作爲
方氏古音學之結：

> 公姓即公孫。○《詩》「振振公姓」，《注》「即公孫」。……《漢書·
> 田蚡傳》「跪起如子姓」，皆謂子孫，蓋古讀姓如生，《白虎通》「姓
> 者，生也」，《左傳》「叔孫穆子見庚宗婦人，問其姓」，《注》「問其
> 所生子也」。女生曰姓，本音同生，故借姓作孫。韻書分鼻音讀生，
> 撮唇讀孫，去聲讀姓，皆後人分之，今人仍分爲便。但執字書之說，
> 以論古人音義，則非。〔註142〕

方以智在此一詞條中論及古聲韻調，又及於偏旁與讀法。以陳新雄古韻三十
二部解析「生」字聲韻，古音心母耕部；「孫」字古音心母諄部。兩字聲母相
同，韻部「耕」、「諄」屬旁轉。生又有去聲讀「姓」，是一字有二調之證。由
生而孳乳爲姓，其偏旁相同，聲韻古同。「分鼻音讀生，撮唇讀孫」，即以生

認爲錢大昕之弟錢繹、子錢侗合注之《方言箋疏》的內容有不少源自《通雅》的
資料，即是錢家家學所致，是此方錢學術傳承中不可忽視的片段。

〔註141〕《通雅》，頁334～335。

〔註142〕《通雅》，頁652。

在庚青蒸韻中，孫在魂痕諄韻中，而分別稱作「分鼻」、「撮脣」〔註143〕。方氏從傳注推論「公姓即公孫」，而駁斥韻書之別，是直以古義爲證，探查文字本原。

方以智亦通過此種方式考察文字音義，並且呈現他尊古用今的觀念，所辨者只在內容的正確與否，與音義發展能否通貫，而不在貴古賤今。然「世以智相積而才日新，學以收其所積之智也。日新其故，其故愈新，是在自得，非可襲掩」〔註144〕，故方氏的考證態度，亦不在厚今薄古，要之乃是古爲今用，是以所考古音資料，即爲探今音之必要條件，陳列資料，以俟後人辯證之，所以方以智〈序〉曰：「因前人備列，以貽後人，因以起疑，因以旁徵，其功豈可沒哉？今日之合而辯正也，固諸公之所望也。」〔註145〕羅列歷史資料，可以求得古今語音演變，而明古音與今音的差別，方能「考古而決今」。因此方氏研究古音，亦有研究今音的作用，是以〈切韻聲原·韻考〉備列古今音韻，目的正在尊語言的歷史發展，以資今音面貌的參考，方氏之重視方言語音，用意亦在於此。

〔註143〕依〈切韻聲原·十二開合說〉，其中有「升鼻」，內容爲庚青蒸三韻；另有「撮口」春恩吞孫諸字，因而推論其字韻之歸屬。（詳見《通雅》，頁 1507。）

〔註144〕《通雅》，頁 75。

〔註145〕《通雅》，頁 75。